HEYNE BÜCHER

Fantasy

Herausgegeben von Wolfgang Jeschke

Ein Verzeichnis weiterer Bände dieser Serie
finden Sie am Schluß des Bandes

LEONARD CARPENTER

CONAN
DER REBELL

Siebenter Roman
der Conan-Saga

Deutsche Erstausgabe

WILHELM HEYNE VERLAG
MÜNCHEN

HEYNE SCIENCE FICTION & FANTASY
Band 06/4037

Titel der Originalausgabe
CONAN THE REBEL
Übersetzung aus dem Amerikanischen
von Lore Strassl
Das Umschlagbild malte Thomas Thiemeyer
Die Karten auf Seite 6/7 und 12
zeichnete Erhard Ringer
Die Innenillustrationen
sind von Klaus D. Schiemann

Redaktion: F. Stanya

Printed in Germany 1994
Umschlaggestaltung: Atelier Ingrid Schütz, München
Technische Betreuung: Manfred Spinola
Satz: Schaber Satz- und Datentechnik, Wels
Druck und Bindung: Presse-Druck, Augsburg

ISBN 3-453-30978-2

Die Hyborische Welt Conans

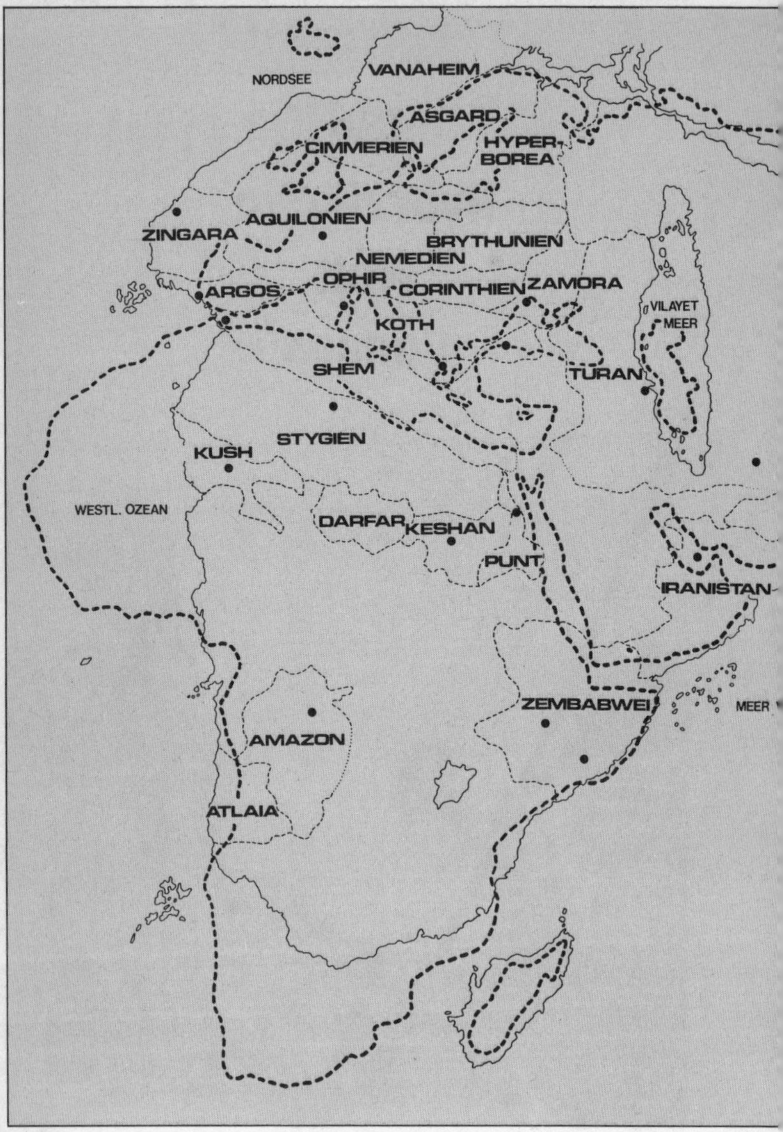
NORDSEE
VANAHEIM
ASGARD
CIMMERIEN
HYPER-
BOREA
AQUILONIEN
ZINGARA
BRYTHUNIEN
NEMEDIEN
OPHIR
ARGOS
CORINTHIEN
ZAMORA
VILAYET
MEER
KOTH
SHEM
TURAN
STYGIEN
KUSH
WESTL. OZEAN
DARFAR
KESHAN
PUNT
IRANISTAN
ZEMBABWEI
MEER
AMAZON
ATLAIA

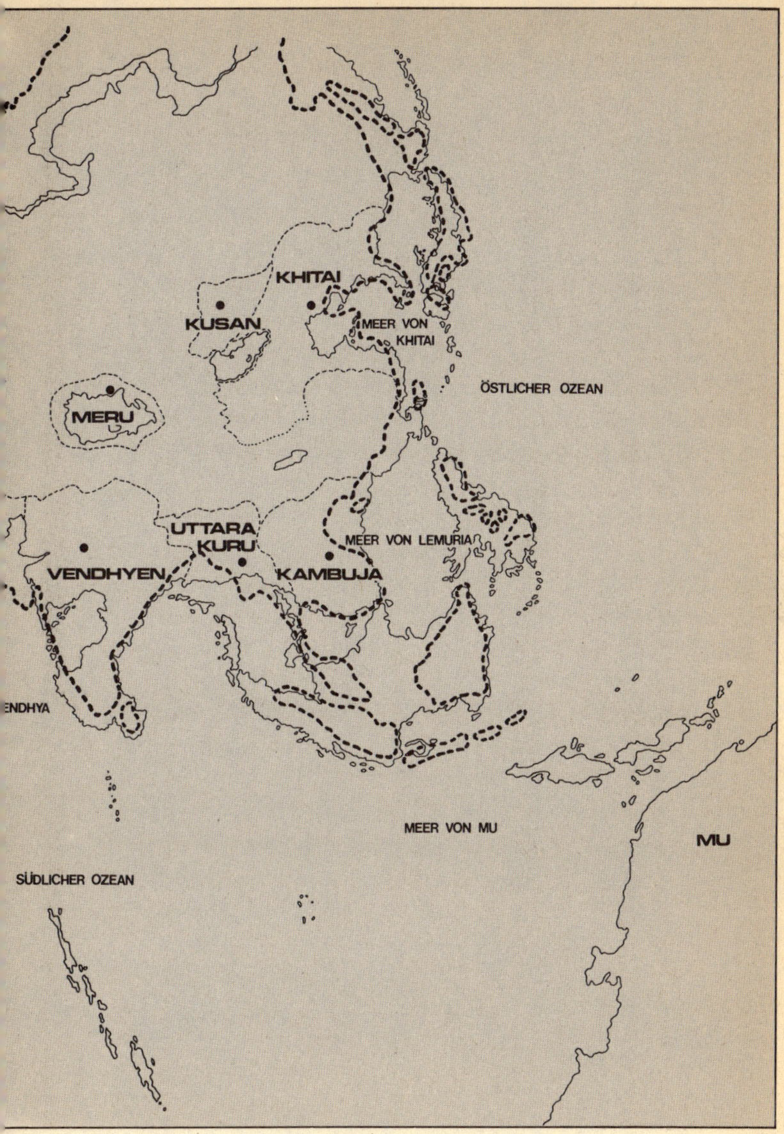
KHITAI
KUSAN
MEER VON
KHITAI
ÖSTLICHER OZEAN
MERU
UTTARA
KURU
MEER VON LEMURIA
VENDHYEN
KAMBUJA
ENDHYA
MEER VON MU
MU
SÜDLICHER OZEAN

Inhalt

CONAN

DER REBELL

AQUILONIEN
GRENZKÖNIGREICH
ZINGARA
NEMEDIEN
BRYTHUNIEN
OPHIR
ARGOS
CORINTHIEN
ZAMORA
KOTH
SHEM
STYGIEN
KUSH
DARFAR
WESTLICHER OZEAN
BARACHAN INSELN
TRALLIBES
Kova
Burg Korzetta
Tal von Zingg
Yorkin
Venzia
Jerida
Guarralid
Tortage
Messantia
Asgalun
Libnun Hügel
Khemi
KELKA
Akhbet
Sipthas Insel
Pyramiden
Anakia
Ghaza
Kyros
Ashabal
Akkharia
Nakhmet
Pashtun
Harakht
Luxur
Nebthu
Furt von Bubastes
Khajar Oase
Zabhela
Kheshatta
SÜDLICHE WÜSTE
GAZALI
Gazal
Meroe
Grasebene
GHANATA
Xuthal
Sukhmet
Zuadsee
APHAKI TIBU
Schwarze Zitadelle
Stadt der Geflügelten
Jeluba
Zarkheba
Tombalku
Bakalah
Jihiji
BIGHARMA
Menhire
Pteion
Rasht
TAIA
Thuran
Seyan
Stadt des Set
Sabatea
KARAWANENSTRASSE
Styx
Bakhr
Tamba - Syn
Shushan
Akbitana
Kizil - Bezzin
Altaku
Nippr
Shamla Paß
Wüste
Shumir
Khanyria
ZAHEEMI
ZUAGIRS
ÖSTLICHE WÜSTE
SHAN E SORKH
Makan E Mordan
Akrel Oase
KHAROYA
Kuthchemes
NACKTE WÜSTE
Kassali
Thesrad
Eruk
FLAMMENDE BERGE
Tantuslum
VARETH
Yivga
Khoraja
Khrosha
Wüste von Koth
Salzsee
Korveka
Khauran
Khalis
Negs Burg
Arenjun
Dagoth Hügel
Vanatta
KARPASH GEB.
Shadizar
Larsha
Zahmahn
Opkothard
Mornstadinos
Urlaub
Khorshemish
Suthad
Pelishtia
Carnolia
Ianthe
Pergona
Valbroso
Culario
Shamu Ebene
Leucta
Numalia
Stadtstaaten
Burg Slott
Potrebia
Piroga
Tempel
Zikkurat
Yezud
KEZANKIA
Paß
Wiccana Hain
Charnina
Kelbaza
Lema Ebenen
Dinander
Hanumar
Belverus
Shamar
Zelata
PELLIA
Tybor
THUNE
Imirus
Lor
POITAIN
Khorotas
COUTHEN
ATTALUS
Elymia
Castria
Tarantia
Höhle v.
VALKIA
KARABAN
Mt. Golamira
Croton
Tor
Burg
Edram
VARAKIEL
SALZMARSCHEN
DER KÖNIGE
STRASSE

1

DIE VISION

Drückend lag die Nacht über Stygien. Selbst wo der Styx als gewaltiger Strom in den Westlichen Ozean mündete, kühlte nicht der geringste Windhauch die Dunkelheit. Nur wenige Sterne schimmerten durch den Dunstschleier über der Stadt Khemi, und bei ihrem Anblick mochte man glauben, sie seien Funken der schier unerträglichen Hitze, die die Steinbauten immer noch ausstrahlten, obgleich der Tag sich längst zur Ruhe begeben hatte. Die Stadtmauer ragte so steil und hoch zum Himmel auf, daß sie vor der Welt nicht allein verbarg, was sich Geheimnisvolles hinter ihr tat, sondern auch das bißchen Kühle abhielt, das der Ozean mit sich brachte. Auf den Klippen reckten sich neben den schweren Eisentoren Wachttürme dem Firmament entgegen, und ihre Zinnen schienen nach den Sternen schnappen zu wollen. Die Straßen darunter waren schwarze Gruben, verlassen und still, außer da, wo einer der als heilig verehrten Pythons auf Beutefang die trockenen Schuppen über das Pflaster schleifte, oder dort, wo ein anderer zischelnd vor unerwarteten Schritten zurückwich.

Erträglicher war die Luft, wo der Zauberer Tothapis schlief. In einer von mehreren Krypten tief im Gestein unter der Stadt plackten Sklaven an einem riesigen Rad, um die Windflügel in einem Luftschacht in Bewegung zu halten. Aus diesem Schacht wehte angenehme Kühle in das Schlafgemach ihres Herrn und vermischte sich mit dem Geruch des Räucherwerks. Das Schwirren der Flügel verlieh der Schlummermusik des von der gleichen Maschine betätigten Glockenspiels eine nicht unangenehme Untermalung. Die Matratze war zwar hart, wie es sich für einen Asketen wie ihn geziemte, doch ganz mit dem Haar jungfräulicher Opfer gefüllt. Und sein Nachtgewand sowie das Bettzeug waren aus so fein gesponnener schwarzer Seide, als wäre es das Werk einer Spinne.

Trotzdem schlief Tothapis in dieser Nacht nicht gut. Unruhig und vor sich hinmurmelnd warf er sich immer wieder herum, bis er plötzlich erwachte und sich keuchend aufsetzte. Vier mannshohe schwarze Kerzen, in Haltern aus den Schenkelknochen von Behemoths, flakkerten an den Ecken seines Bettes hoch auf und erloschen.

In all den Jahrzehnten seines langen Lebens war ihm noch nie ein solches Zeichen zuteil geworden, doch wußte er sehr wohl, was es bedeutete. Er befreite sich aus der obersten Seidendecke, mit der er im Schlaf so gekämpft hatte, und warf sich auf den Boden. Er berührte mit den Lippen den Teppich und wand sich wie eine Schlange. *»Iao, Setesh!«* schrillte er. *»Anet neter aa, neb keku fentut amon!«*

Erst jetzt wagte er, den Kopf zu heben und sich umzusehen. In der nun herrschenden Dunkelheit begann sich ein schwaches, gelbliches Glühen abzuzeichnen, und ein weiches Zischen, das keines Menschen Mund entsprang, brach die Stille. Das Glühen wuchs und nahm die Form einer gewaltigen goldenen Schlange an, die sich vom Boden bis fast zu der hohen Decke zusammengeringelt hatte. Das sanfte Zischen wurde zu einem mächtigen Rauschen, gleich dem des Styxes an seinen Katarakten fern im Südosten. Wieder wand Tothapis sich wie eine Schlange und küßte den Teppich.

Das Donnerbrausen wurde zur Stimme. »Sprich, Mensch! Sag, wer ich bin!«

»Du bist Set!« intonierte der Zauberer. »Herr des Universums, den die Stygier über alle anderen Götter verehren!«

»Sag mir, wie du mir dienst!«

»Auf jede Weise, in der der Mensch jenem dienen darf, der vor ihm war und sein wird, wenn er nicht mehr ist. Ich bin ein Priester in deinem Tempel, o großer Set, nicht sein Hierophant, doch aus gutem Grund, da ich dir als Oberzauberer des Schwarzen Ringes von größerem Nutzen sein kann. Meine Zauber zerschmettern jene, die sich weigern, dich anzuerkennen, und mein Rat stärkt Hand und Willen des Königs gegen die Ungläubigen. Bald, ja bald, o großer Set, werden sie durch uns all die Stärke deines Grimmes erfahren. Meine Dienste sind in deinen Augen, o Herr, gewiß nur der geringste, niedrigste Tribut. Du hast meiner Tage und Nächte auf dieser Welt viele gemacht. Du hast mir Macht über Menschen und Dämonen verliehen; und mehr noch, du hast mir Wissen gewährt und einen Einblick in die Geheimnisse deines Wesens. Und in dieser Nacht hast du dich deinem unterwürfigsten Sklaven offenbart. Was mehr könnte ich mir wünschen? Was, o großer Set, erlaubst du mir dafür für dich zu tun?«

»Erhebe dich, Mensch! Sieh mich an! Höre!«

Tothapis stand auf und blieb steif, die Arme ausgestreckt, mit den Handflächen nach unten, stehen. Der gewaltige Reptilschädel stieß ein wenig vor, die Zunge schnellte ein Stück zwischen den Fängen heraus, aber die lidlosen Augen blieben unbewegt. »Paß gut auf, was ich sage«, hörte der Zauberer. »Du nennst mich Herr des Universums, doch du weißt, wie unzählig und mannigfaltig die Götter der Erde, der Meere, des Himmels und der Unterwelt sind, wie wenige von ihnen mich als ihren Herrn anerkennen, und wie viele ihrer Anhänger in mir nichts als einen Teufel sehen. Mitra, der Sonnengott, ist mein mächtigster Rivale, am liebsten würde er mich, wenn er es könnte, unter den Füßen zermalmen.«

»Verflucht sei Mitra und die Hyborier, die ihn anbeten«, murmelte Tothapis.

»Ja, verflucht mögen sie sein«, echote die Erscheinung. »Doch aus Chroniken und durch geheimnisvolleres Wissen ist dir bekannt, wie er seine Macht aus alter Zeit behauptet hat. Ich schicke dir diese Vision, um dich vor einer neuen Gefahr zu warnen. Sie bedroht dich, euren König, das ganze Volk, ja selbst euren Gott. Am heutigen Tag haben ein Mann und eine Frau sich vereint. Nie wird ein Kind ihrer Verbindung entwachsen, doch bereits jetzt zeugten sie, ohne es zu ahnen, ein Geschick, das, wenn es nicht schon im Mutterleib oder in der Wiege abgewürgt werden kann, zu gewaltiger Größe heranwachsen wird. Und es wird eine Streitaxt schwingen, die viele und vieles niedermachen und schließlich, in späteren Jahren, die Säulen meines Obdachs fällen wird.«

Tothapis, dessen Ruhe kein höllisches Grauen zu erschüttern vermochte, erschauderte. Wenn Set nicht die Macht hatte, ein Paar Sterblicher zu zerschmettern, sondern dafür Menschen zu Hilfe rufen mußte, konnte es nur bedeuten, daß in der Welt jenseits der Welt unvorstellbare Kräfte miteinander rangen.

»Fürchte dich nicht, Zauberer«, fuhr die zischelnde Stimme fort. »Was zu geschehen hat, wird nur auf der Erde geschehen, denn mischten die großen Götter sich ein, führte es zum Letzten Kampf. Doch ich, der ich der Vater der Nacht bin, gewähre dir den Blick in die Zukunft, den du benötigst, und versichere dir, daß dir sowohl all deine List und Schläue, deine Zauberkräfte, als auch Ungeheuer und Dämonen gegen diesen Feind zur Verfügung stehen werden, der sich selbst nie bewußt sein wird, welche Gefahr er für uns alle darstellt. Er ist nur ein Mensch aus Fleisch und Blut, so mächtig dieses Fleisch und so feurig dieses Blut auch sein mögen. Gäbe es nicht dieses, dem Zufall entsprungene Zusammentreffen mit der Frau, würde er als nicht übermäßig bekannter Abenteurer weiterleben und sterben – wie du ihn jetzt noch sterben lassen kannst.

Sieh her und paß gut auf!«

Im Kreis der zusammengeringelten Schlange erwachte ein Bild zum Leben. Tothapis schien es, als schwebe er durch das Kuppeldach seines Hauses gut eine Meile empor, bis die Stadt unter ihm lag. Fluß, Bucht und Ozean schimmerten in der Nacht. Durch das bestellte Land rings um Khemi zogen sich die Silberfäden von Bewässerungskanälen, und kleine Dörfer hoben sich als winzige Pünktchen ab, während er immer höher schwebte und Stygien sich schließlich in seiner Gänze bis zu dem Fluß erstreckte, der seine nördliche Grenze bildete. Und noch darüber hinaus vermochte Tothapis zu sehen – über das Acker- und Weideland von Shem, südwärts über die Wüste und dann die Dschungel und das Grasland von Kush. Aus dieser Höhe waren alle Spuren von Menschenhand verwischt.

Schwindelerregend schnell schoß die kushitische Küste unter seinem Blick dahin. Regenwälder schlossen an brandungsumtobte Klippen an, die Sterne spiegelten sich im Sumpfwasser und auf den Flüssen. Ein wenig tiefer schien Tothapis nun zu schweben, und er sah die Lichtungen und Schneisen, wo die schwarzhäutigen Wilden gerodet hatten, um Ackerland zu schaffen. Und schon flog sein Blick, dem des Falken gleich, westwärts über das Wasser.

Tothapis sah ein Schiff, das nicht für friedlichen Handel bestimmt war – eine schlanke, schwarze Galeere mit erhabenem Deck vom Bug zum Heck. Darunter lag das Ruderdeck, und unterhalb das Hauptdeck über dem Laderaum. Als Galionsfigur hatte es den geschnitzten, vergoldeten Schädel eines Tigers mit gefletschten Zähnen. Schilde hingen entlang der niedrigen Reling. Die vierzig Ruder waren eingezogen, denn der Wind hatte das einzelne rechteckige Segel gebläht und trieb die Galeere katzengeschmeidig durch das schaumgekrönte Wasser. Der Großteil der Besatzung ruhte sich aus. Die Schlafsäcke lagen auf den Decks oder auf Bänken. Als das Schiff seinem Blick entgegenzukommen schien, sah Tothapis, daß es von Negern bemannt war, kräftigen jungen Burschen, spärlich bekleidet oder auch nackt, deren zahllose Narben von vielen Kämpfen zeugten und die ihre Waffen griffbereit zur Hand hatten.

Tothapis widmete sich dem Heck. Ein kleines Achterdeck bildete offenbar das Dach der Kapitänskajüte. Ein weißer Mann und eine Frau standen darauf. Die Rechte des Mannes lag um die Ruderpinne, sein linker Arm um die Taille der Frau, die ihrerseits den Arm um seine Mitte geschlungen hatte. Sie waren beide deutlich zu erkennen, denn der Himmel war hier völlig klar und die Sterne der Milchstraße spiegelten sich glitzernd im Wasser.

Tothapis lebte im Zölibat, um seine Kräfte nicht mit irdischen Dingen zu vergeuden, doch beim Anblick dieser Frau entwich seinen Zähnen unwillkürlich ein bewundernder Pfiff. Sie war jung, nur mit schleierfeinem Gespinst bekleidet, obgleich der Seewind zweifellos kalt war. Von einem schmalen Gürtel hing ein Dolch, und ein silbernes Stirnband hielt ihr rabenschwarzes Haar zusammen, das offen bis fast zu ihrer Taille wallte. Die vom Sternenschein erhellte Vision hielt nicht mit Farben zurück, und so sah Tothapis, daß die Augen der Frau unter den feingeschwungenen Brauen von einem glänzenden Braun und die Lippen voll und leuchtend rot waren. Die elfenbeinfarbene Haut, die hohen Wangenknochen und der Schnitt der Nase verrieten ihm, daß sie Shemitin war. Doch war sie größer, als bei ihrer Rasse üblich – und nie hatte er je eine solche Figur gesehen: ein üppiger fester Busen betonte die ungemein schmale Taille, Arme und Beine waren lang und wohlgeformt, und die sanften Rundungen verbargen geschmeidige Muskeln. Sie bewegte sich grazil wie ein Panther.

»Das ist Bêlit«, erklärte die zischelnde Stimme Sets. »Obgleich sie eine Frau ist, hat sie aus schwarzen Wilden die gefürchtetsten Piraten gemacht, die je ihr Unwesen entlang der Schwarzen Küste trieben. Ihr gegenwärtiger Kurs soll sie nordwärts, nach Stygien bringen. Heute erst hat sie ein Schiff geentert, auf dem Conan von Cimmerien reiste. Nur unter schweren Verlusten gelang es ihr, es einzunehmen, da er gegen sie kämpfte. Dabei flammte über die blitzenden Klingen hinweg die Liebe zwischen ihnen auf, und sie schlossen Frieden, doch gemeinsam werden sie das blutige Schwert schwingen ... Nimm endlich den Blick von ihr, Narr! Sieh dir Conan an!«

Tothapis beeilte sich zu gehorchen. Auch der Rudergänger war jung, obgleich er auf den ersten Blick älter wirkte. An Höhe und Breite glichen seiner Statur nur wenige. Das Muskelspiel des Armes, der mühelos das schwere, widerspenstige Ruder bediente, verriet seinem Körperbau angepaßte Kraft. Trotzdem war er nicht weniger behende und geschmeidig als seine Gefährtin. Eine geradegeschnittene schwarze Mähne fiel bis auf die Schultern. Die glattgeschabten Züge waren auf grobgeschnittene Weise einnehmend. Ihre Härte war durch Lachfältchen gemildert, und die blauen Augen, die früher wie Eis geschimmert hatten, strahlten nun warm und feurig. Die Tunika, die er sich ausgeliehen hatte, als er und Bêlit beschlossen, ein wenig an Deck zu gehen, drohte von seinen Muskeln gesprengt zu werden und offenbarte der Sonne bisher vorenthaltene Stellen, die verrieten, wie weiß seine ansonsten bronzegetönte Haut von Natur aus war – und das wiederum sagte Tothapis, daß dieser Mann aus dem fernen Norden kam, daß er ein – Barbar war.

Die zischelnde Stimme schwieg wieder, statt dessen hörte der Zauberer das Rauschen des Wassers und das Ächzen und Knarren von Holz. Er spürte fast, wie das Deck unter den Füßen schwankte, und glaubte, der Salzgeruch des Meeres steige ihm in die Nase. Bêlits kräftige Stimme klang sanft. »Die Sterne freuen sich mit uns, Geliebter.« Sie bediente sich der Lingua franca der Seefahrer.

Conan antwortete in derselben Sprache. Sein cimmerischer Akzent klang so wohltönend, daß es den Stygier überraschte, der nur wenig über das ferne kriegerische Volk der Cimmerier wußte. »Kein Wunder, wenn sie das Glück haben, dich sehen zu dürfen«, antwortete Conan und drückte Bêlit noch fester an sich. »Doch in deiner vollen Schönheit würden sie dich erst bewundern können, wenn es ihnen möglich wäre, uns in die Kabine zu begleiten.«

»Gehen wir bald?« erkundigte sie sich schnurrend wie eine Katze.

»Ja. Ich wollte nur ein bißchen Luft schnappen und die Gelegenheit beim Schopf packen, mir das Ruder ein wenig näher anzusehen. Ich fürchte, ich brauche erst etwas Übung, ehe ein Korsar aus mir wird. Rufen wir N'Yano und Mukatu zurück ans Ruder, dann haben sie auch weniger Zeit, ihrem Neid nachzuhängen.«

»Von unserer Mannschaft hast du weder Neid noch Verrat zu befürchten«, versicherte ihm Bêlit. »Sie sind meine ergebenen Krieger aus der Suba, die mir ihren Bluteid leisteten. Nie hat je einer auch nur versucht, sich mir ungebeten zu nähern, noch mich mit Worten oder Taten beleidigt.«

»Es würde ihnen auch schlecht bekommen, versuchten sie es jetzt«, sagte Conan nicht ganz im Spaß. »Aber – hm – ich glaube, wir müßten ihnen bald eine Gelegenheit geben, sich ebenfalls so richtig auszutoben.«

»Daran hat es ihnen noch nie gemangelt«, sagte Bêlit lächelnd. »Sie wissen, daß sie dazu immer eine Chance haben, wenn wir in einen sicheren Hafen einlaufen. Und wir haben genügend Beutegut, um dafür bezahlen zu können. Aber genau wie für mich ist ihnen im Augenblick die Rache wichtiger. Zuerst müssen wir nach Stygien.«

Conan hob die Brauen. »Jetzt, da der heutige Kampf deinen Leuten solche Verluste einbrachte?«

»Du brauchst nicht zu befürchten, daß die anderen dich deswegen hassen. Nein, sie freuen sich, daß du mein Liebster und ihr Mitkapitän bist. Und ich bin überglücklich.« Bêlit küßte Conan leidenschaftlich. »Die Subaner sind davon überzeugt, daß ein Mann, der im Kampf fiel, in ewigem Glück bei den Göttern leben darf. Du verhalfst einigen ihrer Kameraden dazu, ohne ihren Frauen und Kindern Leid zuzufügen. Jetzt sind deine Kraft und Geschicklichkeit auf unserer Seite und werden uns in unserer Rache helfen. Du weißt gar nicht, wie sehr du uns an Bord willkommen bist, Conan.«

»Wir teilen Kämpfe wie alles andere, Bêlit«, versicherte ihr der Cimmerier. »Nur weiß ich nichts von eurer Rache, und schon gar nicht, wie ein einzelnes Schiff etwas gegen eines der mächtigsten Reiche der Erde ausrichten kann.«

Die Frau zuckte wie unter Schmerzen zusammen. »Ich werde dir später alles erzählen, Liebster«, versprach sie ihm, was ihr sichtlich schwerfiel. »Doch diese Nacht sollte nur unserem Glück gehören.«

Conan schloß sie fest in die Arme. Nach einer Weile hob sie stolz den Kopf. Der silberne Stirnreif glänzte. »Wir werden einen Weg finden, daß die Stygier bitter bereuen, was sie getan haben ...«

Tothapis beugte sich aufgeregt hinab.

Auf die eingeringelte Schlange und das Bild, das sie vermittelte, sauste eine gewaltige Streitaxt herab. Dunkelheit verdrängte das Bild, und das Reptil wand sich zuckend. »Mitra!« hörte der Zauberer die schwächer werdende Zischstimme. »Du hast mich gefunden. Doch noch ist das Spiel nicht zu Ende, Mitra – nein, es hat kaum begonnen ...«

Drückende Stille und Dunkelheit hüllten Tothapis ein.

In einem Winkel seines Geistes staunte er, daß er nicht bewußtlos zu Boden sank, nach allem, was er miterlebt hatte. War ein Teil von Sets Reptilgeist in dieser Nacht oder während der Jahrhunderte seiner Schwarzen Magie in ihn eingedrungen? Er vermochte es im Augenblick nicht zu sagen, und es war auch nicht so wichtig. Von Bedeutung war lediglich, daß er mit keinen weiteren Wundern seines Gottes rechnen konnte, daß er nun auf sich selbst gestellt war. Doch ehe eine übernatürliche Kraft nähere Anweisungen verhindert hatte, war ihm zumindest ein kleines Bruchstück einer Prophezeiung zuteil geworden, und nun hatte er eine Mission zu erfüllen.

Tothapis tastete sich zur Tür. Lampen flackerten auf dem Korridor dahinter. Noch zitternd, doch fest entschlossen eilte er zum Mittelpunkt seiner Festung. Dort würde er finden, was er benötigte, um auf eine bestimmte Weise Antwort auf seine Fragen zu bekommen. Ein ganz bestimmter Toter würde ihm sagen können, von welchem Lebenden er mehr über Bêlit und Conan erfahren konnte, und so würde er einen Weg zu ihrer Vernichtung finden.

2

ZUSAMMENKUNFT DER ZAUBERER

Die aufgehende Sonne schien den Styx in feuriges Blut zu verwandeln. Sumpfhühner flatterten aus dem Ried der Marschen; Geier zogen ihre Kreise am Himmel; Krokodile schleppten sich auf die Sandbänke und seichten Ufer, die nach ungeschriebenem Gesetz ihnen zustanden. Boote mit hohem Bug und Heck, deren Segel sich neigten, trieben auf dem Fluß dahin. Auf Galeeren schlugen Gongs den Takt für die Rudersklaven. Leibeigene traten aus ihren armseligen Katen, nur mit Lendentüchern bekleidet oder auch ganz nackt, um ihrer Arbeit auf den Feldern nachzugehen.

An der Bucht, wo der Styx sich mit dem Westlichen Ozean vereinte, begannen Kalksteinfelsen ihren Zug nach Norden gen Shem. Dieses Land war von hier aus nicht zu sehen, denn der oberste Arm des Flußdeltas bildete die Grenze, die im Grund genommen keine wirkliche Trennlinie war, da die nächsten shemitschen Stadtstaaten Stygien Tribut zollten. Als wolle sie dieser Tatsache für immer Gewicht verleihen, drängte die Große Pyramide sich an der Südseite dicht an die Nordostecke von Khemi und ragte weit über Türme und Mauern. Zahllose Jahrhunderte hatten ihre Oberfläche verwittert, so daß sie nun nicht mehr in weichem Gold leuchtete, sondern in pockigem Ocker. Ansonsten war sie unberührt geblieben und erhob sich über die anderen ihrer Art, die in der Ferne und innerhalb der Stadt zu sehen waren. Unterhalb von ihr und der Zeremonienstraße um sie herum fiel das Terrain ab zu einer Wirrnis von Felstrümmern, verlassenen Steinbrüchen und einer Grube, wo Gefangene unter der Peitsche der Aufseher immer noch Steine freilegten.

Die Sonne stieg höher, bis sie die Düsternis aus dem letzten Winkel der Straßen von Khemi verjagt hatte, in denen sich schwerbeladene Kamele, Ochsenkarren, Reiter und Fußgänger drängten. Trotzdem war der Verkehr hier nicht so dicht, wie man ihn in einer Metropole erwarten mochte, und zweifellos weniger rege und kosmopolitisch, denn Stygien duldete nicht mehr Fremde in seinen Grenzen, als unumgänglich war. Selbst in Luxur, der Haupt- und Königsstadt weiter flußaufwärts, fand man viel weniger Fremde als in den meisten Handelsstädten anderer Länder. Khemi, die religiöse Hauptstadt, war allen verwehrt, die keine Passierscheine aufzuweisen vermochten, und diese waren selbst für Stygier nur schwer zu bekommen. Gelang es einem Fremden tatsächlich einen zu erhalten, mußte er feststellen, daß keiner der Bürger es wagte, sich mit ihm zu unterhalten, wenn es nicht geschäftlich zwingend nötig war. Und die, mit denen er geschäftlich zusammenkam, waren nur wenige und standen unter peinlicher Beobachtung.

Die Sonne schleppte sich weiter durch den Tag. Die Nachmittagshitze trieb die Bürger zum Ausruhen in ihre Häuser. Einige von ihnen hatten Paläste mit schattigen Gärten, in denen sie sich an die Kühle verbreitenden, plätschernden Springbrunnen zurückzogen. Doch die meisten mußten mit engen Wohnungen oder kleinen Zimmern in hohen Mietsbauten vorliebnehmen. Aber keinem fehlte ein Dach irgendeiner Art über dem Kopf, denn die Hierarchie war darauf bedacht, über Aufenthalt und Tun eines jeden zu jeder Zeit Bescheid zu wissen.

Gegen Abend, wenn die Hitze nicht mehr ganz so unerträglich war, kamen sie wieder aus ihren Häusern und gingen ihren Geschäften und Beschäftigungen nach, bis die Dämmerung sich herabsenkte, denn nach dem Gesetz mußten die Läden und dergleichen um diese Zeit geschlossen werden. In den Armenvierteln ließen einige Tavernen noch eine Weile verstohlen Gäste ein, doch auch sie blieben nicht sehr viel länger geöffnet.

Obgleich es kaum Verbrechen in Khemi gab, drohten auf den Straßen nach Sonnenuntergang doch besondere Arten von Gefahr. Auf Befehl, aus Notwendigkeit oder nur reinem Wagemut streiften verschiedene Arten von Menschen bei Fackellicht durch die Straßen: Soldaten, Boten, Lastträger, Dirnen, Händler mit ungewöhnlicher Ware und hin und wieder ein vermummter Priester.

In Tothapis' Palast herrschte immer Nacht. Die beinweißen Mauern hoben sich steil über die Straße der Espen, nur von wenigen Türen und Luftschlitzen durchbrochen. Um die Kuppel führte ein Dachgarten, in dem nicht die üblichen Blumen und Sträucher gediehen, sondern in dessen Beeten schwarzer und purpurner Lotus und noch exotischere Pflanzen wuchsen. Das Licht im Innern des festungsgleichen Palastes kam von Lampen und Kerzen. Ins Mittelgemach drang nie ein Zeichen der Außenwelt, wenn man von der kalten Luft absah, die von den Krypten hochgepumpt wurde.

Den ganzen Tag waren die Diener des Zauberers beschäftigt gewesen. Als die Sonne in tiefem Rot unterging, kamen zwei, die sie zu ihrem Herrn bestellt hatten, getrennt voneinander an und wurden von zungenlosen Sklaven zum Mittelgemach geführt. Kurz danach erschien noch ein dritter, doch er wurde schwer bewaffnet und in Ketten herbeigeschleppt. Er und seine Wächter mußten in einem anderen Raum warten.

Tothapis empfing seine Besucher mit distanzierter Höflichkeit. Er war ein hochgewachsener, hagerer Mann in einfacher schwarzer Robe, mit kahlgeschorenem Schädel, wie es von den Set-Priestern erwartet wurde. Bei ihm wirkten die typischen scharfgeschnittenen Züge der stygischen Edlen noch hervorstechender, und die runendurchzogene Haut war nicht hellbraun, sondern von einem dunklen Elfenbeinton. Die Iris seiner tief in den Höhlen liegenden Augen erweckte den Eindruck, als wäre sie aus poliertem Obsidian. Ein Rubin funkelte an seiner Linken. Er war in der Form der Weltkugel im gähnenden Rachen einer goldenen Schlange geschliffen. Doch von noch größerer Wirksamkeit in seiner Fremdartigkeit war der sehr sorgfältig gearbeitete Schlangenschädel, der von einer Kette um des Zauberers Hals hing.

»Setzt euch«, forderte er die zu ihm Beorderten auf, nachdem der Form Genüge getan war, und ließ sich in seinen eigenen Sessel sinken, dessen Rückenlehne nach dem Abbild einer Kobra geschnitzt war, deren vorgestreckter Kopf mit den gespreizten Halsrippen den Baldachin bildete. Von den weiteren in diesem Gemach stehenden und hängenden Gegenständen war in der herrschenden Düsternis sehr wenig zu erkennen, denn nur ein neunarmiger Kerzenhalter auf einem Altarblock verlieh dem Mittelgemach schwaches Licht. Die in den Stein gemeißelten und jetzt vom Alter verwischten Glyphen waren die Acherons, das schon vor dreitausend Jahren untergegangen war.

»Ich habe euch einer sehr ernsten und dringenden Sache wegen rufen lassen«, sagte Tothapis. »Set höchstpersönlich« – er beschrieb ein Zeichen – »hat mir in einer Vision davon kundgetan, die bedauerlicherweise durch eine Erscheinung unterbrochen wurde. Ich glaube, diese

Erscheinung kam von Mitra, denn sie hatte die Form einer Axt ...«

»Die Axt von Varanghi!« entfuhr es Ramwas, ehe er sich besann, wem er hier gegenübersaß. »Mein Herr, ich ersuche Euch untertänigst um Verzeihung«, entschuldigte er sich hastig. »Eure Worte überraschten mich so sehr ...«

Tothapis durchdringender Blick beschäftigte sich mit ihm.

»Was wißt Ihr über die Axt von Varanghi?« erkundigte er sich.

Ramwas war ein Mann mittleren Alters, von untersetztem, kräftigem Körperbau, mit eckigen Zügen, auffallend großer Nase, tiefbronzener Haut und bartlos. Das Haar, das gerade geschnitten über die Ohren hing, war mit Grau durchzogen. Er hatte den Umhang abgelegt und trug nun nur eine schmucklose weiße Tunika und Ledersandalen. Mit dem Umhang hatte er im Vestibül auch das Kurzschwert zurückgelassen, das ihm als Offizier zu tragen gestattet war. Er war außerdem ein Edelmann unterer Klasse und Großgrundbesitzer.

»Nicht viel mehr als das, worüber man in Taia offen spricht, mein Lord«, antwortete er verlegen. »Ich war vor Jahren dorthin abkommandiert worden. Die Eingeborenen halten die Axt für ein Relikt von Mitra, das irgendwo verborgen liegt, bis eines Tages ein Führer kommen, sie wieder aufnehmen und Taia von uns befreien wird.« Er zuckte die Schultern. »Die übliche Art von Aberglauben.«

»Nur daß Taia wieder rebelliert«, warf Nehekba ein. »Und unser Herr der Nacht scheint zu wissen, daß es sich diesmal nicht um einen der üblichen Aufstände handelt, die sich von ein paar Regimentern und einem Henker unterdrücken lassen.«

»Das mag stimmen«, pflichtete ihr Tothapis bei. »Er-der-ist erwähnte jedoch Taia nicht, möglicherweise hätte er es noch getan. Die Zauber, derer ich mich danach bediente, betrafen hauptsächlich eine Piratin namens Bêlit ...«

Ramwas zuckte zusammen.

»... und ihren momentanen Gefährten, einen Barbaren aus dem Nordland«, fuhr Tothapis fort. »Über ihn konnte ich so gut wie nichts erfahren, obgleich ich mehr vor ihm als vor ihr gewarnt wurde. Sie, andererseits, war schon einmal in dieser Gegend. Wie immer erinnerten sich die Steine und Geister. Auf diese Weise hörte ich auch Euren Namen, Ramwas. Meine irdischen Agenten erfuhren mehr über Euch, unter anderem, daß Ihr zur Zeit in Euren Besitztümern in der Nähe von Khemi nach dem Rechten seht. Sie versicherten mir, daß Ihr ein fähiger und absolut verläßlicher Mann seid.«

Ramwas neigte den Kopf über den gefalteten Händen.

»Mein Lord«, sagte Nehekba, »vielleicht könntet Ihr mit einer Beschreibung Eurer Vision beginnen?«

Tothapis widmete ihr einen noch durchdringenderen Blick als dem Offizier zuvor. Die Hohepriesterin von Derketa unterstand der Hierarchie von Set. Trotzdem war diese Göttin der Sinnlichkeit, die gleichzeitig die Göttin der Toten war, die sie, wie man glaubte, mit dem Mitternachtswind durch die Lüfte führte, keine unbedeutende Gottheit. Ihr Kult war weit über die Grenzen Stygiens hinweg verbreitet, und in Stygien selbst wurde sie von den einfachen Leuten mehr verehrt und inbrünstiger und öfter angerufen als der distanziertere und schreckliche Set. Als Herrin ihrer Mysterien war die Hohepriesterin in Khemi immer eine mächtige Zauberin und die einzige Frau im Rat der Priester.

»Wägt Eure Worte, Nehekba«, sagte Tothapis tonlos. »Ihr und ich arbeiten nicht zum erstenmal zusammen, und Ihr kommt leicht in Versuchung, Eure Zunge durchgehen zu lassen.«

»Ich bitte um Entschuldigung, Lord.« Ihrem Ton war jedoch nicht zu entnehmen, daß sie ihre Worte ernstmeinte. »Ich dachte nur, wir sollten keine Zeit vergeuden, wenn es um eine Sache der Schlange geht.«

Tothapis' Blick ruhte noch immer auf ihr, genau wie Ramwas'. Nehekba hatte ihr hohes Amt schon jung erreicht, indem sie sich bei den heimlichen Machtkämpfen in Khemi mit der richtigen Partei verbunden hatte, und im Umgang mit Gift, wie man munkelte, nicht kleinlich gewesen war. Sie hatte sich die Schönheit ihrer Jugend erhalten. Sie war schlank wie die meisten stygischen Edelfrauen, doch größer und von ungewöhnlicher Sinnlichkeit. Ihr Gesicht war ein feingeschnittenes Oval mit schmaler, gerader Nase, betörenden Lippen und großen, glänzenden bronzefarbenen Augen unter hohen geschwungenen Brauen. Ihre makellose Haut erinnerte an rauchigen Bernstein. Schnüre mit Fayenceperlen hielten ihr üppig bis zum Busen und den Schulterblättern fallendes pechschwarzes Haar zusammen. Sie trug ihre Priesterinnenkrone von der Form eines sich öffnenden Lotus und ein schleierfeines Gewand. Auch sie hatte ihre schwere Robe im Vestibül gelassen. Die glitzernden Fingerringe und der feine Brustschild hatten nur Schmuckwert. Ihr Amulett war ein winziger Spiegel an einem Silberkettchen um den Hals.

»Nun gut«, sagte Tothapis. »Ich werde erzählen, welche Gunst unser Herr der Nacht mir zuteil werden ließ.«

Sein Bericht war geradeheraus, ohne Ausschmückungen, er verheimlichte höchstens, daß er Angst empfunden hatte – falls das der Fall gewesen war. »Mit dem Wind läßt sich nichts unternehmen«, schloß er, »ehe das Schiff viel näher ist. Und selbst dann nur wenig. Nach der gegenwärtigen Position der Galeere zu schließen, dürfte sie zwei Wochen benötigen, bis sie so weit nordwärts kommt. Da die Strömung gegen sie ist, muß sie sich weit seeinwärts halten, um schneller voranzukommen, also haben wir ausreichend Zeit für einen Plan und unsere Vorbereitungen.«

»Was kann ein Piratenschiff sich hier versprechen, mein Lord?« fragte Ramwas nachdenklich. »Stygiens Seehandel ist von keiner großen Bedeutung für den Reichtum des Landes. Außerdem ist anzunehmen, daß unsere Kriegsschiffe mit dem Freibeuter fertig werden.«

Tothapis starrte in die tiefen Schatten. »Er, den das Schiff bringt, ist auf unbekannte Weise eine Fackel, die das Schicksal in Brand setzen mag.«

Der Offizier schauderte und machte das Zeichen Sets.

»Wenn dem so ist«, gab Nehekba zu bedenken, »könnte möglicherweise gerade unser Einschreiten gegen ihn die Flamme zünden.«

Tothapis nickte. »Das mag so sein. Doch wenn wir nichts tun, wird zweifellos etwas anderes sie zum Lodern bringen, und wir werden nicht nahe genug sein, sie im Styx zu löschen. Er-der-ist würde sich mir nicht grundlos offenbaren.«

Er wandte sich an Ramwas. »Hört, weshalb ich Euch rufen ließ. Meine Zauberkünste verrieten mir Euren Namen und noch einiges, das es meinen Dienern ermöglichte, mehr über Euch zu erfahren, auch, daß Ihr bereits einmal mit Bêlit zu tun hattet und noch etwas in Eurem Besitz habt, was sie verlocken könnte. Für Bêlit würde Conan alles tun.« Verächtlich zog er die Mundwinkel hinab. »Ich sah, wie verfallen er ihr bereits ist. Die zweiwöchige Seereise hierher wird ihn noch mehr in ihren Bann schlagen.«

Nehekba senkte die langen Wimpern. »Er scheint mir

recht interessant zu sein. Könnt Ihr ihn nicht näher beschreiben, mein Lord?«

»Und Bêlit ebenfalls, wenn ich Euch darum bitten darf«, fügte Ramwas hinzu.

Tothapis erfüllte beider Wunsch. Als er geendet hatte, zupfte der Edelmann an seinem Kinn und sagte bedächtig: »Es kann kein Irrtum sein, sie ist nicht zu verwechseln. Sie war eine meiner Sklavinnen. Mit ihrem Bruder und anderen Stammesangehörigen nahmen wir sie bei einer Sklavenjagd vor etwa drei Jahren gefangen. Ich verkaufte die Neger und behielt die beiden Weißen, was ich jetzt noch bereue. Ein Satansbraten war sie, und schon bald gelang ihr die Flucht, die mich ein paar gute Diener kostete. Ihr Bruder ist nicht besser.«

»Mein Zauber verriet mir auch ein wenig über ihn. Deshalb wies ich Euch an, ihn hierherbringen zu lassen«, sagte Tothapis. »Doch erzählt mir mehr.«

Ramwas zuckte die Schultern. »Er ist ein Shemit mit Namen – hm – Jehanan, stark, intelligent, undurchschaubar, halsstarrig – auf gefährliche Weise. Auch er versuchte immer wieder zu fliehen, aber wir sorgten dafür, daß es ihm nicht glückte. Wiederholte Auspeitschungen kurierten ihn jedoch genausowenig, wie tagelanger Strafaufenthalt im Kerker. Als er schließlich eines Tages mit bloßen Händen einen Aufseher tötete, der ihn züchtigte, wurde mir klar, daß er mir als Farmarbeiter von keinem Nutzen sein würde. Also ließ ich ihn vor den Augen seiner Mitsklaven von einem Experten in seinem Fach, der weiß, wie man es angehen muß, um jemandem lebenslange Schmerzen zuzufügen, mit der Keule prügeln. Dann überließ ich ihn dem Aufseher im Steinbruch unterhalb der Pyramide, wo man mit unbelehrbaren Burschen umzugehen weiß.«

Nehekba strich sich mit den Fingerspitzen über die

Wangen. »Könnten wir ihn hierherbringen, um ihn auszufragen?«

»Zwecklos, meine Lady«, versicherte ihr Ramwas. »Nicht einmal die ständigen Schmerzen haben ihn gezähmt. Er arbeitet nun den ganzen Tag, doch nur, weil man den Sklaven im Steinbruch die Ketten nie abnimmt und ihm deshalb gar nichts anderes übrigbleibt. Ich glaube, es würde ihm Spaß machen, sich uns hier zu widersetzen, selbst wenn wir ihn noch so sehr folterten.«

»Martern wäre auf jeden Fall dumm!« sagte die Priesterin ungeduldig. »Ich will ihn kennenlernen!«

»Deshalb sandte ich nach Euch, meine Lady von Derketa«, versicherte ihr Tothapis. Er wandte sich an Ramwas. »Sie hat ihre eigenen Mittel, die kein Mann anwenden könnte. Trotzdem ist es unnötig, einen stinkenden Steinhauer in mein geheiligtes Gemach zu bringen. Ich werde ihn Euch dort zeigen, wo er jetzt ist, Nehekbar.«

Er beschrieb ein Zeichen in die Luft und murmelte ein paar Worte. In der Finsternis einer Ecke schien sich eine unsichtbare Tür zu öffnen, und die drei blickten in einen Wachraum. Bewaffnete saßen herum, unterhielten sich oder ließen Würfel über den Tisch rollen. Doch sie wirkten nicht völlig entspannt wie Männer während der Freiwache, und zwei standen aufrecht mit der Rechten um den Pikenschaft und der Linken nahe dem Griff ihrer Kurzschwerter.

Er, den sie bewachten, saß auf einer Bank an einer reich verzierten Wand. Der Lampenschein verriet, daß er noch jung war, von mittlerer Größe mit breiten Schultern und muskulösem Oberkörper. Muskelstränge so dick wie Schiffstaue hoben sich an den Armen und dem Bauch ab. Er trug lediglich ein schmutziges Lendentuch, seine Fesseln und eine zerkrümelnde Schicht aus Schweiß und Dreck. Sein verfilztes Haar und der Bart waren braun, doch durch den Schmutz wirkte beides dunkler. Seine mehrfach zerbrochene, jetzt plattgedrückte Nase trug nicht dazu bei, das einstmals gutaussehende Gesicht zu verschönern, das jetzt Geschwülste und Narben entstellten. Die meisten der Vorderzähne waren ihm ausgeschlagen, und weitere Narben zogen sich über seinen ganzen Körper. Das linke Schlüsselbein war ihm gebrochen und absichtlich falsch eingerichtet worden. Trotzdem sprach ungebändigter Stolz aus seinen goldenen Adleraugen.

Nun waren auch Stimmen zu vernehmen und das Klicken der Würfel. Einer der Soldaten brummelte. »Wie lange müssen wir noch hierbleiben? Ich bin für die erste Morgenwache eingeteilt.«

»Pst!« mahnte ihn einer. »Wir dienen heute nacht hohen Lords.«

»Seinetwegen, zweifellos«, sagte der erste ungehalten und deutete daumenzuckend auf den Sklaven. »He du, weshalb bist du nicht längst verreckt? Die wenigsten halten so lange durch.« Er spuckte dem Gefangenen auf den nackten Fuß.

Jehanan sprang auf. Die Kette zwischen seinen Fußgelenken klirrte. Er schwang die Arme hoch, als wollte er die Fesseln auf den Schädel seines Peinigers herabsausen lassen. Doch sofort stupsten Pikenspitzen an seine Kehle. Knurrend entspannte er sich. »Die Rache, die mein sein wird, wenn meine Stunde gekommen ist, hält mich am Leben!« sagte er auf Stygisch mit rauhem Akzent und mühsam Luft schnappend. »Aber *du* bist es nicht wert, daß man auch nur zurückspuckt.«

Er drehte sich um. Das Fresko hinter ihm stellte Set dar, der die Verehrung einer ihm Opfer bringenden Prozession entgegennahm. Er spuckte auf den Gott.

Die Wächter und Ramwas schrien erschrocken auf.

»Sie werden ihn töten, wenn Ihr sie nicht davon abhaltet, Tothapis!« rief Nehekba.

»Das war Gottesschändung!« sagte der Zauberer mit zitternder Stimme.

»Es gibt schlimmere Strafen als den Tod«, erinnerte ihn die Hohepriesterin. »Und wir brauchen ihn noch für den Herrn der Unterwelt.«

Tothapis nickte steif und beschrieb ein weiteres Zeichen in der Luft, ehe er einen scharfen Befehl hervorstieß. »Laßt ihn in Ruhe! Sein Los ist bereits vom Schicksal bestimmt!« Die Wachen hörten ihn. Voll ehrfurchtsvollem Schauder wichen sie vor Jehanan zurück, der sie herausfordernd angrinste. Tothapis machte dem Bild ein Ende.

»Was sollen wir mit ihm tun?« fragte er nach kurzem Schweigen.

Mit seiner Frage riß er Nehekba aus ihren Gedanken. Sie lächelte schläfrig. »*Ich* werde aus ihm machen, was nötig ist, mein Lord.«

»Wie?«

»Nicht durch Auspeitschen oder Einsperren in einem Sarg oder dergleichen. Nein, laßt ihn in die Festung des Mantikors bringen. Badet, salbt und kleidet ihn gut, setzt ihm ein schmackhaftes und reichliches Mahl und Wein vor. Richtet ihm ein weiches Bett in einem schönen Raum mit kühler, duftender Luft. Wenn er sich ausgeruht hat, werde ich ihn besuchen, dann werden wir bald mehr wissen.«

Tothapis' Lippen verzogen sich leicht. »Ich hatte damit gerechnet, Nehekbar. Und so soll es sein.«

Wieder wandte er sich an Ramwas. »Ihr seid zuverlässig«, sagte er, und fuhr fast drohend fort: »Das hoffe ich wenigstens.«

Der andere zuckte erschrocken ein wenig zurück. »Ich

bemühe mich jedenfalls, mein Lord«, antwortete er mit nicht ganz fester Stimme.

Tothapis nickte. »Gut. Wenngleich die Strafe für Versagen keine Grenzen kennt, ist die Belohnung für den Erfolg doch jedes Risiko wert. Unsere Aussprache muß geheim bleiben, zumindest bis wir besser verstehen, was das Ganze bedeutet, sonst mag uns leicht ein übereifriger Staatsdiener in die Quere kommen oder gar die ganze Staatsmaschinerie, die das Reich wie Korallen ein Riff überwuchert. Dazu ist die Angelegenheit viel zu dringlich und zu gefährlich.

Deshalb, Ramwas, müßt Ihr mein Agent werden.« Er hob eine Hand, als der Mann erschrocken den Mund öffnete. »Ihr habt nichts zu befürchten und werdet nicht mit Zauberei in Berührung kommen – oder kaum. Ihr müßt verstehen, daß ich in Zeiten der Krise fähige Männer brauche, die in Notfällen mit allen Situationen fertig werden. Ich habe niemanden in Luxur, den ich einzuweihen wagen würde. Aber es könnte sehr leicht sein, daß ich dort jemanden brauche – und erst recht dann, wenn der Aufstand in Taia vielleicht mit Conans Bestimmung, die wir verhindern müssen, zusammenhängt. Ihr wart schon oft dort, Ihr kennt die Stadt und die Leute und werdet respektiert. Ein Wort von mir, und der Grandgeneral wird Euch auf einer ›Sondermission‹ nach Luxur schicken. Ihr werdet dort eine Abteilung einrichten, deren Angehörige den Auftrag haben, jeden verdächtigen Ort heimlich zu überwachen.«

»A-aber – aber, mein Lord«, stammelte Ramwas. »Luxur liegt Hunderte von Meilen flußaufwärts. Selbst wenn ich die Pferde wechsle und sie zuschanden reite, könnte ich die Stadt nicht erreichen, ehe das Piratenschiff an unserer Küste angelangt. Und dann vermöchte auch die flinkste Brieftaube nie ...«

Tothapis unterbrach ihn. »Seid still und hört mir zu. Ihr werdet an Bord des heiligen Flügelbootes reisen. Ihr habt vielleicht noch nicht davon gehört, aber es ist imstande, Euch in einer Nacht, einem Tag und noch einer Nacht nach Luxur zu bringen. Ein Homunkulus wird Euch begleiten, der Eure Worte mit Gedankenschnelle an mich weiterleitet, und meine an Euch.«

Ramwas, der furchtlos Löwen und Menschen gejagt hatte, konnte ein Schaudern nicht unterdrücken.

Tothapis bemerkte es und sagte beruhigend: »Wenn Ihr Euch beeilt, könnt Ihr hier noch Eure eigenen Angelegenheiten besorgen, und Ihr werdet auch in Luxur Zeit für Eure Vorbereitungen haben. Doch zuerst müssen wir, Ihr und ich, uns noch eingehender, und nicht nur einmal, unterhalten. Und, Ramwas, vergeßt nicht: in der Stunde der Gefahr zeichnet der Kühne sich aus und kommt zu Macht, und sein Name wird Legende. Würde Euch das nicht gefallen, Ramwas?«

Nehekba kuschelte sich wie eine Katze in ihren Sessel und lächelte kaum merklich.

3

DIE RÄCHERIN

»Für mich starb das Glück, als ein schwarzes Segel sich über den Rand des Meeres hob«, sagte Bêlit.

Sie stand neben Conan am Oberdeck des Buges neben der Galionsfigur, deren Goldüberzug unter dem wolkenlosen Himmel glitzerte. Die Sonnenstrahlen spielten mit den weißgekrönten blauen und grünen Wellen. Eine steife erfrischende Briste füllte das Segel und trieb die *Tigerin* mit einer Geschwindigkeit dahin, daß ihr Kielwasser gischtend aufspritzte. Wie ein graziles Raubtier schoß die Galeere dahin, das Land blieb zurück, doch noch begleiteten sie die Möwen. Unter ihnen ging die Besatzung lachend und in ihrer Muttersprache scherzend ihrer Arbeit nach.

Doch Bêlits Seele war fern, an einem schrecklichen Ort. Durch ihre windzerzausten Locken starrte sie in die vergangene Zeit. Als Conan einen Arm um sie legte, schmiegte sie sich nicht wie sonst an ihn. Eintönig fuhr sie fort:

»Ich sollte wohl am Anfang beginnen, auch wenn die Erinnerung noch so schmerzlich ist. Mein Vater war Hoiakim aus Dan-marcah an der Nordküste Shems, in der Nähe der Grenze nach Argos. Dan-marcah ist keine große Stadt, aber sie ist frei und braucht niemandem Tribut zu entrichten. Die Wälder ihres Hinterlands bieten Holz für viele Schiffe, die mit fernen Ländern handeln. Fremde bringen Leben und Gold in ihre Tavernen und die kleinen Läden in ihren verwinkelten Gassen, und heiterer Ernst herrscht in den Tempeln ihrer Götter.

Hoiakim ehelichte Shaaphi und brachte sie in den Süden. Vor kurzem erst war ein Vertrag mit den Suba an der Schwarzen Küste abgeschlossen worden, der einen Handelsposten bei ihnen vorsah. Das war eine Gelegenheit, die ein junger Mann sich nicht entgehen lassen durfte. Die Suba waren Fischer, Bauern und Dschungeljäger. Sie handelten auch mit den Stämmen im Landesinneren. So hatten sie einen wahren Überfluß an Waren zu bieten: Felle, Edelsteine, Goldstaub, Hartholz, seltene Vögel und Säugetiere. Dafür wollten sie Werkzeug, Stoffe, Gewürze, Heilmittel und ähnliches. Mein Vater wurde der Kommissionär.

Zu hohem Ansehen kam er bei den Suba, denn er war nicht nur stark, ausdauernd, ein ausgezeichneter Schütze, sondern auch klug und gerecht. Die Eingeborenen kamen mit ihren Sorgen zu ihm und holten sich seinen Rat in fast allen Lebenslagen, und er machte auch den Schlichter bei Unstimmigkeiten. In schlechten Zeiten – bei Orkanen, Überschwemmung, Viehseuchen, Dürre, Krieg – übernahm er die Führung, wenn auch nicht offiziell. Der Häuptling neidete es ihm nicht, denn er, wie alle anderen, war überzeugt, daß Bangulu mit großer Magie begnadet war. Ja, Bangulu nannten sie meinen Vater, den Hohen. Auch der Medizinmann nahm es meiner Mutter Shaaphi nicht übel, daß sie als Hebamme, Heilerin, Trösterin und überhaupt als rettender Engel einsprang, wenn sie sah, daß ihre Hilfe gebraucht wurde, und sie unterrichtete auch die Frauen und Kinder, lehrte sie einen Garten bestellen, Früchte und Gemüse einkochen, Weben, Musik und Sauberkeit – alles, was das Leben erleichterte.

Dort wurde Jehanan geboren und zwei Jahre später

ich. Dort wuchsen wir als Freunde der Suba auf, streiften durch die Wälder, paddelten in den Flüssen und an der Meeresküste und lernten alles, was die Suba wußten und konnten. Doch wir wurden keine Wilden. Unsere Eltern sorgten dafür, daß wir eine gute Erziehung bekamen, wie sie sich für Shemiten schickt. Sie lehrten uns mit Hilfe von Schriftrollen und Instrumenten und durch ihr eigenes Beispiel, und wir begleiteten sie auf ihren Besuchen nach Hause. Es kamen auch viele Schiffe zu uns, die neue Handelsware brachten und die abholten, die sich bei uns angesammelt hatte. Auch fremde Schiffe, die Tauschhandel betreiben wollten oder auf Forschungsreise waren, legten bei uns an, und es ging dann immer lustig her. Wir waren wahrhaftig nicht von der Welt abgeschnitten, und das Leben meinte es gut mit uns.

Die Knospe meines Glücks erblühte voll ...« Bêlits Nägel krallten sich in die Reling. »... als ich mich verheiratete. Das war während der letzten Reise, die ich nach Dan-marcah machte. Jehanan hatte keine Eile, sich eine Frau zu suchen, denn die Eingeborenenmädchen taten alles, ihm das Leben schön zu machen. Aber ich – ich war noch unberührt und sehnte mich nach ehelichem Glück. Und meine Eltern wünschten sich Enkelkinder und einen Gehilfen, da der Handelsposten immer größer wurde und das Geschäft immer besser ging. So beauftragten sie einen Heiratsvermittler in der Stadt, der bald einen passenden jungen Mann für mich fand. Keines unserer Elternpaare mußte uns lange zureden, denn Aliel und ich verliebten uns auf den ersten Blick ineinander.

Mein Bräutigam kehrte mit uns zurück. Er erwies sich als fähiger Gehilfe und war bald beim ganzen Stamm beliebt. Mein Glück trug im nächsten Jahr reiche Früchte, als uns dann ein Sohn geboren wurde, unser kleiner Kedron.

Drei Monate später tauchte das schwarze Segel am Horizont auf.

Zuerst freuten sich alle, denn Besucher waren immer willkommen. Die Krieger beeilten sich nach Speer, Bogen, Keule und Schild zu greifen und sich am Strand aufzustellen. Ein paarmal hatte ihr Anblick schon dazu geführt, daß Schiffe, wenn es sich um Piraten oder Sklavenjäger gehandelt hatte, abgedreht waren.«

Bêlit ließ Kedron schlummernd in der Wiege zurück und schloß sich Aliel vor dem Haus an. Die Aussicht ringsum ließ ihr Herz auch diesmal höher schlagen. Hinter ihr breiteten sich die bestellten Felder aus, der Dschungel hob sich tiefgrün einem strahlend blauen Himmel entgegen. Ein schmaler Fluß schlängelte sich durch Hirsefelder und Jamswurzelpflanzungen, vorbei an eingezäunten Viehweiden zum Meer. Unmittelbar anschließend an den Strand stand der Kral. Grasdächer, die Sonne und Wind golden geblichen hatten, ragten über den Palisadenzaun, an dem Geißblatt sich emporwand. Dieses Grün mit seinen weißen, süßlich duftenden Blüten hatte ganze Bienenschwärme angelockt, deren Summen ein angenehmes Hintergrundgeräusch bildete. Der Handelsposten lag etwa eine halbe Meile vom Kral entfernt. Er war ein längliches Bauwerk aus sonnengebackenem Lehm, weißgetüncht, mit Strohdach, von herrlich blühendem Oleander fast überwuchert. Der Strand war aus blendend hellem Quarzsand. Das Flüßchen strömte in eine Bucht, die ein gefahrloses Einlaufen der Schiffe ermöglichte und einen sicheren Ankerplatz bot. Am übrigen Teil der Küste donnerte die Brandung gegen Felsstrand und Klippen. Ein frischer Westwind nahm die Hitze mit sich. Ein Schwarm Papageien flog einem lärmenden Regenbogen gleich über sie hinweg.

Die hochgewachsenen Krieder der Suba hatten sich am

Strand entlang aufgestellt. Sie waren, von Grasröcken, Federkopfschmuck, Arm- und Fußreifen und Holzperlenketten abgesehen, nackt. Ihre schwarzbraune Haut glänzte, als wäre sie eingeölt. Frauen mit geschmeidigen Bewegungen, lebhafte Kinder, würdige Ältere und der Häuptling, in ein Leopardenfell gehüllt, strömten aus dem Kral. Der Wind trug ihre fröhlichen Stimmen und ihr Lachen zu Bêlit. Eine Trommel pochte in freudigem Rhythmus.

Hoiakim und Shaaphi standen ebenfalls bereits vor dem Haus. Der ältere Mann strich über den graumelierten Bart und fragte: »Was hältst du von dem Schiff, Aliel?«

Sein Schwiegersohn blinzelte auf das blendende Wasser. Das Schiff kam immer näher. Seine bauchigen Seiten waren hoch. Die wenigen Ruder dienten offenbar nur zum Manövrieren. Es war, das Segel eingeschlossen, völlig schwarz, nur die vom Topp flatternde Flagge glänzte scharlachrot. An Bug und Heck waren nicht näher erkennbare größere Aufbauten oder Gegenstände zu sehen. Die Sonne spiegelte sich auf Metall, während zahllose Männer sich auf den Decks bewegten.

»Stygisch, nach Farbe und Bauweise zu schließen«, erwiderte Aliel nach eingehenderer Betrachtung. »Aber ich wette, daß nicht nur Stygier an Bord sind, denn sie selbst sind keine großen Seefahrer. Was mögen sie wohl hier, so weit von zu Hause entfernt, suchen?«

Angst ergriff Bêlits Herz. Zu viel Häßliches hatte sie über Stygien gehört. Aliel spürte ihre Besorgnis. Er drückte zärtlich ihre Hand und lächelte ihr beruhigend zu. Dankbar erwiderte sie Händedruck und Lächeln.

»Neues Wissen, vielleicht?« meinte Shaaphi in ihrer sanften Art. »Sind die Stygier nicht ein Volk von Philosophen?«

Hoiakim legte liebevoll eine Hand auf ihre Schulter, unterließ jedoch, seiner Meinung über die Stygier Ausdruck zu verleihen.

Als das Schiff näher war, sah Bêlit, daß Aliel mit seiner Vermutung recht gehabt hatte. Zwar war der Hauptteil der Besatzung dunkle Stygier, aber sie erkannte auch Shemiten unter ihnen und noch hellhäutigere Männer, die sie für Argossaner hielt. Aber weshalb waren sie so schwer bewaffnet und gerüstet? Sie sah, daß sie Harnische, Helme, Schilde und eine Vielzahl von Waffen trugen. Gewiß mußte es inzwischen doch allbekannt sein, daß Besucher von den Suba und im Handelsposten ihres Vaters freundlich aufgenommen wurden und sie mit keinem Verrat rechnen mußten. Die Krieger am Strand empfanden offenbar die gleiche Unruhe wie sie, denn sie schlossen ihre Reihen. Die anderen Suba hielten im Schritt inne und wichen zu den Palisaden zurück.

Der Lotgast brüllte eine Warnung. Ankerketten rasselten in die Tiefe, das Segel wurde gerefft. Das Schiff kam mit der Breitseite dem Strand zugewandt in der Bucht zum Halt.

Eine Trompete schmetterte an Bord. Männer eilten zu den seltsamen Gebilden an Bug und Heck. Sie waren nun als riesige Behälter aus glasiertem Ton auf eisernen Rosten über Tabletts zu erkennen, auf denen Holzkohlenfeuer sie erhitzten. Die schnabelähnlichen Öffnungen der Tongefäße wurden durch fest anliegende Lederschläuche verlängert. Stygier richteten sie sorgfältig mit dem Wind strandeinwärts und zogen die Stöpsel heraus.

Aus jedem der beiden Schläuche löste sich eine graue Wolke. Die Krieger am Strand griffen würgend nach ihren Kehlen, taumelten und sackten auf den Sand, wobei ihnen die Waffen entglitten. Ein schwacher Hauch drang in Bêlits Nase, und ein Schwindel erfüllte sie, der jedoch mit der Brise wieder schwand.

»Ischtar stehe uns bei!« rief Hoiakim. »Es müssen Sklavenjäger sein. Sie bestäuben uns mit einer Droge, um uns kampfunfähig zu machen!« Er zog sein Kurzschwert. »Aliel, bring die Frauen und das Kind in Sicherheit.« Er verließ seine Angehörigen und schrie: »Zu mir, Männer der Suba! Zu mir und in den Kampf!«

Die Gaswolken verflüchtigten sich schnell, als die Tonbehälter leer waren. Eine Strickleiter wurde vom Schiff heruntergelassen. Die Sklavenjäger hasteten sie hinab, wateten an den Strand und formierten sich zum Angriff. Am Strand selbst bot sich ihnen kein Widerstand. Die Krieger dort lagen alle bewußtlos oder zu schwach, um sich zu erheben, im Sand. Die Stygier und ihre Henkersknechte stürmten zum Kral.

Wie in einem Alptraum sah Bêlit ihren Vater, seinen Kampfruf ausstoßend, herumlaufen und die Männer sammeln, die der Droge entgangen waren. Sie hörte ihn sogar dem Häuptling zubrüllen: »Ungedu, schnell, schaff die Leute hinter die Palisaden und verbarrikadier das Tor!«

Jehanan stürzte herbei. Er war flußaufwärts fischen gewesen und den ganzen beachtlichen Weg im Spurt herbeigeeilt. »Nein!« rief Bêlit ihrem geliebten Bruder entgegen. »Kehr um!« Aber er hörte sie nicht, oder wollte sie nicht hören, und rannte, um sich Hoiakim anzuschließen.

All jene Suba, die dazu noch imstande waren, taten es ihm gleich.

Bêlit sah einen argossanischen Schützen sich aus den Reihen seiner Kameraden lösen. Er legte einen Pfeil an die Sehne, zielte und schoß mit genauer Berechnung. Sie war nicht sicher, ob sie das Schwirren des Pfeiles gehört hatte, sehr wohl aber sah sie Hoiakim fallen. Er zupfte noch kurz an dem Schaft, der aus seiner Brust ragte, dann rührte er sich nicht mehr.

Jehanan heulte seinen Grimm hinaus. Wutentbrannt stürzte er sich auf die Stygier, die ihn sofort umzingelten. Pikenschäfte hoben sich und sausten hinab.

Verstört ergriffen die meisten Neger die Flucht vor dem geordneten Ansturm der militärisch formierten Sklavenjäger, die den Kral erreichten, ehe das Tor geschlossen werden konnte. Sie ließen ein paar Mann zurück, das Tor zu bewachen, wodurch die Suba im Kral in der Falle saßen, und verfolgten den fliehenden Hauptteil.

»Vater!« schluchzte Bêlit. »Jehanan!«

Aliel schüttelte sie. »Wir müssen fliehen!« preßte er zwischen zusammengebissenen Zähnen hervor. »Das war der letzte Wunsch deines Vaters.«

Vage erinnerte sie sich, daß sie als Shemiten für die Sklavenjäger immun sein müßten, jedenfalls nach den Verträgen zwischen Shem und Stygien. Aber Verträge konnten gebrochen werden, und wer würde Protest erheben, wenn sie erst versklavt waren? »Kedron!« keuchte sie.

Shaaphi kam mit ihrem Enkel auf den Armen aus dem Haus. Ihre Tränen tropften auf das Kind, aber sie sagte mit ruhiger Stimme. »Wir wollen uns im Dschungel verstecken, ehe man auf uns aufmerksam wird. Viele werden es uns gleichtun. Später können wir wieder hierher zurückkommen.«

Im Busen Bêlits war die Liebe zu diesen dreien wie weicher Regen, der in den weißglühenden Kessel ihres Hasses auf die Mörder ihres Vaters, die Peiniger ihres Bruders und die Zerstörer ihres Glückes fiel. Sie rannte zurück ins Haus, riß einen Speer aus seiner Halterung an der Wand und kehrte zu ihren Lieben zurück.

Quer durch die Felder machten sie sich auf den Weg. Ein Brüllen riß Bêlits Kopf zurück. Ihr Herz drohte stillzustehen. Vier Sklavenjäger hatten sie entdeckt und verfolgten sie.

Shaaphi hielt inne, und Bêlit folgte wie hilflos ihrem Beispiel, während Aliel sie drängte weiterzulaufen. Shaaphi hob den grauen Kopf. »In meinem Alter bin ich nicht mehr so schnell wie ihr«, flüsterte sie. »Auch möchte ich nicht, daß Hoiakim allein vor Ischtar steht.« Sie drückte das weinende Kind in Bêlits Arme, die es benommen festhielt. »Lauft«, forderte sie ihre Kinder auf. Sie zog ihren Dolch aus dem Gürtel. »Lebt wohl, meine Lieben.« Die Klinge blitzte. Blut spritzte auf. Shaaphi kniete sich zwischen die Ähren und sang ihr Todesgebet mit bald erlöschender Stimme.

»Das werde ich auch für dich tun, wenn es sein muß«, versprach Aliel seiner Frau. »Komm jetzt.«

Sie flohen weiter. Jung, kräftig und ausdauernd wie sie waren, hätten sie ihre durch die Rüstung behinderten Verfolger bald zurückgelassen. Aber kein Sterblicher ist schneller als eine mit der Schleuder abgeschossene Bleikugel. Plötzlich war ein malmendes Geräusch zu hören – und Aliel sank zu Boden. Sein Hinterkopf war zerschmettert. Gnädig hob sich das raschelnde Getreide über ihn und verbarg den grauenvollen Anblick vor Bêlit.

Sie trug Kedron auf ihrem linken Arm. In der Rechten hielt sie den Speer. So rannte sie weiter.

Ein unerträglicher Schmerz breitete sich in ihrer linken Hüfte aus. Eine zweite Bleikugel hatte getroffen. Bêlit stolperte, fing sich wieder und versuchte weiterzulaufen, doch ihr Bein war gelähmt. Vorsichtig legte sie die Waffe zur Seite, entblößte die milchschwere Brust und ließ ihren Sohn ein letztesmal davon trinken. Dann legte sie ihn sanft auf den Boden, griff nach dem Speer und tat, was sie tun mußte.

Danach wartete sie auf die Verfolger.

»Ich tötete einen und verwundete zwei«, fuhr Bêlit fort. »Es war falsch. Ich hätte dem Beispiel meiner Mutter folgen sollen. Sie überwältigten mich.«

Conan drückte sie an sich.

»Unnötig, Worte über das Folgende zu verlieren«, sagte sie nach einer Weile tonlos. Sie hatte sich die Erleichterung von Tränen nicht gegönnt. »Doch auf der Reise zurück nach Stygien ließen sie mich zumindest in Ruhe, und so heilten wenigstens die Wunden meines Fleisches, wenn auch nicht die meiner Seele. Aber ich war ja schließlich wertvolle Ware, genau wie Jehanan und unsere Freunde, die sie gefangen hatten. Mich hatten sie jedoch von ihnen getrennt, und ich sah sie nicht. Ich hörte allerdings, daß nicht wenige von ihnen in dem verseuchten Laderaum, wo sie in Ketten lagen, erkrankten und starben.«

Ihre Stimme klang heiser. »Es stellte sich heraus, daß es sich nicht um berufsmäßige Sklavenjäger handelte, sondern das Ganze ein einmaliges, einträgliches Geschäft sein sollte. Ein stygischer Edler und Unternehmer namens Ramwas hatte von den Suba und unserem Handelsposten gehört und sich einen reichen Fang und gute Beute versprochen, und es war ihm auch klar gewesen, daß er eine besondere Ausrüstung brauchte, um unsere Verteidigung unschädlich zu machen.«

Conan runzelte die Stirn. So groß sein Mitleid mit Bêlit auch war, gewann sein barbarischer Sinn für das Praktische jetzt die Oberhand. »Weshalb benutzt man diese Schlafwolken nicht auch im Krieg?« fragte er.

»Das Mittel ist viel zu teuer und kann auch nicht in größeren Mengen beschafft werden«, antwortete Bêlit.

»Es wird aus einer giftigen Frucht gebraut, die nur in einem ganz kleinen Sumpfgebiet in Zembabwei wächst und nirgendwo anders. Ramwas Agenten konnten gerade genug für diesen einen Überfall erwerben und zu einem annehmbaren Preis, doch auch nur, weil sie den Häuptling des kleinen Stammes, der das Mittel herstellt, mit einem Geheimnis aus seiner Vergangenheit erpreßten. Sie drohten es zu verbreiten, wenn sie nicht bekamen, was sie verlangten. Selbst da mußten sie Monate warten, bis die genügende Menge fertiggestellt war.«

»Woher weißt du das alles?«

»Ramwas prahlte einmal damit, als er zu tief in den Becher geschaut hatte.« Sie seufzte. »Er hatte die meisten der Suba auf dem Sklavenmarkt versteigern lassen. Jehanan und mich behielt er. Jehanan sollte in seinen Plantagen arbeiten. Ramwas gestattete uns einen flüchtigen Abschied. Ich ... mich ließ Ramwas in seinen Harem bringen.

Zuerst – er wollte keine Ungelegenheiten – übergab er mich einer Hexe, die verhindern mußte, daß ich je wieder ein Kind trug. Was sie tat, ließ keine Spur auf meiner Haut zurück, aber ... O Conan, den Schmerz jenes Tages kann ich vergessen, doch nie den, daß ich dir keinen Sohn schenken kann.«

Conans Gesichtsmuskeln spannten sich, und das Bedürfnis, etwas zu zerschmettern, wurde schier übermächtig in ihm, aber er unterdrückte es und legte tröstend den Arm um Bêlit.

Sie lachte hart. »Er hat wenig Freude mit mir gehabt«, fuhr sie fort. »Fast wäre es mir gelungen, ihm die Augen auszukratzen. In dieser Nacht ließ er mich in Ruhe. Von da ab zwang er mir – da Peitschenhiebe Narben hinterlassen und er nur Schönheit um sich haben wollte – den Saft des Purpurlotus zwischen die Lippen, der den Körper für

Stunden lähmt. Aber er tat es nicht oft. Es gab ihm wohl nicht, was er sich versprochen hatte.« Bêlit seufzte. »Jedenfalls begann ich mit der Zeit einzusehen, daß es falsch war, den Tod herbeizusehnen. Denn können Tote noch Rache nehmen? Es wurde mir klar, daß ich den Verstand nutzen mußte, um dafür sorgen zu können, daß viele Sklaven Hoiakim, Shaaphi, Aliel und Kedron in jener anderen Welt dienen werden.«

Eine heftige Brise brachte das Schiff zum Schlingern, und das Segel knallte wie eine Peitsche.

»Ramwas hatte geschäftlich etwas in Khemi zu erledigen«, sagte Bêlit. »Nie verhüllte ich meinen Haß vor ihm, trotzdem brachte ich ihn dazu, mich mitzunehmen. Ich versprach mir etwas davon – denn Khemi ist eine Hafenstadt ...«

Der sich rundende Mond versank mit einem Hof um sich im grün schimmernden Westen. Stille herrschte in der Straße unter den Spitzbogenfenstern, durch die ein wenig kühlende Luft drang. Das sanfte Rot des Mondes und der weiche Schein des Abendsterns ließen das kunstvolle Ziergitter glitzern.

In einem ganz mit rotem Samt behangenen Gemach erhob sich Bêlit von dem Diwan, auf dem sie geduldig gewartet hatte. Auf einem Tischchen in der Nähe stand eine mit Lilien gefüllte Vase. Sie riß die Blumen heraus und warf sie achtlos auf den Boden. Mit einem Hieb egegen die Tischplatte zerschlug sie die Vase. Den scharfgezackten Hals behielt sie in der Hand. Damit rannte sie zur Tür.

Mit der anderen Faust hieb sie wieder und immer wieder dagegen. »Macht auf!« stöhnte sie. »Öffnet! Laßt mich heraus! Holt einen Heiler! Ich sterbe!«

Der Riegel glitt schleifend zurück. Die Tür schwang

weit auf. Das Lampenlicht auf dem Gang fiel voll auf den riesenhaften Eunuchen. Er hielt den Säbel in der Hand, doch seine Miene verriet kein Mißtrauen, als er sich erkundigte:

»Was willst du, Weib?«

Bêlit grinste breit. »Das!« zischte sie und stieß ihm die Glaszacken blitzschnell in den Hals und drehte ihre Waffe. Er taumelte zurück, konnte jedoch nicht schreien, nur ein Gurgeln und Röcheln entrang sich seiner Kehle, bis er in die Knie sank und schließlich auf den Bauch fiel.

»Ich wollte, du wärst Ramwas«, murmelte sie, als er leblos zu ihren Füßen lag. Sie zerrte seinen zamboulischen Krummsäbel aus der Scheide und schlich auf den Zehenspitzen zur Treppe. Das Licht der Lampen an der Wand flackerte und warf ihren Schatten gespenstisch vor ihr her, als sie die Stufen hinuntereilte.

Am Fußende der Treppe, wo eine Tür in die Freiheit führte, hielt ein kräftiger Mann, der zweifelsohne kein Eunuch war, Wache. Er trug Helm, Brustharnisch, Lederkilt und Wadenschienen. In der Rechten hielt er eine Pike, und an seiner Seite hing ein Säbel in seiner Hülle.

»Halt!« brüllte er, daß es laut von den hohen Wänden widerhallte.

Bêlit verbarg den Krummsäbel hinter ihrem Rücken. Sie gönnte ihm ein Lächeln, wie sie es bisher nur Aliel geschenkt hatte. »Halt?« murmelte sie. »Mit dem größten Vergnügen werde ich Euch halten, wenn Ihr das möchtet, Soldat. Als lebenslustiges Mädchen wird man des Harems bald müde, wißt Ihr?«

Ein wenig beunruhigt, etwas geschmeichelt und völlig verwirrt machte er einen Schritt zurück. Sie zog ihre Waffe hervor und griff an.

Fast wäre es ihr gelungen, ihn zu töten. Er sprang zur Seite, wich der pfeifenden Klinge aus und riß den Pikenschaft hoch, um ihren zweiten Hieb abzufangen. Bêlit stieß ihre Klinge herum und stach in seinen Oberschenkel.

Er brüllte um Hilfe. Sie drang durch seine Abwehr hindurch und hieb von links und rechts zu. Er ließ die Pike fallen. Hätte er seinen kühlen Kopf behalten, wäre es ihm vielleicht möglich gewesen, sie zu besiegen, aber daß eine lachende, tollkühne Frau ihn bedrängte, weckte unwillkürliche Angst in ihm. Bêlit hatte das Fechten von ihrem Vater gelernt und in Kush Büffel und Löwen erlegt.

»Hexe! Hexe!« japste er und versuchte seinen Säbel zu ziehen, aber Bêlits Klinge traf sein Handgelenk und durchtrennte es halb, dann stieß sie ihm die Säbelspitze in den Hals.

»Ich verließ das Haus«, erzählte sie weiter, »und scherte mich nicht um die Gefahren, die auf der Straße drohen mochten. Die Nacht hüllte mich schnell ein. Ich suchte den Hafen. Dort tötete ich einen Wächter und stahl eine Feluke. Bald darauf setzte die Flut ein und trug mich aufs Meer.

Glaub mir, ich hegte keine Hoffnungen, nur die Rache trieb mich. Ich erwartete den Tod im Kampf und staunte selbst, daß er nichts von mir wissen wollte. Nun, ich wurde zur Harfe, auf der Derketa spielt, um die Männer zu sich zu rufen.

Ich muß gestehen, daß ich mich allerdings ein paar Stunden dem Traum hingab, Dan-marcah erreichen zu können. Doch bald zeigten die Götter mir, daß sie das nicht wollten. Die Südströmung ist stark; ohne günstigen Wind, den ich nicht hatte, war es unmöglich, dagegen anzukommen. Andererseits befanden sich ausreichend Proviant und Wasser an Bord – eine Fügung des Schicksals?

Ich kehrte zur Schwarzen Küste und zu meinen Suba zurück. Die Überlebenden hatten sich, nachdem das Sklavenschiff Anker gelichtet hatte, wieder im Kral eingefunden. In seiner geringen Stärke war der Stamm leichte Beute für benachbarte Stämme, die zum Plündern und auf Sklavenfang kamen. Als Tochter Bangulus half ich meinen Freunden, wieder zu sich zu finden.

Aber es war offensichtlich, daß die Suba nicht so schnell ihre ehemalige Größe zurückgewinnen würden. Und ich – nun, mir ging es immer noch darum, dafür zu sorgen, daß die Rechnung beglichen wurde.

Zufällig lief ein Kauffahrer aus Shem in der Bucht ein. Wir überließen ihm, was wir an Elfenbein, Affen und Pfauen herbeischaffen konnten, und ich beauftragte den Schiffsherrn, mir für den Erlös ein Schlachtschiff bauen und ausstatten zu lassen. Und ich mußte gar nicht so lange warten, bis meine – nein, unsere, Conan – wunderschöne *Tigerin* in der Bucht einlief. Meine Suba-Fischer brauchten nur wenige Anweisungen, sie zu bedienen, und fast alle waren sie auch Krieger und hatten noch eine Rechnung offen wie ich. Ganz abgesehen davon ermöglicht die Beute, die sie zu Hause abliefern, ihrem Stamm einen neuen Anfang.

Ich bin die Tochter Bangulus. Sie folgen mir, wohin immer ich sie führe. Und nun werden sie auch dir folgen, Conan.«

Die äußerliche Ruhe, um die sie sich bis jetzt bemüht hatte, brach. Bêlit umklammerte die Reling mit beiden Händen und schrie ihren Schmerz hinauf in den Himmel: »Stygien! Argos! Shem! Und Kush! Was habt ihr mir angetan! Ich verfluche euch! Ich, Hoiakims und Shaaphis Tochter, Jehanans Schwester, Aliels Weib und Kedrons Mutter! Ihr alle, die ihr mir dieses Leid angetan habt, seid verdammt für ewig!«

Conan zog sie fest an sich. »Liebste«, sagte er ergriffen. »Ich wollte, mein Schwert hätte an deiner Seite sein können, um dich zu beschützen. Doch zumindest ist es jetzt für deine Rache dein.«

Bêlit drückte den Kopf an seine Brust und weinte. Nach einer langen Weile hob sie die goldbraunen Augen zu seinen eisblauen und sagte leise. »Conan, seit meiner Flucht schenkte ich mich keinem Mann, bis du kamst. In dir ist mir Glück und Hoffnung wiedergeboren.«

»Und meine in dir«, versicherte er ihr.

Ihre Finger zerzausten zärtlich sein Haar. »Rache ja, doch danach, Conan, ein Leben voll Glück mit dir. Wenn die neidischen Götter es gestatten.«

4

TOCHTER DER FREIEN

Wo der Styx von seinen unbekannten Quellen im Norden auf seiner langen Reise zum Westlichen Ozean eine scharfe Biegung westwärts macht, befindet sich die Nordostecke des stygischen Reiches. Südlich davon erhebt sich das immer steiler anwachsende Hochland, bis es schließlich zu dem primitiven aber doch mächtigen Keshan abfällt. Diese Hügel und Berge bilden die Provinz Taia.

Shuat von Stygien, der die Streitkräfte des Statthalters gegen die aufständischen Eingeborenen befehligte, führte eine Abteilung den Helu hoch. Dieser Nebenfluß braust schäumend durch sein Tal ostwärts, bis er in den Styx mündet und einen Landstreifen bewässert, der fruchtbarer als der Rest des Gebietes ist. Hier lebten die Taianer in kleinen Bauerndörfern, während sie anderswo hauptsächlich als Hirten durch das Land streiften; hier war das Zentrum des Handels und der Zivilisation oder zumindest war es hier gewesen. Jetzt hob sich hinter seinem Rücken der Rauch von den Strohdächern der Lehmhütten dem Himmel entgegen, die Dattelpalmen- und Orangenhaine waren gefällt, Aasgeier kreisten über den herumliegenden Leichen, und lange Reihen von Gefangenen schleppten sich unter der Last ihrer Ketten zum Sklavenmarkt in Luxur. Das linke Ufer war bis jetzt noch verschont geblieben, aber auch seine Zeit würde nicht mehr lange auf sich warten lassen.

Shuat, ein großer Mann mit harten Zügen, ritt an der Spitze seiner Streitmacht. Zu seiner Linken hielt der Standartenträger das Schlangenbanner seines Trupps. Unmittelbar hinter ihm, zwischen seinen Leibwachen, rollte sein Streitwagen. Ihm folgte in einer Staubwolke und mit betäubendem Trommelschlag sein Regiment. Vor ihm stieg die Uferstraße schroff mit dem Terrain an, und das Tal verengte sich zur Schlucht. Ihre Steilwände waren aus rotem Gestein, das sich scharf gegen den sonnenblendenden Himmel abhob. Hier rauschte der Fluß mit dichten Gischtkronen dahin.

Der Adjutant trottete zur Rechten seines Befehlshabers bergauf. »Lord«, sagte er. »Hauptmann Menemhet ersucht um Anweisungen, wo wir heute nacht unser Lager aufschlagen sollen.«

»Jetzt, wo die Sonne noch im Zenit steht?« schnaubte Shuat.

Der Adjutant deutete. »Mein Lord, Ihr wißt, wie lange dieser Engpaß ist. Es ist unmöglich, ihn vor Anbruch der Dunkelheit zu durchqueren. Darf ich Euch respektvoll darauf hinweisen, daß es sehr ungünstig für uns wäre, hier in einen Hinterhalt gelockt zu werden?«

»Darauf warte ich.« Als er das erstaunte Gesicht seines Adjutanten bemerkte, ließ Shuat sich herab weiterzusprechen. »Habt Ihr Euch Gedanken darüber gemacht, weshalb wir das Tal verwüsteten, statt eine Besatzung zurückzulassen, wie wir es bei früheren Aufständen taten? Immerhin brachte es uns mehr Steuern ein als der Rest dieses armseligen Gebiets. Für die Hochländer war es sogar von noch größerer Wichtigkeit, sowohl seiner Produkte wegen als auch seiner geschichtlichen Bedeutung. Ließen wir es unberührt, würden die verschwägerten Stämme die Aufständischen mit allem Lebensnotwendigen versorgen, und wir würden eine Ewigkeit brauchen, die Partisanen aufzuspüren. Nach unserem jetzigen Vorgehen müßten Wut und Verzweiflung sie zu unüberlegten Handlungen veranlassen. Eine Abteilung des Gegners, die scheinbar hilflos in einer Schlucht festsitzt, müßte jene, die sich in der Nähe aufhalten, zu einem Angriff verlocken.

Macht Euch keine Sorgen, wenn das wirklich geschieht. Ich bin nicht so töricht, alles auf eine Karte zu setzen. Wir werden sie abwehren und dann einen geordneten Rückzug antreten. Unsere Männer sind gut ausgerüstet, in Nahkämpfen erfahren und werden deshalb dem Gegner viel größere Verluste zufügen als er uns. Das sind meine Überlegungen.«

»Es steht mir nicht zu, die Weisheit meines Herrn in Frage zu stellen«, sagte der Adjutant etwas zweifelnd.

Shuat lachte säuerlich. »Ihr tut es trotzdem. Ich gebe zu, meine Taktik mag Euch kostspieliger erscheinen als die frühere Methode, die Taianer langsam aufzureiben. Aber ich habe meine Befehle. Der Aufstand muß erstickt werden und zwar so schnell wie möglich, ohne Rücksicht auf Verluste. Dementsprechend arbeitete ich meinen Plan aus, und Statthalter Wenamon hat ihn genehmigt. Es blieb ihm auch gar nichts anderes übrig.«

»Mein Lord?«

Shuat blickte seinen Adjutanten düster an. »Diese Befehle kamen erst kürzlich von Khemi und waren unterwegs vom König in Luxur gegengezeichnet worden. Ein magisches Boot brachte sie, das die Reise hierher in drei Tagen schaffte. Das ersah ich aus dem Datum des Schreibens, und es wurde vom Zauberpriester Hakketh bestätigt, der sich an Bord dieses Schiffes befindet und jetzt in Seyan auf meinen Bericht über diese Strafexpedition wartet.« Er beschrieb das Zeichen Sets. »Ich erkundigte mich nicht, weshalb die Sache so dringlich ist, denn man fragt einen Hierophanten Sets, des Großen Herrn, nicht nach Gründen – man gehorcht einfach.«

Trotz der glühenden Hitze des Tages rann dem Adjutanten ein kalter Schauder über den Rücken.

Über der Schlucht zog das rauhe Land sich in unterschiedlichen Wellen bis zu den schroffen Bergen dahin, die sich wie eine purpurne Wand am Südhorizont erhoben. Von vereinzelten Tamarisken und Akazien abgesehen wuchsen kaum Bäume hier, nur dürres Gras und Dornengestrüpp. Die größten der herumliegenden Felsbrocken waren zu Hünengräbern aufgehäuft, unter denen längst vergessene Helden schliefen. Antilopen weideten zwischen diesen Begräbnisstätten. Sie waren hierher zurückgekehrt, nachdem die Menschen ihre Ziegen und Rinder in die Sicherheit der höhergelegenen Weiden getrieben hatten.

Hurtig ergriffen sie die Flucht, als ein Trupp Krieger auftauchte. Es waren Taianer – größer, schlanker und dunkelhäutiger als die Stygier und gewöhnlich gutaussehend, trotz ihrer etwas breiten Nasen und den fast wulstigen Lippen. Ihr Haar glänzte blauschwarz und war ungelockt, Bärte waren unter ihnen selten. Die wenigsten trugen mehr als einen Kilt in der Farbe ihres Clans, mit einem Stück davon über die linke Schulter geschlungen, das des Nachts zu einer warmen Decke wurde, in die sie sich hüllen konnten. Zum größten Teil waren sie mit Dolchen, Speeren, Schleudern, Bogen und Streitäxten bewaffnet, obgleich einige unter ihnen auch stygische Kurzschwerter oder Krummsäbel aus dem Osten hatten. Viele trugen eckige, mit Häuten bespannte Schilde, die sie vom Knie zum Kinn deckten, und so manche von diesen wiesen die glühende Sonnenscheibe als Schutzzeichen auf.

Ausar, ihr Häuptling, führte sie mit dem langen sicheren Schritt des Bergbewohners. Sein Haar war grau und sein Gesicht von Runen durchzogen, aber ansonsten hatte die Zeit kaum ihre Spuren an ihm hinterlassen. Seine Züge waren schärfer geschnitten, als es in diesem Landesteil üblich war, und sein Teint war heller. Er war in ein Löwenfell gehüllt, und sein Stirnband schmückte das Sonnensymbol in Gold. Außer einem Dolch trug er noch eine gewaltige Streitaxt – der Schaft drei Fuß lang, das Blatt zu einer überaus scharfen Spitze zulaufend.

Als er den Schluchtrand erreicht hatte, winkte er seinen Männern zu zurückzubleiben, während er sich auf den Boden legte und von unten ungesehen hinabspähte. Das Rauschen des Flusses klang zu ihm hoch, und seine Schaumkronen hoben sich aus den die Schlucht füllenden Schatten hell hervor. Als sein Blick dem tobenden Wasserlauf folgte, vernahm er ein anderes Geräusch, und er bemerkte ein Glitzern, das ihm ein zufriedenes Lächeln entlockte.

Er stand auf und kehrte zu seinen Leuten zurück. Die mehrere hundert Mann hatten sich dicht zusammengeschart, und so brauchte er seine Stimme nicht übermäßig zu erheben, damit sie ihn auch alle hören konnten. »Ja«, sagte er. »Der Kundschafter täuschte sich nicht. Die Stygier sind tatsächlich weitergeritten und schlagen genau dort ihr Lager auf, wo ich damit rechnete. Es ist auch die geeignetste Stelle dafür, denn dort ist das Ufer zwischen Felswand und Fluß breiter als sonstwo. Trotzdem müssen sie notgedrungen eine lange Reihe bilden. Und da der Helu hier schmäler ist, ist er auch tiefer und seine Strömung größer. Fiele ein Stygier in voller Rüstung in das Wasser, wäre es ihm unmöglich, sich ohne Hilfe zu retten.« Er hob seine Axt. »Keine Schlachtrufe! Wir wollen sie nicht vorzeitig auf uns aufmerksam machen!« warnte er.

Die Taianer hoben stumm, aber begeistert ihre Waffen, daß die letzten Strahlen der allmählich hinter den Bergen untergehenden Sonne ihre Klingen aufleuchten ließ.

»Hört meinen Plan«, fuhr Ausar fort. »Sie sind uns zahlenmäßig überlegen, aber wir nähern uns ihnen hinter dem Kopf der Schlange, die sie ja sind, schlagen ihn ab und machen diese Männer fertig. Mitra gebe, daß ihr Befehlshaber unter ihnen ist. Inzwischen werden einige, die ich dazu einteile, eine Schranke über das Ufer bilden und den Rest aufhalten. Da keine Zeit für lange Diskussionen bleibt, übertrage ich diese Ehre jenen des Yaro-Clans, die anwesend sind. Nach Einbruch der Dunkelheit ziehen wir uns über die Schluchtwände zurück – diese plattfüßigen Flachländer werden es nicht wagen, uns zu verfolgen – und morgen sehen wir zu, wie wir sie weiter aufreiben können. Auf, Marsch! Für Mitra und Taia!«

Parallel zum Schluchtrand machte er sich auf den Weg. Seine jüngste Tochter Daris beeilte sich, um mit ihm Schritt zu halten. Unverheiratete Frauen jagten in diesem Land häufig an der Seite ihrer Brüder und kämpften in Kriegszeiten neben ihnen. Obgleich Ausar nicht sehr erfreut war, daß Daris sich diesem Trupp angeschlossen hatte, hatte er es ihr nicht verwehren können, denn ihre Schwestern hatten Säuglinge, die sie nicht allein lassen konnten, und ihre Brüder waren alle auf Streifzügen unterwegs. »Halte dich ein wenig zurück«, wies er sie an. »Du bist ein ausgezeichneter Schütze und kannst so manchen der Feinde, die ihre Rüstung in der Eile nicht wieder anlegen konnten, niederstrecken, während wir sie in ein Handgemenge verwickeln.«

Ein Dolch lag plötzlich in ihrer Hand. »Ich bin geschickt genug, mich auch seiner zu bedienen, Vater«, erinnerte sie ihn.

Er seufzte. »Mitra beschütze dich. Ich liebte deine selige Mutter sehr, und du bist ihr ähnlich.«

Daris rannte weiter neben ihm her. Trotz ihrer Größe und sehnigen Schlankheit fehlten ihr doch die sanften Rundungen nicht, die sie als Frau auswiesen. Ihre Züge waren noch gerader und feiner geschnitten als die ihres Vaters, und ihre Gesichtsfarbe einen Ton heller, eher bronze als braun. Große dunkle Augen leuchteten unter dem Stirnband, das ebenfalls mit einer kleinen Sonnenscheibe geschmückt war. Mitternachtschwarzes Haar wallte bis zu ihren Schultern. Sie trug einen Rindlederharnisch über einem knappen Hemd und einen mit Messing verzierten Lederrock. Sie hatte sich Köcher und Bogen über den Rücken geschlungen und dazu ein Bündel Dörrfleisch, wie es die Taianer gewöhnlich als Reiseproviant mitnahmen.

»Vergiß nicht«, sagte sie, »ich schwor bei Derketa, daß ich so viele Stygier töten würde, wie sie Farazis gemordet haben, wenn die Schwarze Göttin mir die Gunst gewährt.«

Ausars Lippen spannten sich zu schmalen Strichen. Als der Farazi-Clan gegen eine Verdopplung der Steuer für ihre Herden protestierte, lud der Statthalter Wenamon sie zur Unterhandlung und einer Versöhnungsfeier nach Seyan ein. Etwa der halbe Clan folgte seiner Einladung, und Wenamons Streitkräfte nahmen sie als Geiseln fest. Diese neueste Ausschreitung der Stygier führte dazu, daß der größte Teil der Hochländer zu den Waffen griff. Als der Statthalter danach seine Gefangenen töten ließ, erreichte er das Gegenteil von dem, was er bezweckt hatte. Die Hochländer ergaben sich nicht, sondern der Aufstand breitete sich weiter aus.

Daris schwieg nun, da ihr Vater sich der Schlucht zugewandt hatte. Vorsichtig spähte er über den Rand, nickte, hob als Signal seine Streitaxt und machte sich an den Abstieg. Nur wenige hätten es gewagt, eine so steile, zerklüftete und fast im Dunkeln liegende Felswand hinunterzuklettern, aber diese Menschen aus den Bergen waren leichtfüßig wie Gemsen. Unter und vor ihnen erschienen die Stygier nur noch als dunkle Flecken und hin und wieder ein metallisches Blitzen entlang dem brausenden Helu. Die ersten Lagerfeuer wurden entzündet, und die kühle Brise vom Wasser her trug Rauchgeruch mit sich.

Erst als Steine unter den abgehärteten Fußsohlen zu rollen begannen, wurde einer der Soldaten auf die Taianer aufmerksam. Er brüllte seine Warnung hinaus. Trompeten schmetterten, Pferde wieherten, Eisen rasselte.

»Vorwärts!« donnerte Ausar und ging zum Angriff über.

Helm, Brustpanzer, Beinschienen und der Schild eines Postens schimmerten in der Düsternis vor ihm. Der Stygier zog seine Klinge und stach auf den herbeistürmenden Feind ein. Ausar wich aus, und seine Streitaxt blitzte seitwärts. Gerade noch vermochte der Soldat seinen Schwertarm zurückzuziehen. Das Axtblatt traf klirrend seinen Schild. Erneut hieb der Taianer zu, und wieder. Der Schild wich leicht zur Seite, und schon biß die Axt in den Oberschenkel des Stygiers. Der Soldat heulte auf und stolperte, dadurch war sein Gesicht ungeschützt. Ausar stieß die Axtspitze in eine Schläfe, riß sie zurück, sprang über den Toten und stürmte weiter. Ringsum kämpften seine Leute bereits im dichten Handgemenge.

Daris tänzelte umher, duckte sich und suchte in dem Gedränge ihre Chance. Ein gerüsteter Stygier kämpfte gegen einen Taianer, der seinen Krummsäbel schwang. Ohne Rüstung war der Hochländer sehr im Nachteil. Er hatte bereits gut ein Dutzend leichtere Wunden davongetragen und mußte Schritt um Schritt zurückweichen, geradewegs auf eine feindliche Reihe zu. Plötzlich sah er eine Chance. Einen Kampfschrei ausstoßend sprang er heran und ließ seine Klinge hinabsausen. Aber er war in die Falle gegangen. Der Schild wehrte den Hieb ab, während der Soldat seine Klinge in den Bauch des Hochländers stieß. Doch da legte Daris von hinten einen Arm um seinen Hals und zog ihm den Dolch durch die Kehle. Gurgelnd fiel er und blieb still neben dem toten Taianer liegen. Daris hatte bereits einen neuen Gegner gefunden.

Ein Reiter bahnte sich einen Weg durch das Handgemenge. Aus dem Sattel hieb er links und rechts auf die Rebellen ein, die den Fußsoldaten einen schweren Kampf lieferten. Ohne der Gefahren zu achten, focht Daris sich auf das Pferd zu, schlüpfte unter seinen Bauch und durchschnitt ihm die Fesseln. Es bäumte sich schmerzhaft wiehernd auf, brach zusammen und schlug wild um sich. Wie eine Katze warf Daris sich auf den Reiter. Ehe er sich gefangen hatte, spritzte das Blut aus der Pulsader. Sie hatte ihm den Unterarm vom Ellbogen zur Handfläche aufgeschnitten.

Daris rollte von ihm hinunter und sprang auf die Füße. Chaos schien entlang dem Ufer zu herrschen. Doch da erkannte sie die Wahrheit, als sie die Reihen um Reihen gerüsteter Reiter sah. Die Stygier waren voll kampfbereit, bis zum letzten Mann. Der Überfall der Taianer hatte sie nur anfangs leicht zurückgeworfen. Das Chaos war lediglich unter Ausars Leuten, die gezwungenermaßen zurückwichen. An den Lagerfeuern wurden Fackeln entzündet, um den Truppen des Königs bessere Sicht zu geben. Trompeten schmetterten triumphierend, die Kavallerie stieß in dicht geschlossener Formation vor, gefolgt von Streitwagen, deren Räder von der Nabe auswärts mit spitzen Klingen bestückt waren. Die stygischen Standarten näherten sich von Osten und Westen. Der Yaro-Clan steckte, von der Übermacht bedroht, in der Falle.

Durch den Schlachtenlärm hörte Daris ihren Vater einen Befehl erteilen und sah ihn über die Köpfe seiner dichtgedrängten Männer hinweg. Er hatte sich einen Weg zu der Geröllwand zurückgekämpft. Doch statt sie zu erklimmen, stand er mit hocherhobener Axt im flakkernden Schein der Fackeln und dem schwachen Schimmern der ersten Sterne, um seine Leute um sich zu scharen. Stygische Pfeile umschwirrten ihn, doch er achtete nicht auf sie, und in der trügerischen Düsternis verfehlten sie ihn. »Hierher, Männer von Taia! Hierher, zu mir!« brüllte er.

Seine Krieger waren nicht so tief in die Reihen des Feindes eingedrungen, als daß sie sich nicht mehr hätten zurückkämpfen können. Sie stießen den Kampfruf des Clans aus und warfen sich gegen alles, was ihnen den Weg verwehren wollte. Einer half dem anderen, und die Soldaten konnten ihnen nicht allzuviel anhaben. Sie erreichten Ausar und die Schluchtwand und erklommen sie, ohne befürchten zu müssen, daß der Gegner imstande wäre, sie zu verfolgen.

Das alles sah Daris, während sie um ihre Freiheit kämpfte. Sie hatte ebenfalls versucht, sich aus dem Getümmel zu lösen, als das Gedränge sie gegen zwei stygische Fußsoldaten warf. Sie packten sie bei den Armen. Zischend vor Wut kämpfte sie gegen sie. Es gelang ihr, dem zu ihrer Linken ein Bein zu stellen, woraufhin sie alle drei übereinander zu Boden stürzten. Dem unter ihr stieß sie die Zähne in den Hals, daß er aufheulend unwillkürlich ihren Arm losließ. Sie rollte sich herum und schlug seinem Kameraden die Handkante unter die Nase. Es war als Todeshieb gedacht gewesen, aber der Mann duckte sich, und so brach sie ihm lediglich die Nase. Da hatte der erste sich aufgesetzt und versuchte, ihr einen Kinnhaken zu versetzen, traf jedoch statt dessen ihren Wangenknochen, so hart allerdings, daß sie einen Augenblick benommen war, was er nutzte, um ihr die Kehle zuzudrücken. Der andere Stygier hielt sie fest, bis die Schwärze der Bewußtlosigkeit nach ihr griff.

Von Thuran war kaum etwas übriggeblieben. Im Laufe ihrer Eroberung von Taia hatten die Stygier die Hauptstadt belagert und zu einem großen Teil zerstört und das Hinterland verwüstet und verheert. Fünfhundert Jahre nagten Wind und Wetter an den vernachlässigten Überresten. Terrassen waren zerbröckelt, Mauern eingestürzt, Kanäle und Trinkwasserreservoire verschlammt und die fruchtbaren Äcker zur Wildnis geworden. Als endlich Menschen sie wieder besuchten, waren es Hirten, die sich der Steine der Stadt bedienten, um meilenweit voneinander entfernte Unterschlüpfe zu errichten. Doch hauptsächlich lebten diese Nomaden in Zelten aus Tierhäuten, die sie während ihres Herumstreifens auf die Rücken ihrer Ochsen banden. Hier war ein schlechtes Land für Pferde, Kamele oder Räder, und so wurden seine Bewohner zwangsweise flinkfüßig und ihre Lungen kräftig.

Trotz allem aber war ihnen Thuran-auf-der-Höhe heilig. Varanghi hatte die Stadt gegründet, als er ihre Vorväter hierherführte, und er hatte sie Mitra geweiht. Eine lange Reihe von Königen herrschte hier ruhmreich, und eine Zivilisation erblühte. Der alte Tempel des Sonnengottes war zwar halbzerfallen, doch in seinem erhaltenen Teil lebten auch jetzt ein paar Priester, die noch die reinen, unverfälschten Rituale durchführten, das alte Wissen hüteten und die noch erhaltenen Relikte aufbewahrten. Zur Wintersonnenwende kamen die Clan-Ältesten mit ihren Familien zum Tempel, um Dankesopfer darzubringen, und ihr Weg führte sie auch hierher, wenn sie Rat suchten, Meinungsverschiedenheiten geschlichtet haben wollten und auch anderer weltlicher Geschäfte wegen. Das einfache Volk pilgerte zu diesem alten Ort, um sich von Sünden reinwaschen zu lassen, um den allerheiligsten Eid zu leisten oder Trost in Mitras Mysterien zu finden.

Hierher brachte Ausar seine Männer nach ihrer Niederlage am Helu. Es war der naturgegebene Ort weitere zu treffen, die sich seiner Streitmacht anschließen würden. Die Gefahr bestand kaum, daß die Stygier so weit kamen, und wenn ja, würden sie Schwierigkeiten mit ihrem Nachschub haben, der in diesem dürren, zerklüfteten Hochland leicht abgeschnitten werden konnte. Ja, hier konnte er hoffen, neue Rekruten zu finden.

»Aber ansonsten ist meine Hoffnung nicht groß«, gestand er Parasan.

»Du versündigst dich, schon jetzt zu verzweifeln, mein Sohn«, rügte ihn der Hohepriester. »Du magst eine Schlacht verloren haben, aber der Krieg ist noch in seinem Anfang.«

»Ich habe eine geliebte Tochter verloren«, klagte Ausar.

Parasan legte eine gebrechliche Hand auf die Schulter des Führers. »Sie ist tapferen Herzens für die gute Sache gefallen. Mitra, der selbst ein Streiter ist, nahm sie zu sich.«

»Ja, wenn sie wirklich fiel ... O großer Sonnengott, gewähre mir die Sicherheit, daß sie gefallen und nicht gefangen ist!«

Eine Weile herrschte Schweigen. Die beiden Männer

saßen im Wohngemach des Priesters im Tempel. Der Sonnenschein, der schräg durch die Fenster fiel, erhellte zwei steinerne Räume, die kärglich ausgestattet waren. Eine zeitverblichene Wandmalerei stellte einen jungen Mann auf einem Stier reitend dar, zwischen dessen Hörnern die Sonnenscheibe glühte. Ein paar offene Schränke mit uralten Schriftrollen, vergilbten Büchern, Gerätschaften und kunstvollen Figurinen, die aus den Ruinen gerettet worden waren, standen herum. Parasan in seiner blauen Robe wartete geduldig.

Schließlich nahm Ausar sich zusammen und sagte heiser: »Kann Dummheit je gerecht sein? Ich bildete mir nicht ein, daß es uns gelänge, die Stygier ganz aus Taia zu vertreiben, aber ich dachte, unser Widerstand würde es vielleicht zu kostspielig für sie machen, ihre Steuereintreiber und Richter in unsere Berge zu schicken, sie würden uns mit der Zeit in Frieden lassen, und wir könnten vielleicht sogar ein Einvernehmen mit ihnen erzielen. Statt dessen haben sie das Helutal gebrandschatzt, so daß wir noch weiter verarmen. Ich kann mir nicht vorstellen, daß sie eine Wiederbesiedelung zulassen werden, ehe wir uns ihnen fügen. Ich glaube sogar, daß sie, sobald sie es ermöglichen können, Feuer und Schwert von einem zum anderen Ende von Taia tragen werden. Sollte ich nicht die Unterhändler meinen in Salz eingelegten Leichnam als Zeichen der Unterwerfung mitnehmen lassen?«

Parasan schüttelte das weiße Haupt. Er war kleiner und dunkler als die meisten seiner Landsleute, es floß mehr Negerblut in ihm, doch alle hörten voll Respekt auf seine sanften weisen Worte. »Nein, Ausar, verlasse uns nicht so früh. Es würde ohnedies nicht helfen. Du bist unser natürlicher Führer, der Häuptling des Varanghi-Clans, und stammst von unserem Herrschergeschlecht ab, so bist du auch durch das Recht der Geburt der Höchste von uns, und jeder kennt deinen untadeligen Ruf. Wenn du stirbst, würde das dem Volk angetane Unrecht nicht mit dir sterben. Ein anderer würde deinen Platz einnehmen und an deiner Stelle weiterkämpfen – für unseren Gott, unser Land und unser Blut.«

Ausar lachte bitter. »Unser Blut? Was ist das? Die Hyborier unter unseren Vorfahren vermischten das ihre bald mit dem der Stygier, Kushiten und Shemiten. Keshan ist nun fast völlig schwarz, und wir können uns selbst kaum weiß nennen, oder? Was unser Land betrifft, einst war es groß, doch nahezu alles, was uns die heutige Zivilisation gibt, haben wir von unseren stygischen Herren.« Er hielt inne. »Und unsere Götter? Es ist nicht als Blasphemie gegen Mitra, den Allerhöchsten gemeint, aber Ihr müßt doch selbst zugeben – und gewiß bekümmert es Euch –, wie sehr sein Kult im Laufe der Jahrhunderte sich mit all diesem Heidentum ringsum verfälscht hat.«

»Ja«, murmelte Parasan. »Doch so sehr seine Flamme auch niedergebrannt sein mag, sie wird nie erlöschen.« Er richtete sich auf seinem Stuhl auf. »Sind deine Männer genauso entmutigt wie du?«

»Nein. Sie sind Barbaren, die ohne zu fragen alles auf sich nehmen, was das Schicksal ihnen schickt. Das einzige, was für sie zählt, ist ihrem Namen Ehre zu machen, damit er in die Geschichte ihres Clans eingeht. Ich, dagegen ... Ihr erinnert Euch doch, daß man mich als Junge hierherschickte, um die taianische Chronik zu studieren. Danach reiste ich mehrere Jahre sowohl durch Stygien als auch durch Shem, um mehr über die Zivilisation zu lernen. Ich fürchte, deshalb sehe ich die Dinge nun zu klar.«

»Aber nicht tief genug, mein Sohn. Komm mit.« Parasan erhob sich und hinkte zur Tür. »Was ich dir und den anderen erzählen möchte, ist dir nicht neu, und viel davon kennen auch die anderen. Trotzdem werde ich erneut die Prophezeiung über die Axt kundtun.«

Ausar gehorchte, teils unwillig, teils nur allzu gern, falls es dem Priester vielleicht doch gelingen sollte, ihm neuen Mut zu machen. Sie traten hinaus auf den Portikus des Bauwerks. Der einst weiße Marmor war zu einem tiefen Goldton nachgedunkelt. Die Friese waren vom Alter fast geglättet und kaum noch erkennbar, ebenso die Kannelierung der Säulen. Nur Trümmerstücke und der unebene Abschluß verrieten, daß sich hinter diesem noch einigermaßen erhaltenen Tempelstück ein oder sogar zwei Flügel befunden hatten. Der Duft von sonnengedörrtem Gras hing über diesem verträumten Fleckchen.

Die Krieger – Männer und einige ihre Keuschheit hütende Jungfrauen – lagerten auf dem Hang dahinter, zwischen Mauerruinen und zerborstenen Säulen. Eine warme Brise trug den Rauch ihrer Lagerfeuer zum Himmel auf, wo der Sonnenschein sich auf dem glänzenden Gefieder von beutesuchenden Falken spiegelte. Als die Krieger ihren Führer mit seinem Begleiter kommen sahen, erhoben sich alle und formierten sich unterhalb der zerfallenen Treppe zu geordneten Reihen.

Parasan hob eine Hand. So dünn seine Stimme auch war, verstand doch jeder sie klar und deutlich.

»Hört, ihr, die ihr für unser geliebtes Taia kämpft! Hört, auch wenn sie euch wohlbekannt ist, die Geschichte eures Vaterlands.

Mächtig waren eure Vorfahren. Sie kamen von weither, herab aus dem eisigen Norden, aus dem Hyborien der Legenden, als Wanderer zuerst, dann als Eroberer und schließlich, um sich hier anzusiedeln. Barbaren waren sie mit einer großen Bestimmung, denn sie verehrten Mitra, und der Sonnengott hatte sie dazu erkoren, seinen reinen, unbefleckten Glauben in dieses Land zu bringen, wo man Tiergötter anbetete, Menschenopfer brachte, der Schwarzen Magie huldigte und unbedenklich Greuel geschahen.

Einige eurer Ahnen überquerten das Hochland und ließen sich in Keshan nieder. Dort errichteten sie Städte, die blühten und gediehen, doch mit der Zeit zehrte das schwüle Klima an ihrer Kraft, sie ergaben sich ihm, und ihr Wesen veränderte sich. Der Dschungel griff nach ihren Städten und überwucherte die meisten. Nichts blieb von ihrer Größe als ein primitives schwarzes Königreich – das jedoch noch heute als Bollwerk gegen unerwünschte, grausame Eindringlinge steht.

Besser erging es den Hyboriern in diesen kühleren, trockeneren Bergen. Varanghi führte seine Abteilung zum Sieg und setzte sich selbst gegen Zauberei und das schreckliche Erbe alter, in der Vergangenheit verlorener Rassen durch, die nicht menschlich gewesen waren. Das gelang ihm, weil er eine Axt in die Schlacht trug, die Mitra persönlich ihm gegeben hatte. Solange ihr Träger sich ihrer würdig erwies, machte diese Waffe ihn unbesiegbar.

Sie wurde zum größten Schatz und zum Wappenzeichen des Herrschergeschlechts, das mit Varanghi begann. Lange blühte sein Königreich Taia in immer neuen Erfolgen, Reichtum, Glück und der Gunst Mitras. Doch dieses strahlende Licht des Sonnengottes war für das dunkle Stygien unerträglich. Wieder und immer wieder durch die Jahrhunderte hindurch versuchten die Anbeter Sets Taia zu vernichten, und immer wurden ihre Angriffe zurückgeworfen.

Doch schließlich bestieg ein unwürdiger Erbe Taias Thron. Er ließ sich von stygischer Magie verführen und fiel in der Schlacht. Er starb kinderlos. Euer Führer, Ausar, hier neben mir, ist ein Nachkomme des aufrechten

Bruders dieses unwürdigen Königs. Den Stygiern gelang es, Taia zu überrumpeln und an sich zu reißen. Seit Jahrhunderten quält es sich unter ihrem Joch.

Die Axt von Varanghi lag nicht auf dem Schlachtfeld, wo der letzte König fiel. Keine Menschenseele hat sie seit jenen Tagen mehr gesehen. Doch ein heiliger Mann gab dem Land mit seiner Prophezeiung neue Hoffnung. Er sagte, die Axt befände sich in einem sicheren Versteck und würde einst von einem Erlöser gefunden werden, der würdig ist, sie zu führen. Und dieser Erlöser ist vom alten nordischen Blut. Die Stygier nahmen den Propheten fest und kreuzigten ihn. Doch seine Prophezeiung brachten sie nicht zum Verstummen. Noch in unseren Tagen ist sie allbekannt.

Oft haben die Priester hier an diesem heiligen Ort zu Mitra gebetet und ihn um ein Zeichen angefleht, und er gab ihnen Träume und Visionen, die ihnen sagten, daß wir nie die Hoffnung aufgeben dürfen. Von dem Kommen des Erlösers verrieten sie nichts, doch sie widersprachen jenem Vers der Prophezeiung nicht, der besagt, daß es nach einer Hand von Jahrhunderten so weit sein würde.

Eine Hand von Jahrhunderten – fünf Finger, fünfhundert Jahre? Ich weiß es nicht. Doch so lange ist Taia jetzt versklavt. *Eure* Generation mag es sein, die unser Vaterland befreit!«

Die Krieger schwangen begeistert ihre Waffen und brüllten die Schlachtrufe ihrer Clans hinaus.

Die Stygier banden die paar Gefangenen, die sie gemacht hatten, mißhandelten sie jedoch nicht. Im Morgengrauen, als kalter Nebel vom Fluß aufstieg, kam Shuat zu einer Inspektion. Er musterte die Taianer kurz, während sie ihn herausfordernd anstarrten. Im Hintergrund war das Rauschen des Helus und die Geräusche des sich sammelnden Regiments zu hören.

»Sind das alle?« fragte er finster. »Und wir haben kaum mehr von ihnen getötet als sie von uns.« Zu seinem Adjutanten sagte er: »Ich gehe nicht länger nach einem Plan vor, der zum Scheitern verurteilt ist. Wir kehren sofort um.« Sein Blick wandte sich wieder den Gefangenen zu und blieb sodann an Daris hängen. »Wer ist diese Frau?«

»Ich half, sie gefangenzunehmen, mein Lord«, sagte ein Sergeant. »Eine Teufelskatze ist sie!« Er stierte sie lüstern an. »Aber meine Freunde und ich können sie schnell zähmen, und es würde uns nichts ausmachen, deshalb das Frühstück zu versäumen.«

Daris fauchte ihn an, während die Scham sie erglühen ließ.

»Nein, Idiot!« schnaubte der Befehlshaber. »Siehst du nicht die goldene Scheibe auf ihrer Stirn? Nur die höchstgeborenen Familien dieser Eingeborenen dürfen sie tragen. Ich werde nicht dulden, daß ihr Geisel- oder Austauschwert gemindert wird.« Er wandte sich an das Mädchen: »Wer bist du?«

Stygisch war nicht ihre Muttersprache, aber wie die meisten Taianer hatte sie sie gelernt und beherrschte sie. Sie richtete sich stolz auf, blickte ihm fest in die Augen und nannte ihren Namen. »Ich bin eine Tochter Ausars«, fügte sie hinzu, »des rechtmäßigen Königs dieses Landes.«

»A-ahh!« sagte Shuat. »Sehr gut. Mein Plan funktionierte besser, als ich selbst dachte.«

Mit flauem Gefühl wurde Daris klar, daß sie dem Feind in die Hand gespielt hatte.

Auf Shuats Befehl wurde sie von ihren Landsleuten getrennt. Sie wünschten ihr stoisch Lebewohl. Ihrer harrte die Sklaverei. Daris' Geschick mochte noch schlimmer sein.

Sie wurde nicht mißhandelt, jedenfalls nicht sogleich. Ihre Wächter gestatteten ihr, sich zu waschen – am Ende eines Strickes, den sie ihr um den Hals geschlungen hatten. Sie zitterte vor Wut über ihre Bemerkungen, als sie sich auszog, aber es war gut, wieder sauber zu sein. Sie wusch auch ihr Hemd und ihren Rock, die beide schnell trockneten. Ihren Harnisch und ihre Waffen hatte man ihr natürlich abgenommen. Dann teilten die Wächter ihr Linsenfrühstück mit ihr, und auf dem Marsch flußabwärts schritt sie zwischen ihnen dahin. Ein paarmal versuchten sie sich mit ihr zu unterhalten, aber sie ging nicht darauf ein, woraufhin sie sie verfluchten und ihr ausmalten, was später alles mit ihr geschehen mochte.

Sie achtete kaum darauf. Die Verzweiflung über ihre Gefangenschaft erfüllte ihr ganzes Sein. Sie bewegte sich wie in einem schlimmen Traum.

Shuat gönnte seinem Regiment nur wenig Rast, und so erreichten sie Seyan bereits nach drei Tagen. Diese kleine Stadt mit ihren weißgetünchten Lehmhäusern an der Mündung des Helus in den Styx war jetzt die größte von Taia und der Sitz des Statthalters. Sein prunkvoller Palast lag am Rand der Stadt, inmitten eines prächtigen Gartens, nahe dem Militärstützpunkt. Dorthin wurde Daris gebracht und in eine Kammer gesperrt, während Shuat Bericht erstattete.

Kurz darauf kamen zwei Soldaten sie holen. »Wenn du vor den Statthalter geführt wirst«, warnte sie einer, »mußt du vor ihm niederfallen.«

»Wa-as?« fauchte Daris, »spielt der Statthalter sich als König auf?«

»Nein, aber ein Zauberpriester Sets ist bei ihm.« Ehrfurcht dämpfte die Stimme des Soldaten.

Während des anstrengenden Marsches hatte Daris sich gefaßt und eine Entscheidung getroffen. Aus Stolz zu sterben wäre sinnlos. Es würde ihrem Vater und der guten Sache nichts nützen. Nein, sie würde tun was sie konnte – solange es nicht über ihre Kräfte ging –, um zu überleben. Sie würde abwarten, bis sich eine Gelegenheit zur Flucht ergab, oder zumindest, um ein paar Stygier mit sich in den Tod zu nehmen. Deshalb unterdrückte sie ihren Stolz, als sie in den großen Raum geführt wurde und warf sich, wie man es von ihr verlangte, flach auf die Schilfmatte.

»Erheb dich!« klang eine zischelnde Stimme vom anderen Ende. »Komm näher.«

Ergeben schritt Daris zwischen Wänden dahin, auf denen tierköpfige Wesen mit Menschenkörpern abgebildet waren. Shuat und der wohlbeleibte Wenamon saßen auf Hockern unter der Plattform mit dem Thron des Statthalters, der im Augenblick von einem Mann mit glattgeschabtem Schädel und schwarzer Robe besetzt war. Flüchtig wurde sie sich seiner Augen bewußt, die brennend auf ihr ruhten.

»Halt!« befahl er. Sie gehorchte. Schweigen senkte sich in dieser Düsternis herab. Sie hatte das Gefühl, daß die Augen bis in ihre Seele stachen.

»Ja«, sagte er schließlich, »es ist etwas Erschreckendes in der Bestimmung dieses Mädchens. Doch was es ist, vermag ich nicht zu erkennen. Ich muß sie nach Khemi bringen, damit mein Herr sie genauer untersucht.«

»Wann müssen wir mit dem Verlust Eurer Gesellschaft rechnen, heiliger Hakketh?« erkundigte sich Wenamon ölig.

»Sofort.« Der Zauberer erhob sich. »Wachen, folgt mir mit dem Mädchen. Ihr anderen, sorgt dafür, daß meine Diener sogleich zum Flügelboot kommen.«

Wenamon und Shuat verbeugten sich tief, als er an ihnen vorbeirauschte.

Daris' Herz pochte heftig. Der Schweiß brach ihr kalt auf Stirn und Rücken aus. Nach dem Schwarzen Khemi – zur – Untersuchung?

Sie nahm all ihren Mut zusammen. Auf dem Fluß war die verbotene Stadt gut zweitausend Meilen entfernt, das wußte sie. Gewiß würde sie während der wochenlangen Reise eine Möglichkeit zu einem sauberen Tod finden.

Der Pfad vom Palast führte nicht zum Zivilhafen, sondern zum streng bewachten Militärhafen. Keine Schiffe lagen augenblicklich dort vor Anker, nur ein seltsames Fahrzeug oder Boot, dessengleichen Daris noch nie gesehen und von dem sie auch noch nie gehört hatte. Fast fünfzig Fuß lang war die stumpfweiße Metallhülle. Als Galionsfigur am hohen Bug sah sie Kopf und Hals eines Reptils mit Schwertschnabel, dessen ledrige Flügel sich entlang der Seiten ausbreiteten. Von einem Deckhaus abgesehen war das Deck offen und wies weder Mast noch Ruder auf. Auf einem eisernen Dreibein am Heck ruhte eine riesige Kristallkugel, in der etwas wie ein Feuer rot und blau flackerte. Ein Akoluth – einer von mehreren, die Hakketh unterwürfig bedienten – brachte das Boot an den Kai heran. Über eine in die Hülle gearbeitete Leiter stiegen sie unter den Augen der ihnen ehrfurchtsvoll, ja fast furchtsam zuschauenden Soldaten an Bord. Auf ein Wort des Zauberers hin legte ein Diener einen Eisenreif um Daris' Fußgelenk, der durch eine Kette mit einem in die Deckplanken eingelassenen Ring verbunden war. Die Kette war lang, so daß sie ausreichend Bewegungsfreiheit hatte, aber sie erkannte mit Entsetzen, daß sie ihr nicht gestatten würde, über Bord zu springen.

Hakketh gab ein Zeichen. Die Soldaten machten kehrt und marschierten in die Stadt zurück. Das Boot wurde von der Strömung auf den Fluß hinaus getragen. Hakketh wandte sich an einen Akoluthen. »Übernimm die erste Wache.«

»Jawohl, mein Lord.« Der Mann stellte sich vor die Kristallkugel und hob die Hände. *»Zayen!«* sagte er in einer Sprache, die Daris fremd war. Das Feuer in der Kugel begann stärker zu lodern. Die Flügel entlang der Bootshülle breiteten sich aus, bis sie weit gespannt waren. Während der Stygier seine Arme noch höher streckte, nahm das Boot lautlos Geschwindigkeit auf.

Vielleicht, weil er sehen wollte, wie das Mädchen darauf reagierte, sagte Hakketh: »Wisse, daß du im heiligen Flügelboot Sets reist, dem letzten seiner Art auf der Welt. Die magische Formel seiner Herstellung ging verloren, als Acheron vor dreitausend Jahren unterging.«

Schneller brauste das Boot dahin, immer schneller. Der vom Bug durchschnittene Wind pfiff.

Hakketh deutete mit einem Kopfnicken auf das Deckhaus. »Eine Kammer ist für dich dort abgeteilt. Man wird dir die Ketten abnehmen, wenn du dich dorthin zurückziehen willst. Du wirst auch zu essen und zu trinken bekommen, und niemand wird dich belästigen. Solltest du jedoch etwas Unvernünftiges versuchen, muß ich dich wieder fesseln lassen.«

Das Boot ließ nicht, wie bisher, schäumendes Kielwasser zurück. Es hatte sich mit dem Wind erhoben und streifte die dunkle Oberfläche des Flusses nur noch. Der Akoluth an der Kristallkugel senkte die Arme lediglich und deutete, wenn er die Richtung ändern wollte. Manchmal, wenn er beispielsweise irgendein Treibgut sah, mit dem das Boot zusammenstoßen mochte, verringerte er die Geschwindigkeit, indem er die Arme wieder himmelwärts hob, das Wort *»Aaleth!«* sagte und dann die Arme in dem Maße senkte, in dem er das Tempo drosseln wollte. Dann murmelte er *»Memn!«*, und die gewünschte Geschwindigkeit wurde beibehalten, bis er sie wieder zu ändern gedachte.

»In drei Tagen und drei Nächten werden wir Khemi erreicht haben«, sagte Hakketh und wandte sich von Daris ab.

Das Mädchen bemühte sich, nicht zu weinen und ihrer Verzweiflung nachzugeben. Mit blicklosen Augen starrte sie westwärts, wo die Sonne hinter den Bergen unterging, die ihr Daheim gewesen waren.

5

HEXENWERK

Die Festung des Mantikors befand sich nahe dem Krokodiltor. Es war ein gewaltiges, fast würfelförmiges Bauwerk aus dunklem Stein um einen engen Innenhof. Ihren Namen hatte sie von dem Fabelwesen, das über dem eisernen Haupteingang skulptiert war. Die unteren Stockwerke hatten in den Jahrhunderten ihres Bestehens viel Leid gesehen, denn hier waren die Verliese und Folterkammern, und hier fanden auch die grauenvollsten Hinrichtungen statt. Die Bürger von Khemi mieden schon allein die Nachbarschaft der Festung, weil sie glaubten, daß ein böser Zauber von ihr ausging. Sie wußten nicht, daß sich in den beiden Obergeschossen prunkvolle Gemächer, eine bestausgestattete Küche und ein geheimer Zugang für Unterhaltungskünstler befand, die mit verbundenen Augen dorthin und zurück gebracht und für ihre Darbietungen gut bezahlt wurden. Manchmal hielt die Priesterschaft es durchaus für vorteilhaft, einen Gefangenen in komfortabler Umgebung gefügig zu machen. Aus diesem Grund waren auch die Obergeschosse streng bewacht.

In Seidengewänder gehüllt ruhte Jehanan, Bêlits Bruder, auf einem weichen Diwan. Neben ihm stand eine Tür zu einem Balkon offen, zu dem blühende Kletterpflanzen an Spalieren hochrankten und ihm außer ihrem herrlichen Durft auch kühlenden Schatten schenkten. Das Gemach war groß, mit prächtigen Möbelstücken eingerichtet und mit vergoldeten Arabesken verziert. Weitere Türen führten zu einem Bad, das fast so geräumig wie das Gemach war, denn in ihm befand sich ein Bekken, groß genug, darin zu schwimmen; und zu einem kleinen, aber üppig ausgestatteten Schlafgemach.

In den paar Tagen hier hatte Jehanan wieder ein wenig Fleisch angesetzt, seine volle Kraft war zurückgekehrt und der Wahnsinn aus seinen Augen gewichen. Zwar zogen sich nach wie vor tiefe Narben über sein Gesicht, aber es war gewaschen, Kinn und Wangen glattgeschabt, und es konnte wieder lächeln. Es war sehr wohl ein Gesicht, das so manche Frau anziehend finden mochte.

Nehekba kauerte neben ihm. Ein hauchdünnes Schleiergewand und kostbarer Schmuck betonten ihre absolute Weiblichkeit. Sie lächelte und strich ihm zärtlich über die Wangen. »Und was ist dann passiert, Liebster?« gurrte sie.

»Wa-rum ...« Jehanan blickte sie verwirrt an. »Warum interessiert es dich? Es ist ein völlig unbedeutendes Erlebnis aus meiner Kindheit. Ich hielt inne, als mir klar wurde, daß ich mich gar nicht mehr so richtig daran erinnern kann.«

»Oh, mich interessiert alles, was dich betrifft«, versicherte sie ihm.

Freude rötete sein Gesicht. Er legte eine Hand auf ihren Schenkel und sagte: »Nun, wie ich bereits erzählte, kehrten Bêlit und ich sicher, wenn auch schmutzig und atemlos, von unserem Dschungelabenteuer zurück. Unser Vater war erzürnt, daß wir uns so in Gefahr begeben hatten, und wollte uns übers Knie legen. Doch Mutter sagte zu ihm – hm, was waren ihre Worte? – sie sagte, er sollte Unternehmungslust nicht bestrafen, schließlich hätten wir sie von ihm, und sie würde uns in unserem späteren Leben vielleicht recht nützlich sein. Lieber sollte er uns bei unserer Ehre versprechen lassen, in Zukunft vorsichtiger zu sein. Er pflichtete ihr bei. Bêlit und ich waren froh, daß wir keine Schläge bekamen – anfangs. Denn nach einer Weile erkannten wir, daß es für uns einfacher gewesen wäre, er hätte uns versohlt, denn natürlich würden wir nie, so schwer es uns auch fallen mochte, ein ihm gegebenes Versprechen brechen.«

»Ihr wart wahrhaftig eine glückliche Familie«, bemerkte Nehekba.

»Ja, liebe Heterka, das muß wohl aus jedem Wort geklungen haben, das ich dir auf deinen Wunsch aus meinem Leben erzählte.« Jehanan richtete sich gerade auf. Er legte beide Hände um ihre schlanke Taille und blickte in ihre Augen. »Ich kann mein Glück immer noch nicht fassen – vom Sklaven mit solchen Schmerzen, daß nur die Erschöpfung mir überhaupt Schlaf schenkte, zum wonnetrunkenen Liebsten der schönsten Frau, die je über diese Erde wandelte. *Warum?*«

»Ich sagte es dir doch. Ich sah dich, bewunderte deine Standhaftigkeit in deinem großen Leid und war wie verzaubert von dir. Ich konnte dich nicht freikaufen, denn das Gesetz hier gestattet die Freilassung von Ausländern nicht. Aber es stand in meiner Macht, dich hierherbringen zu lassen, in der Hoffnung, später mehr für dich tun zu können.«

»Ja, ja, mein Liebling, natürlich. Doch du bist so geheimnisvoll, daß ... Aber genug der Worte.« Jehanan zog sie an sich und begann sie zu küssen.

Plötzlich zuckte er zusammen, ließ sie los, senkte den Blick und murmelte: »Ich fürchte, ich brauche wieder ein wenig des Trunkes, der mich von den Schmerzen befreit. Sonst – sonst bleibt keine Männlichkeit mehr in mir.«

Nehekba erhob sich. »Ich habe wieder etwas davon mitgebracht, Geliebter.« Grazil wie eine Katze durchquerte sie das Gemach und griff nach einem Beutel, den sie neben der Tür abgelegt hatte. Er sah ihr zu, als sie ein goldenes Fläschchen zum Vorschein brachte.

»Ich hole Wein, um ihn damit zu vermischen, und werde auf meine Liebe zu dir trinken, Heterka«, sagte er.

Ihr Lächeln wurde grausam. »Bemüh dich nicht. Du brauchst das nicht mehr.« Sie zog den Stöpsel heraus und leerte das Fläschchen auf den Boden. »Ich bin mit dir fertig.«

Er heulte auf wie ein Wolf, für den die Falle zuschnappt.

»Oh, du darfst noch eine Weile hierbleiben«, erklärte sie ihm spöttisch. »Vielleicht kannst du uns noch von Nutzen sein, oder uns ergötzen.«

»Bist du eine Dämonin?« schrie er. Er taumelte auf sie zu, die Finger wie Klauen gespreizt. Seine Muskeln hatten auch in seiner Seelenqual nichts an ihrer Kraft verloren.

Nehekbar tupfte auf den Spiegel an ihrer Kehle. Ein Strahl – doch keiner des Lichtes, sondern der Finsternis – schoß hervor. Er traf Jehanan und warf ihn zu Boden. Gelähmt und voll unbeschreibbaren Grauens starrte der junge Mann die Zauberin an.

Sie öffnete ein quadratisches, fußgroßes Paneel der massiven Außentür und rief leise hinaus. Schritte näherten sich, und der Wächter öffnete die Tür für sie.

»Lebewohl, ehemaliger Liebster«, verabschiedete sie sich von Jehanan und verließ das Gemach.

Die Lähmung ließ mit der Zeit nach. Jehanan kroch zur Schwelle und versuchte, den vergossenen Linderungstrunk aus dem Teppich zu saugen.

Nehekba schritt eine Geheimtreppe hinunter und durch einen Geheimtunnel. Sie rannte so schnell, daß ihr

Schleiergewand in der nur von Öllampen schwach erhellten Düsternis hinter ihr her flatterte, denn Tothapis erwartete sie, und sie hatte sich bereits ein wenig verspätet.

Über weitere Schleichwege betrat sie sein Haus. Sklaven, denen man bei Eintritt ihres Dienstes die Zunge herausgeschnitten hatte, brachten sie zum Mittelgemach. Tothapis beachtete die Hohepriesterin anfangs nicht. Er unterhielt sich weiter mit dem Mann, der respektvoll vor ihm stand.

Nehekba betrachtete diesen Mann näher, denn obgleich sie von Amnun gehört hatte, war sie ihm doch noch nie zuvor begegnet. Er war schlank, stand kerzengerade und war auf etwas fremdartige Weise recht gutaussehend. Äußerlich glich er seiner Mutter, einer Taianerin, die als Sklavin nach Luxur verschleppt worden war. Doch Wesen und Einstellung hatte er von seinem stygischen Vater. Schon lange gehörte er zu den vielen Laien im Dienst des Zauberpriesters.

»Die Piratengaleere segelt unsere Küste hoch«, sagte Tothapis. Er hatte sein Geiergesicht leicht vorgestreckt. Schatten spielten in den Runzeln und den tiefliegenden Augen, genau wie über die zahlreichen magischen Utensilien im Gemach. »Du wunderst dich, weshalb ich keinen Sturm herbeibeschworen habe, um das Schiff zu versenken. Ich werde dir sagen, weshalb nicht, doch wenn du es je jemandem verrätst, wirst du dir bald die Qualen der Hölle ersehnen.«

»Ich bin ein getreuer Diener meines Lords«, versicherte ihm Amnun kühn.

Tothapis' kahler Schädel nickte. »Das warst du auch bisher immer. Nun, unsere heilige Pflicht ist, Generation um Generation, die Macht Sets zu erhöhen.« Er beschrieb das Zeichen seines Gottes, und Amnun beugte die Knie, während Nehekbar kurz mit den Händen das Gesicht bedeckte, wie es sich für eine Frau schickte. »Außer Set gibt es noch andere Götter«, fuhr Tothapis fort. »Sie haben ihre eigenen Machtbereiche. Zu Sets gehört das Meer nicht – noch nicht. Deshalb kann ich, als sein Priester, nur unbedeutende Zauber darüber ausüben. Unsere Hauptwaffe in diesem Fall ist unser menschlicher Verstand.«

Er hob einen knochigen Finger. »Hör zu. Der Frachter *Meniti* läuft morgen mit der frühen Flut aus. Kapitän und Besatzung glauben, sie sollen ihre Ladung nach Umr im Süden bringen. Bei diesem Kurs wird Bêlits *Tigerin* ihn bald sichten und zweifellos versuchen, ihn zu entern. Mit dem bißchen Macht, das ich über dem Meer habe, werde ich dafür sorgen, daß der Wind für unser Unternehmen günstig ist. Die Sache ist so wichtig, daß dieses kleine Opfer kaum zählt. Du wirst noch heute abend in der Rolle, die ich dir erklärte, an Bord gehen.« Er deutete auf Schriftstücke auf dem Tisch. »Dort sind die erforderlichen Dokumente. Ist dir alles klar?«

»Nein, Lord«, gestand Amnun. »Ich soll eine Vertrautheit mit einer Person vortäuschen, die ich nie auch nur gesehen habe. Wie?«

Tothapis winkte Nehekba zu. Sie trat nahe heran. Amnun betrachtete sie mit einer Mischung aus Bewunderung, Verlangen und Furcht, über die sie sich, wie bei jedem anderen auch, innerlich amüsierte und die ihr schmeichelte. »Weißt du, wer ich bin?« fragte sie.

Wieder beugte er das Knie. »Ihr seid Lady Nehekba, die Hohepriesterin Derketas, und ich bin Euer untertänigster Diener.«

»Ich habe an Wissen ausgeforscht, was für deinen Auftrag nötig ist, und werde es jetzt auf dich übertragen. Sieh mich an.«

Er hob die Augen zu ihren. Sie drehte den Spiegel an

ihrem Hals. Ein Lichtstrahl löste sich. Amnun erschauderte und erstarrte. Seine Züge wirkten wie eingefroren. Sie hielt den Strahl auf seine Augen gerichtet, während ihre Linke gestikulierte und sie Worte flüsterte.

Nach einer Weile ließ sie den Talisman wieder frei von seinem Kettchen um ihren Hals baumeln. »Amnun, erwache!« befahl sie.

Wieder erschauderte er, blinzelte und kam zu sich. »Du weißt nun, was ich von Jehanan erfahren habe«, sagte Nehekba. »Nutze das Wissen gut, und deine Belohnung wird hoch sein.«

Erstaunen ließ den Mann taumeln. »Ich – ich weiß alles!« rief er. »Es ist, als hätte ich es mit eigenen Ohren gehört!«

»Fasse dich!« sagte Tothapis unter dem Baldachin des geschnitzten Kobraschädels heraus. »Du wirst noch diesen Abend, morgen und die folgende Nacht haben, über das nachzudenken, was unsere Lady von Derketa auf dich übertrug, und es in deinem Kopf zu ordnen. Danach – eine Weile lang –, Amnun, wirst du die Verkörperung des Schicksals sein. Set sei mit dir, der du dich für ihn einsetzt.«

Ein paar Worte fielen noch, ehe der Agent sich tief verbeugte und die Sklaven ihn hinausbegleiteten. Nehekba verlagerte ruhelos ihr Gewicht von einem Fuß auf den anderen, bis sie schließlich fragte. »Gestattet Ihr, daß ich mich zurückziehe, mein Lord?«

Er wandte ihr nun seine volle Aufmerksamkeit zu. »Wohin wollt Ihr Euch zurückziehen?« fragte er. »Die Stunde, da wir uns Conans annehmen müssen, naht. Wir dürfen die Zeit bis dahin nicht müßig sein.«

»Das werde ich auch nicht«, versicherte sie ihm. »Ich beabsichtige, sofort zur Festung zurückzukehren – zu Falco.«

Tothapis runzelte die Stirn. »Zu dem ophireanischen Spion? Was versprecht Ihr Euch denn noch von dem unwissenden Burschen?«

»Ich werde ihn enger an mich binden. Vergeßt nicht, mein Lord, daß auch er, wie wir erkannten, auf unergründliche Weise mit Conans Geschick verknüpft ist. Da halte ich es für angebracht, ihn uns zum verläßlichen Werkzeug zu machen.«

»Habt Ihr ihn denn nicht bereits zu Eurem gemacht, genau wie Jehanan?«

Das mitternachtschwarze Haar umschmeichelte ihren Busen, als Nehekba den Kopf schüttelte. »Nicht völlig. Er liebt mich, ja, aber sein Ehrgefühl stellt die Pflicht über seine persönlichen Wünsche. Gestattet mir zu versuchen, diese Einstellung zu untergraben. Aber dazu muß ich langsam und feinfühlig vorgehen.« Ein schamloses Lächeln huschte über ihre Lippen. »Doch es ist mir nicht unangenehm. Trotz seiner Jugend ist er ein hervorragender Liebhaber.«

»Nein, laßt ihn warten!« befahl Tothapis in eisigem Grimm. »Ihr vergeudet zu viel Eurer Kraft mit fleischlichen Dingen.«

»Ich diene Derketa, die dafür steht«, antwortete sie herausfordernd.

»Doch vorrangig dient Ihr Set – vor allen und allem anderen in diesem Universum, Nehekba! Oder habt Ihr gewagt, das zu vergessen?« Erschrocken schwieg die Hexe. Der Zauberer fuhr fort: »Ich benötige Eure Unterstützung dringend. Erst heute erhielt ich eine Nachricht durch den Homunkulus, den wir nach Luxur schickten. Sie war von Hakketh. Er kommt mit einer Kriegsgefangenen hierher, einer Tochter des Anführers der taianischen Rebellen. Er hat eine Bestimmung in ihr gespürt, die Gefahr für uns bedeutet. Näheres konnte er nicht ergründen, deshalb will er, daß ich selbst sie ansehe. Gewiß ist auch ihr Geschick auf irgendeine Weise mit Conans verflochten. Mir sind Geist und Seele des Weibes fremd, Nehekba. Deshalb müßt Ihr mir mit den Plänen und dem Zauber helfen, die auch sie zu einem Instrument gegen Mitra und für Sets Sieg machen.«

6

PIRAT, BARBAR, RETTER

»Segel voraus!«

Der Ruf vom Mastkorb der *Tigerin* rief ein begeistertes Echo auf dem Deck hervor. Geschmeidig wie schwarze Panther beeilte die Mannschaft sich, Truhen unter den Ruderbänken hervorzuziehen, Waffen herauszuholen, sich zum Kampf auszustatten und ihre Posten zu beziehen. Am Bug deutete Bêlit lachend nach steuerbord. Doch kein Befehl war mehr erforderlich. Die beiden Steuermänner, mit weiß blitzenden Zähnen im dunklen Gesicht, wechselten bereits den Kurs. Conan riß seine Gefährtin an sich, küßte sie schnell und heftig, ehe er zum Ruderdeck hinuntersprang, um sich ebenfalls zu rüsten.

Ein kräftiger Wind füllte die Segel und jagte die Galeere durch die schaumgekrönten Wellen. Hülle und Takelwerk knarrten, als wollten sie in den Kampfgesang der Bukanier einstimmen. Das Festland lag am östlichen Horizont, aber etwa eine Meile achtern warf sich die Brandung gegen eine winzige Insel, deren Klippen sich kahl und von Sonne und Wind gebleicht dem blauen Himmel entgegenreckten.

Conan kam zu Bêlit zurück. Seine mächtige Gestalt steckte jetzt in glänzender Kettenrüstung und gehörntem Helm. Schwert und Dolch hingen in ihren Scheiden an seiner Seite, und an seinem linken Arm hielt er einen Subaschild. Bêlit hatte sich nicht gerüstet. Sie trug noch die gleiche Tunika und das Stirnband, nur hatte sie ihr Haar jetzt geflochten und hochgesteckt, damit es ihr im Kampf nicht in die Augen fallen konnte. Ihre Waffen waren lediglich zwei schlanke Klingen.

Conan spähte geradeaus. Sie näherten sich ihrem Opfer, einem dickbauchigen stygischen Kauffahrer, schnell mit großer Geschwindigkeit. Er sah, wie die Besatzung versuchte, mehr Fahrt aus dem rechteckigen Segel zu holen, und sich dann zum Kampf bereit machte, als sie erkannte, daß er unausbleiblich war.

»Wieder kann ich ein wenig Rache nehmen!« freute sich Bêlit.

»Er dürfte eine wertvolle Ladung haben«, meinte Conan. »Und um ehrlich zu sein, Liebste, mich dürstete allmählich nach einem guten Kampf.« Er zog die Brauen zusammen. »Aber ich wünschte, du würdest dir doch eine Rüstung anziehen.«

»Ich sagte dir schon einmal, daß eine Frau nicht die Körperkräfte eines Mannes hat«, entgegnete sie. »Eine Rüstung würde mich nur behindern, und einen scharfen Pfeil kann sie genausowenig abhalten, wie einen heftigen Hieb gegen meinen Hals. Ohne sie bin ich im Handgemenge so geschickt oder noch geschickter als die meisten.«

Conan versuchte seine Sorge um sie abzuschütteln. Crom, der Hauptgott der Cimmerier, gab jenen, denen er seine Gunst schenkte, Mut und Kraft – aber sonst nichts –, damit sie sich ihren eigenen Weg durch die Welt kämpfen konnten. Hatte Croms Hand sich über die Schwarze Küste hinabgesenkt und Bêlit im Mutterschoß berührt? Es wäre durchaus vorstellbar.

Kurz dachte er an sein rauhes Heimatland. Wahrlich, weit war er von ihm gewandert, und wild waren seine Abenteuer gewesen. Schließlich hatte er die Liebe gefunden, aber er wußte, daß der gleiche blinde Zufall ihn zu ihr gebracht hatte, der sie ihm auch jederzeit wieder nehmen konnte. Er straffte die Schultern. Es gehörte sich für einen Mann – oder eine Frau –, sich furchtlos jedem Ansturm des Schicksals zu stellen.

Außerdem, dachte er mit einem flüchtigen Grinsen, sah es ganz so aus, als stünde ihnen ein herzerfrischender Kampf bevor. Aus ihrem Benehmen zu schließen, waren nicht viele der Besatzung des Kauffahrers ausgebildete Krieger, aber sie waren den Piraten zahlenmäßig überlegen, und jeder Matrose lernte früh, sich in einem Kampf zu behaupten.

Pfeile schwirrten vom Kauffahrer herüber. Die Bogenschützen der Suba beantworteten den Beschuß, während ihre Kameraden brüllend den Feind verhöhnten. Die Sonne glitzerte auf herbeifliegenden Speeren. Einer drang in die Galionsfigur, kaum einen Zoll von Bêlit entfernt. Conan knurrte, Bêlit lachte. Unten auf dem Deck bohrte sich einer in den rechten Oberschenkel eines Subas. Er riß ihn heraus, stillte das Blut und nahm ungeduldig seinen Posten an der Reling wieder ein.

In die Kehle getroffen, taumelte ein Mann auf dem Kauffahrer und stürzte zusammengekrümmt über Bord. Kaum platschte das Wasser auf, stieß kurz eine dreieckige Flosse an die Oberfläche.

Bêlit stieß Befehle hervor. Die *Tigerin* legte sich schräg zu ihrem Opfer. Ein riesenhafter Schwarzer auf dem Mitteldeck wirbelte einen Enterhaken über den Kopf und warf. Der Haken bohrte sich in die Reling, und das Tau in der Hand des Riesen spannte sich. Sofort schleuderte er einen zweiten, während seine Kameraden brüllend an dem Tau zogen, daß die Muskeln unter ihrer schweißglänzenden Haut anschwollen, und sofort auch nach dem zweiten griffen, als der Haken gelandet war. Die

Stygier versuchten mit Beilen die Taue zu kappen. Eine Pfeilsalve fällte einige und trieb den Rest in die Flucht. Die Schiffe prallten gegeneinander. Die *Tigerin* erschauderte kurz, dann lag sie ruhig Rumpf an Rumpf mit dem Kauffahrer.

»Entert, ehe sie brennende Fackeln herüberwerfen!« brüllte Conan. Er wußte, wie Feuer sich auf einem Schiff auswirken konnte. Er zog das Schwert und rannte los.

Seine Männer hatten bereits eine Enterplanke angebracht, deren scharfe Haken in die mehrere Fuß höhere Reling des Kauffahrers bissen. Conan stürmte hinüber, dichtauf gefolgt von jenen der Schwarzen, die wie er eine Rüstung hatten. Die meisten der Suba trugen lediglich Kilts oder Tuniken und die Federbüsche und Waffen ihrer Heimat. Aber in dieser barbarischen Aufmachung wirkten sie um so furchterregender, als sie dichtgeschlossen zur Planke liefen. Ihr Kampfgeschrei »*Wakongo mutusi!*« überschallte das Brüllen der Seeleute auf dem Kauffahrer.

Drei Männer in stygischer Militärrüstung erwarteten den Ansturm Schulter an Schulter am Ende der Enterplanke. Conans Klinge schwang hoch und zischte herab. Wie eine Glocke schallend schlug sie gegen einen Schild, dessen Träger unter der Wucht schwankte, trotzdem aber sein Kurzschwert vorstieß. Conans plumper Angriff war nur als Finte gedacht gewesen. Sein Stahl schnellte seitwärts und schnitt durchs Handgelenk des Gegners. Der Soldat starrte ungläubig auf seine baumelnde Hand. Er taumelte rückwärts und blieb hilflos verblutend auf dem Deck sitzen.

Conan hatte inzwischen seinen eigenen Schild benutzt, um den seines zweiten Gegners zur Seite zu stoßen und sofort seine Klinge in einem mächtigen Hieb folgen zu lassen. Der Mann stürzte, wie berechnet, gegen den dritten, der jedoch offenbar kampferfahrener war. Obgleich er kurz aus dem Gleichgewicht geriet, hielt er seinen Schild schützend vor sich und nutzte ihn auch, um Conans weitere Hiebe abzuwehren und seitwärts selbst zuzustoßen. Der Cimmerier sprang einen Schritt zurück. Als die kürzere Klinge des Soldaten hervorschnellte, hieb er sein mächtiges Langschwert auf sie hinab. Die Wucht des heftigen Schlages entriß sie dem Stygier, der hastig zurückwich.

Conan sprang aufs Deck. Er hatte nur wenige Herzschläge gebraucht, um den Weg freizumachen. Die Stygier versuchten verzweifelt ihn zu töten und die Bresche wieder zu schließen. Conan war in seinem Element und stieß erfreut seinen Kampfschrei aus. Die meisten der Verteidiger, genau wie der größte Teil der Piraten, hatten wenig mehr als ihre Schilde zum Schutz. Ihre halbnackten braunen Leiber waren hilflos gegen die Wildheit des blitzenden Stahles. Krachen und Klirren vermischten sich mit den Schreien jener, die der Cimmerier fällte oder zurücktrieb. Und nun schwärmten auch bereits Bêlits Krieger an Deck.

Der stygische Kapitän brüllte von seinem Heckkastell, und seine Männer gehorchten. Sie waren eine gutausgebildete Mannschaft. Die, die dazu noch in der Lage waren, formierten sich zu einem dichtgeschlossenen Trupp und zogen sich zum Heck zurück, nicht ohne einigen ihrer Gegner zu beweisen, daß sie nicht zu unterschätzen waren. Die Suba beschäftigten sich hauptsächlich mit denen, die sich diesem Trupp nicht hatten anschließen können, aber trotzdem einen harten Kampf lieferten. Jedenfalls gelang es gut zwanzig der Seeleute, das obere Deck zu erreichen.

Bêlit rannte über blutige Planken, sich vor Schmerzen krümmende Verwundete und verstümmelte Tote zu

Conan. Pfeile vom Achterdeck sirrten ihr nach. Er zog sie an sich hinter den Schutz seines Schildes. »Von dort können sie uns lange widerstehen«, sagte sie. »Diese Gewässer sind viel befahren, und Piraten sind die Feinde jeder seefahrenden Nation. Sie können hoffen, daß ein anderes Schiff vorüberkommt und ihnen hilft. Dann, fürchte ich, werden wir uns zurückziehen müssen.«

»Wir können zumindest Beute ... Nein«, überlegte Conan laut. Es wäre unmöglich, die Ladung unter Beschuß auf die Galeere zu bringen. Schon jetzt waren die Bukanier gezwungen, Schutz hinter Deckhaus, Mast und Poller zu suchen. Ein Pfeil prallte gegen seinen Schild. Conan suchte nach Deckung für Bêlit.

»Zumindest können wir das Schiff in Brand setzen!« sagte Bêlit verärgert.

Diese sinnlose Zerstörung widerstrebte dem Cimmerier. »Wart«, sagte er. »Ich habe eine Idee. Sie können die Leiter gegen uns halten – aber nur, solange ihnen niemand in den Rücken fällt.« Er stand nun vor dem Deckhaus. »Hilf mir«, forderte er das Mädchen auf und legte den Schild ab.

»Was ...«, begann sie, da erklärte er ihr, was er vorhatte. Einen Herzschlag lang starrte sie ihn erschrocken an, dann lachte sie wie eine Wölfin. »Du bist verrückt, Conan, aber wundervoll! Ja, geh!« Sie küßte ihn so heftig, daß ihre Zähne in seine Lippen stießen, und kniete sich nieder, um ihm die Stiefel aufzuschnüren.

Er schlüpfte aus dem hinderlichen Kettenhemd, das rasselnd auf die Deckplanken sank, und band sich das Schwert auf den Rücken. Barfuß, nur in engen Beinkleidern und Helm, rannte er los. Am Mast studierte er kurz die Takelung, wählte ein Fall aus und zog seinen Dolch, um es zu durchtrennen. Danach huschte er zur Reling und den Wanten auf dieser Seite. Finger und Zehen klammerten sich um geteerte Webeleinen. Flink wie ein Eichhörnchen kletterte er hoch.

Die Stygier schienen ihn nicht bemerkt zu haben. Bêlit hatte dafür gesorgt, daß ihre Bogenschützen sie beschäftigten. Ein Schanzkleid um das Achterdeck bot ihnen Deckung, aber sie mußten die Köpfe darüber heben, wenn sie den Beschuß erwidern wollten.

Auf einer Rahe über dem flatternden Segel kauernd, zog Conan das gekappte Fall ein. Die Pardune bot ihm zwar einen Weg hinunter, doch der würde nicht schnell genug sein. Statt dessen durchschnitt er das Fall ein zweitesmal, an der Rolle jetzt, und rannte an der Rahe hinaus. Ohne Steuermann am Ruder schaukelte das Schiff in den Wellen, und sein Mast beschrieb wilde Bogen durch die Luft. Conan verschwendete keinen Gedanken an die Gefahr und balancierte zum Ende der Rahe. Dort schnitt er so viel des Segels frei, daß es ihn nicht behindern würde. Nachdem er abgeschätzt hatte, wieviel des Falls er benötigte, machte er es fest. Dann nahm er das freie Ende in beide Hände und sprang.

Er kam zu einem ruckhaften Halt, als das Tau sich straffte, und schwang vorwärts über Deck, Kabine, Krieger, *Tigerin* und die immerhungrige See. Am liebsten hätte er laut gejauchzt, wie damals als Junge, wenn er sich in Cimmerien von Wipfel zu Wipfel geschwungen hatte. Zum Heck wirbelte er, und tief über dem Achterdeck ließ er das Fall los.

Er landete so heftig auf dem Schanzkleid, daß die Wucht des Aufpralls jeden Knochen zu erschüttern schien. Trotzdem sprang er sofort aufs Achterdeck. Noch ehe er sich duckte, zischte bereits sein Schwert aus der Scheide, und da er keinen Schild trug, zog er mit der Linken auch den Dolch. Ein Seemann starrte ihn ungläubig an. Conan schwang das Schwert, und ein Schädel rollte.

»Hoi-ho!« brüllte der Cimmerier und hieb nach links und rechts. Ein Speer stieß nach ihm. Er benutzte das Schwert, ihn abzulenken, und tauchte vorwärts. Sein Dolch fand des Speerträgers Kehle. Den Sterbenden warf Conan dem nächsten Gegner entgegen und schwang fast gleichzeitig die Klinge herum, um eine Axt abzuwehren. Es war unmöglich, daß ein einzelner Mann ohne Rüstung einem massierten Angriff widerstehen konnte. Aber Conan kämpfte sich mitten hinein in die Stygier, wo sie einander behinderten, wenn sie gegen ihn vorgehen wollten, und hielt blutige Ernte.

Ein Kurzschwert streifte ihn. Er hieb den Knauf seiner Waffe ins Gesicht dahinter und hörte das Bersten von Knochen. Die Schneide glitt über die Schulter dieses Mannes, und noch ehe er fiel, schlitzte sie den Bauch eines Seemanns dahinter auf. Inzwischen blockierte die Parierstange seines Dolches die eines weiteren Kurzschwertes und hielt es, bis er sich herumdrehen und den Arm durchtrennen konnte, der es schwingen wollte.

Während er hoch aus diesem Gewühl ragte, sah er Bêlits schwarze Krieger zu der jetzt unverteidigten Leiter laufen, und gleichzeitig hörte er von oben ein wildes, jubelndes Lachen. Bêlit schwang sich auf die gleiche Weise wie er auf das Achterdeck. Unwillkürlich holte er erschrocken Luft. Das hatte er nicht beabsichtigt gehabt. Mit blitzendem Stahl schlug sie um sich. Er brüllte wie ein Löwe und kämpfte noch heftiger denn zuvor. Jeden einzelnen Stygier würde er töten, ehe er zuließ, daß einer seiner Liebsten ein Leid zufügte.

Er brauchte es jedoch nicht allein zu tun, denn nun erreichten auch die Suba das Achterdeck und brachten den Kampf zu einem schnellen Ende.

Mit vertäuten Segeln schaukelten die beiden miteinander verbundenen Schiffe im wogenden Meer. Bêlit und Conan machten mit kühlem Kopf Bestandsaufnahme. Sie hatten drei ihrer Mannschaft verloren, und fünf Suba waren so schwer verwundet, daß sie längere Zeit nicht kampffähig sein würden, wenn sie überhaupt am Leben blieben, denn wie leicht konnte eine Infektion ihren Zustand verschlimmern. Von den Stygiern schien keiner den Kampf überstanden zu haben. Die Bukanier hatten sie, ob tot oder verwundet, über Bord geworfen, denn sie waren nicht im Sklavengeschäft. Conan befürchtete, daß Bêlit, wie schon zuvor einmal, zur Subaküste zurückkehren mußte, um neue Krieger an Bord zu nehmen. Mangel daran gab es dort nicht, wie sie ihm versichert hatte.

Ladeluken gähnten, wo die Männer in den Schiffsbauch gestiegen waren, um festzustellen, welche Fracht sie gekapert hatten. Erfreute Stimmen klangen gedämpft hoch. Conan schloß, daß die Beute nicht nur wertvoll, sondern auch leicht umzuladen war – Gewürze vielleicht. Er selbst ging mit Bêlit zum Deckhaus. Beide hatten sie ihre blutbesudelte, verschwitzte Kleidung abgelegt. Bêlits prächtiger Körper glitzerte noch feucht vom Seewasser, das sie sich aus Eimern übergegossen hatten. Ihre Klingen hielten sie in der Rechten – unvorsichtige Raubtiere werden nicht alt.

Plötzlich schwang eine Kabinentür vor ihnen auf. Der Mann, der an Deck trat, trug den Eisenreif des Sklaven um den Hals, doch seine Tunika war weiß und sauber, und die Bewegungen seines schmalen Körpers wirkten kultiviert. Er war von dunklerer Hautfarbe und hatte feinere Züge als die jetzt toten Seeleute, und er machte auf Conan und Bêlit einen fremdartigen Eindruck.

»Seid gegrüßt«, sagte er ruhig und neigte den Kopf tief über die gefalteten Hände. Der Cimmerier verstand so gut wie kein Stygisch, und so sagten ihm die restlichen Worte nichts.

Bêlit antwortete ihm mit ihrem beschränkten Wortschatz. Er lächelte und wechselte zum Shemitischen über, das Conan ziemlich gut beherrschte. »Ich gratuliere zu eurem Sieg, mein Lord, meine Lady. Wie darf Otanis von Taia euch dienen?«

»Ha!« brummte Conan. »Du versäumst keine Zeit, die Herren zu wechseln.«

Otanis zuckte die Schultern. »Schulde ich ihm, der mich zu seinem Eigentum machte, Treue?« Sehnsuchtsvoll blickte er in die Ferne und sagte mit leiser, fast flehender Stimme: »Vielleicht macht ihr in eurer Güte mich wieder zum freien Mann. Damit würdet ihr euch der wahren Treue versichern, die erst mit dem Tod erlischt.«

Bêlit erklärte Conan: »Er ist ein Taianer. Seine Leute sind keine Stygier, auch wenn ihr Land vor langer Zeit zur Provinz des Königreichs gemacht wurde. Oft schon erhoben die Taianer sich gegen ihre Herren, und immer wurden ihre Aufstände niedergeschlagen; um so mehr, finde ich, muß man ihren Mut bewundern.« Sie wandte sich wieder an den Sklaven. »Wie bist du in diese Lage gekommen?«

Otanis zog finster die Brauen zusammen. »Wieder haben die Taianer zum Kriegspfeil gegriffen, um sich ihre alte Freiheit zurückzuerkämpfen. Ich wurde bei einem Geplänkel gefangengenommen und auf den Sklavenmarkt geschleppt.«

Conan, der ihn aufmerksam gemustert hatte, sagte trocken: »Sonderlich schlecht scheint es dir nicht gegangen zu sein.«

»Nein. Ich hatte Glück – wenn es so etwas in einem Käfig gibt«, erwiderte Otanis. »Der Stygier, der mich ersteigerte – ein Kaufmann aus Khemi namens Bahotep –, war zumindest schlau genug zu erkennen, daß man mehr aus einem Tier herausholen kann, wenn es nicht allzu schlecht behandelt wird. Ich bin des Lesens und Schreibens mächtig – etwas, das bei den Taianern in diesen schlimmen Zeiten nicht häufig ist, wie der Lady zweifellos bekannt ist –, deshalb ließ er mich in seinem Kontor arbeiten. Vor kurzem machte er mich zum Ladungsaufseher für diese kostbare Fracht. Er begann mir mit der Zeit zu vertrauen, wißt ihr? Außerdem befahl er dem Kapitän, mich unter Bewachung zu halten, solange wir uns in einem Hafen aufhielten.« Wieder zuckte Otanis die Schultern. »Wenn wir der Tatsache, daß er mich nicht schlecht behandelte, die entgegenstellen, daß er mich als Sklaven hielt, finde ich, daß ich ihm nichts schulde, weder im Guten noch im Bösen. Deshalb, mein Lord, meine Lady, stehe ich zu euren Diensten.« Erneut verneigte er sich mit gefalteten Händen. »Gestattet, daß ich frage, mit wem ich die Ehre habe?«

»Ich bin Bêlit vom Korsaren *Tigerin*«, antwortete die Frau stolz, »und das ist mein Mitkapitän Conan ...« Sie unterbrach sich, denn Otanis starrte sie mit weiten Augen an. »Was hast du denn?«

»Ihr – Ihr seid Bêlit – von Shem und der Schwarzen Küste?« fragte er.

Lichtpünktchen spielten auf ihren pechschwarzen Flechten. »Ja«, sagte sie. »Ich bin Bêlit, die genau wie du eine Rechnung mit Stygien zu begleichen hat.«

»Ich – ich kenne Euren Bruder«, stotterte Otanis.

Bêlit erstarrte. »Wa-as?« murmelte sie und holte zitternd Atem.

»Ja. Jehanan. Das ist doch Euer Bruder? Wie oft und mit welcher Liebe hat er mir von Euch erzählt.«

Bêlits Klinge klapperte auf die Deckplanken. Sie faßte nach Otanis' Arm. Ihre Nägel bohrten sich hinein. Ohne einen Laut von sich zu geben, biß der Taianer die Zähne zusammen. Das gefiel Conan. Er legte seine mächtige Hand auf die Schulter seiner Liebsten. Er spürte, wie angespannt sie war und daß sie leicht zitterte.

»Sprich!« befahl sie. »Erzähl mir alles!«

»Aber ... Nun, es ist sehr viel«, sagte Otanis zögernd. »Wir wurden gute Freunde, er und ich.«

»Ist er nicht länger ein Opfer dieser Ramwas-Bestie?« rief sie.

Otanis schüttelte den Kopf. »Nein, nicht mehr.« Er suchte nach Worten, ehe er fortfuhr: »Er erzählte mir, wie ihr beide in Ramwas Hände gelangt seid und Ihr offenbar entkommen konntet. Aber er wagte nur zu hoffen, daß Ihr wenigstens einen anständigen Tod gefunden habt. Wie überglücklich er sein würde, sähe er Euch hier, Königin des Kampfes. Nun, jedenfalls machte Jehanan Ramwas solche Schwierigkeiten, daß dieser sich entschloß, sich seiner zu entledigen, indem er ihn verkaufte. Mein Herr Bahotep erstand auch ihn. Wie ich sagte, ist Bahotep gescheiter, als einen Feldarbeiter aus einem begabten gebildeten Mann zu machen. Jehanan bezahlte die gute Behandlung durch fleißige Arbeit.« Otanis grinste Conan schief an. »Wenn wir uns gut aufführen, dürfen wir sogar einmal in der Woche eine gewisse Frau aufsuchen, die er sich hält.« Er wurde wieder ernst, als er Bêlits tränenverschleierte Augen bemerkte, und berichtete weiter: »Ja, Jehanan und ich arbeiten zusammen in der Zahlstube, das heißt, wir taten es, bis ich auf diese Reise geschickt wurde. Natürlich dürstet sein Herz immer noch nach Freiheit, aber er ist zu klug, das, was er hat, aufs Spiel zu setzen – so wenig es auch scheinen mag –, bis die Götter ihm eine bessere Fluchtchance geben, als er bisher hatte.«

»Jehanan – in Khemi? – Jehanan!« stöhnte Bêlit. Sie

warf sich Conan an die Brust und schluchzte. Er drückte sie an sich, strich über ihr Haar und murmelte zärtlich Worte des Trostes. Ihre Männer, die in der Nähe standen, blickten mit großen Augen zu ihnen, kamen jedoch nicht herbei.

»Wo ist er, Otanis?« Bêlit löste sich aus den Armen ihres Liebsten und wirbelte zu dem Taianer herum. »Wir werden einen Überfall machen. Führ uns zu ihm, dann soll alles Gold in Stygien dir gehören!«

Tief in seinem Innern verstand Conan ihre Empfindungen. Aber weil er auf gewisse Weise doch ein Außenstehender war, gelang es ihm, seine äußerliche Ruhe zu bewahren. In ihm tobte es jedoch. Bêlit mußte ihr Herzenswunsch erfüllt werden! Trotzdem hatte er die Kraft, kühl zu überlegen, wie es angegangen werden konnte.

Er faßte sie an beiden Armen und drehte sie zu sich herum, daß sie ihm in die Augen sehen mußte. »Liebstes«, sagte er. »Bleib mit den Füßen auf der Erde. Was kann ein Schiff gegen eine Stadt und eine ganze Flotte ausrichten? Das wäre keine Befreiung, sondern reiner Selbstmord. Wir wollen unseren Verstand genauso benutzen wie unsere Klingen, dann wird Jehanan bald auf dem Deck der *Tigerin* stehen.«

Mühsam zwang sie sich zur Vernunft. »Du hast natürlich recht«, flüsterte sie schließlich gequält. »Wir brauchen einen Plan. Aber dafür werden wir leben – für Jehanans Freiheit, bis wir sie ihm wiedergegeben haben.«

Conans eisblaue Augen blickten über ihren Kopf hinweg Otanis durchdringend an. »Wir werden deine Hilfe brauchen. Zweifellos steht uns ein gefährliches Abenteuer bevor. Du hast für dein Vaterland gekämpft. Sei jetzt uns treu ergeben, dann wirst du nicht nur deine Freiheit wiedergewinnen, sondern Schiffsladungen voll Reichtümer – und dafür kannst du viele Söldner für eure gute Sache anwerben.« Er grübelte eine Weile schweigend im Pfeifen des Seewinds nach. »Bist du jedoch nicht ehrlich«, endete er hart, »stirbst du!«

Otanis lächelte. »Es ist vielleicht gar nicht so schwierig, euch zu helfen«, sagte er. »Wollen wir uns eingehender darüber unterhalten?«

Bêlit übertrug die Verantwortung für das Umladen der Fracht dem Ersten Maat und begleitete die beiden Männer in die Kabine des früheren Kapitäns. Sie und Conan ließen sich am Tisch nieder. Otanis holte Wein und setzte sich ebenfalls. Ein Sonnenstrahl spitzte durch das Glasfenster und schien mit dem schlingernden Schiff zu schaukeln. Die Stimmen sich unterhaltender und lachender Männer bei ihrer Arbeit waren gedämpft zu hören, genau wie das Kreischen von Möwen und das Rauschen und Schlagen der gegen das Schiff brandenden Wellen. Frische Luft drang durch die halboffene Tür in die kleine, spärlich ausgestattete Kajüte und füllte sie mit dem salzigen Atem der Hoffnung.

Otanis nahm einen Schluck von seinem Becher, lehnte sich zurück und drückte die Fingerspitzen aneinander. »Bahoteps Villa und sein Lagerhaus werden nicht übermäßig streng bewacht. Seine Sklaven wissen, daß sie den besten – den am wenigsten schlimmen – Herrn in Khemi haben und achten besorgt darauf, nicht in Ungnade bei ihm zu fallen. Ja, auch Jehanan, zumindest, bis endlich eine echte Chance kommt, die Freiheit wiederzuerlangen. Meine Lady Bêlit, Ihr müßt unvorstellbares Glück bei Eurer Flucht gehabt haben. Ich würde gern hören, wie sie Euch gelungen ist.«

»Ich stahl ein Boot«, sagte sie kurz.

»Und Ihr wurdet nicht auf dem Weg zum Hafen aufgehalten? Durch einen heiligen Python, beispielsweise?«

Otanis klickte mit der Zunge. »Außerdem, wenn am nächsten Morgen ein fehlender Sklave, oder in Eurem Fall eine Sklavin, und ein verschwundenes Boot gemeldet wurden, liefen zweifellos zumindest drei oder vier Schiffe zur Suche aus. Die Stygier beweisen ihre Macht gern an störrischen Unfreien, und ein Schiff ist schneller als ein Boot. Es war pures Glück, daß keines Euch sichtete und keiner es für wichtig genug hielt, einen Zauberer damit zu beauftragen, Eure genaue Position zu bestimmen – jedenfalls nicht, solange noch Aussicht auf Erfolg bestanden hatte. Mit dem gleichen Glück kann Jehanan nicht rechnen. Und Ihr wißt ja, daß die Strafe für einen flüchtigen Sklaven der Tod ist – aber erst nach tagelangen grauenvollsten Qualen.«

Er hielt inne. Conan nahm einen tiefen Schluck des herben stygischen Weines, während sein Blick düster auf Otanis ruhte, der fortfuhr:

»Wie ich jedoch sagte, würde es für Jehanan nicht sonderlich schwierig sein, Bahoteps Haus zu verlassen. Genau wie ich wird er hin und wieder beauftragt, Besorgungen zu machen. Er könnte sich leicht einen glaubhaften Grund einfallen lassen, weshalb er zwei oder drei Tage abwesend sein würde – einen Grund, der den Wächter überzeugte: beispielsweise, daß er dem Aufseher von Bahoteps Plantagen eine Nachricht bringen müsse. Es wäre sehr unwahrscheinlich, daß der Wächter seinen Herrn diesbezüglich fragen würde. Ich könnte ihm eine Botschaft mit den nötigen Anweisungen zukommen lassen – sie einem gemeinsamen, doch des Lesens nicht fähigen Freund in Bahoteps Haus zur Weiterleitung geben, sobald ich sie ihm unbemerkt zustecken kann. Jehanan und ich könnten dann zu dem Boot zurückeilen, das mich an Land brachte, und wir hätten einen großen Vorsprung vor Verfolgern, meine Lady.«

Wein schwappte über den Rad des Bechers, den Bêlit gerade hochhob.

»Du bist schnell mit Worten zur Hand, Otanis«, knurrte Conan. »Wie sollen wir wissen, daß du auch tust, was du versprichst, wenn du erst einmal in dem Boot sitzt?«

»Eine gute Frage, mein Lord«, erwiderte der Dunkelhäutige gelassen. »Meine Antwort darauf ist dreifach: Erstens, obgleich ich es auch so tun würde, habt ihr mir eine Belohnung versprochen – nicht nur für meine persönlichen Zwecke, sondern zur Unterstützung meines armen unterdrückten Vaterlands. Zweitens, Jehanan und ich sind wirklich wahre Freunde. Wenn ihr das bezweifelt, dann gestattet, daß ich euch anvertraue, was er mir erzählt hat – obgleich das Stunden dauern wird –, über sich selbst, über Euch, meine Lady, Dinge, die bis weit zurück in Eurer und seiner Kindheit liegen. Ihr kennt Euren Bruder, Ihr wißt, daß er mit niemandem, dem er nicht wirklich vertraut, über so Familiäres sprechen würde. Drittens, ich bin Taianer und in den Bergen groß geworden, ich verstehe nicht mit Booten umzugehen. Ich brauche also jemanden, der mich an Land bringt, am besten einer, der gut mit der Klinge umzugehen weiß, falls irgend etwas schiefgehen sollte.«

Conan hieb die Faust auf den Tisch. »Ich komme mit!« erklärte er.

»Nein, nicht du, Liebster!« protestierte Bêlit. Sie griff nach seiner Hand. »Ich werde ihn begleiten.«

Der Cimmerier schüttelte den Kopf. »Unmöglich. Du könntest dich weder als Edeldame noch als Freudenmädchen ausgeben – und das sind die einzigen Frauen, die sich in den Straßen Khemis sehen lassen dürfen, wenn es stimmt, was ich gehört habe. Außerdem, obgleich du eine großartige Kämpferin bist, habe ich wohl doch eine größere Chance, wenn es zu einem Gemenge kommen sollte, in dem reine Körperkraft ausschlaggebend ist – eine bessere, würde ich sagen, als sonst einer der Mannschaft, vor allem deshalb, weil keiner von ihnen Städte gewöhnt ist. Sie könnten sich zu leicht nicht richtig benehmen und dadurch die Aufmerksamkeit auf sich lenken. Und ganz abgesehen von all dem, Liebste, du nennst mich zwar deinen Mitkapitän, aber in Wahrheit gehorchen die Suba doch dir. Ich beherrsche ja nicht einmal ihre Sprache. Die *Tigerin* muß kampf- und aufbruchsbereit sein – für Jehanan.«

Sie schluckte, dann sagte sie: »Du hast recht, Conan. Ich werde dieses Schiff versenken und mit unserer Galeere nahe jener Insel kreuzen, Akhbet heißt sie. Ich zeige dir dann, wie du von dort nach Khemi und zurück navigieren mußt. Die Insel ist unbewohnt, also ein guter Treffpunkt.«

Der Barbar strich über sein kräftiges Kinn. »Es ist dir ja klar, daß es unmöglich vorherzusehen ist, wie lange wir brauchen werden? Wir wollen nichts überstürzen, Otanis und ich. Wenn wir Pech haben, müssen wir vielleicht eine Weile mit Jehanan auf dem Festland bleiben, ehe wir uns zum Boot durchschlagen können.«

Bêlit nickte. »Ja, natürlich verstehe ich.« Ihre Stimme zitterte. »O Conan, ich werde dich nie im Stich lassen, weder im Leben noch im Tod. Jetzt kämpfen meine Liebe zu dir und die zu meinem Bruder in mir – ich möchte nicht, daß du dich in Gefahr begibst, auch nicht um seinetwillen, aber er *ist* doch der Sohn meiner Eltern. Die *Tigerin* wird hier in der Nähe der Insel Akhbet bleiben. Wenn ihr länger ausbleibt, kann es sein, daß wir kurz fort müssen, um uns irgendwo Proviant zu holen, oder vielleicht werden wir gezwungen sein, uns vor einem Kriegsschiff zu verstecken, doch immer, immer werde ich zurückkommen und warten.« Sie warf sich in seine Arme. »Immer, Conan!«

Bald hatte sie sich wieder soweit beruhigt, daß sie Otanis über Jehanan ausfragen und sich anhören konnte, was er über ihn zu erzählen wußte. Während sie zuhörte, wurde ihre Ungeduld, etwas zu unternehmen, immer stärker, und Conan empfand ihre Gefühle mit.

7

DIE VERRÄTERTAVERNE

Die Nacht war eingebrochen, als sie in einem Beiboot des Kauffahrers das Festland erreichten, aber ein schon angeschwollener Halbmond verlieh Augen, die an die Dunkelheit cimmerischer Wälder gewöhnt waren, genügend Licht. Die leicht bewegten Wellen und das Lateinsegel schimmerten in seinem Silberschein. Voraus erstreckte sich Stygien düster unter dem Himmel. Die Hitze war drückend, denn die Brise vom Meer hatte sie nicht bis ans Land begleitet.

Sie waren nicht in den Hafen eingelaufen. Das war ohne Genehmigung erstens gar nicht möglich, zweitens wollte Conan das Gig nicht unbedingt vor den Augen der Ordnungshüter ankern. Schließlich würde ihr Aufbruch höchstwahrscheinlich sehr schnell und vielleicht nicht ohne Waffengewalt vor sich gehen müssen. Otanis hatte eine Bucht südlich der Mündung vorgeschlagen, und Bêlit war damit einverstanden gewesen. Sie war ihr auf dem Weg zwischen dem Handelsposten und dem früheren Domizil ihrer Eltern aufgefallen. Sie gab Conan Anleitungen, wie er nach dem Himmel steuern konnte, und er verstand schnell, denn auch über Land hatte er sich häufig auf ähnliche Weise zurechtgefunden. Ihre Abschiedsküsse brannten jetzt noch in ihm.

Da kein Wind mehr wehte, hatten sie das letzte Stück durch die Bucht rudern müssen. Am Strand erhoben sich von Lianen überwucherte Mangroven und Palmen. Das

Wasser schäumte unter der Kraft von Conans Ruder. Hastig ergriffen schuppenglitzernde Schlangen und Krokodile die Flucht. »Man merkt, daß du eine Landratte bist«, bemerkte Conan, als er sah, wie sein Begleiter sich anstellte.

Als sie den Strand erreicht hatten, vertäute er Bug und Heck an Bäumen, die auf einer Bank an der Ebbelinie wuchsen, denn er wollte sich nicht auf die Flut verlassen müssen. Die tief herabhängenden Zweige und die dichten Lianen dazwischen verbargen das Beiboot vor zufälligen Blicken durch vorüberfahrende Schiffe. Nachdem er die Gig aufbruchbereit gemacht hatte, hüllte er seine schwitzende Gestalt in Kaftan, Kapuzenumhang und Sandalen, die Teil der Beute vom Kauffahrer gewesen waren. Der Umhang verbarg die unerlaubten Waffen, sein Schwert und seinen Dolch, und sollte es ihm ermöglichen, bei Routineüberprüfungen durch die Streifenposten nicht aufzufallen, jedenfalls nicht im Dunkeln. Seine Größe war zwar ungewöhnlich, aber nicht übermäßig bei den im allgemeinen hochgewachsenen Stygiern. Seine Haut war von der Sonne so stark gebräunt, daß sie in etwa den gleichen Ton hatte wie die Gesichtsfarbe ihrer Aristokraten, und seine blauen Augen und die etwas fremdländischen Züge waren durch die Kapuze beschattet.

»Ich beneide dich um deine kühle Tunika«, sagte er zu Otanis. Nach einem kurzen Summen spürte er einen Stich. Als er die Mücke erschlagen hatte, grinste er. »Oder vielleicht doch nicht«, fügte er hinzu. »So, mein Freund, von hier ab führst du.«

Tatsächlich aber mußte doch er durch die Marsch vorangehen, denn der andere stolperte immer wieder in Sumpflöcher und tat sich schwer. Conan erschien es merkwürdig, daß einer, der angeblich Jäger und Hirt gewesen war, sich so ungeschickt wie ein Stadtmensch anstellte. Na ja, aber wahrscheinlich tat ein Mann aus dem Hochland sich eben in Moor und von Gestrüpp überwuchertem Terrain schwer. Nur wenige waren mit der Natur in all ihren Erscheinungen so wohl vertraut wie er.

Als sie bestellte Felder erreichten, übernahm Otanis doch endlich die Führung. Ein im Mondschein staubgrauer Weg führte neben einem Bewässerungsgraben her, sie brauchten ihm nur zu folgen. Zweimal kamen sie an Dörfern von Leibeigenen vorbei: armselige Ansammlungen von Lehmhütten. Halbverhungerte Hunde bellten sie an, weckten jedoch die erschöpft schlafenden Menschen nicht.

»Weshalb leben sie so?« fragte Conan verwundert. »Was haben sie von ihrem Leben außer Arbeit – zum Nutzen ihrer Herren –, Armut und die Peitsche der Aufseher, wenn sie nicht genug schaffen?«

»Sie kennen kein anderes Leben«, erwiderte Otanis.

»Aber können sie sich etwas Besseres denn nicht einmal vorstellen? Das einzige Leben, das ich als Junge kannte, war das meiner barbarischen Heimat. Es war das Paradies verglichen mit dem hier, und doch wurde ich es müde, und ich machte mich auf, die große Welt kennenzulernen.« Conan grübelte. »O sicher, ein einzelner Mann oder eine Familie, die versuchten von hier wegzurennen, würden sich nur in Schwierigkeiten bringen. Doch wenn genügend von ihnen sich zusammentäten, könnten sie die gewaltige Bürde, die der Staat ihnen auferlegt, abschütteln.«

Otanis blickte Conan schockiert an. »Aber das würde zum Ende der Zivilisation führen!«

»Allerdings«, bestätigte Conan.

»Das harterworbene Gut vieler Zeitalter – die Wissenschaften, Kunst, Bildung –, das alles soll zunichte gemacht werden, nur dieser erbärmlichen Kreaturen wegen?«

»Ich war in vielen zivilisierten Reichen, und es stimmt, sie hatten viel zu bieten, doch immer war der Preis dafür die Staatsmaschinerie, und immer war dieser Preis zu hoch.« Conan warf seinem Begleiter einen scharfen Blick zu. »Deine Ansichten sind für einen Taianer – zumindest, was ich über sie gehört habe – erstaunlich.«

Otanis preßte die Lippen zusammen. »Wir unterhalten uns besser nicht über Politik«, murmelte er und fiel in ein Schweigen, aus dem Conan ihn nicht zu reißen vermochte. Schließlich gab der Cimmerier es auf und hing seinen Gedanken an Bêlit nach.

Die Entfernung, die sie zurückzulegen hatten, betrug lediglich ein paar Meilen, und so erreichten die Wanderer Khemi gegen Mitternacht. Mauer und Türme erhoben sich wie Berge über den dunkel schimmernden Styx. Da und dort glimmte ein Fenster gelb und einsam, ansonsten war die Stadt eine einzige Düsternis, die das auf sie scheinende Mondlicht aufzusaugen schien. In einer Nacht wie dieser würden in einer anderen Stadt zumindest von einigen Türmen jubelnde Klänge fröhlich Feiernder zu hören sein, in dieser Hauptstadt der Zauberpriester jedoch herrschte nur drückendes Schweigen.

Entlang einer Pflasterstraße an der Mauer führte Otanis Conan in die Hafengegend. Das brachte sie in Sichtweite der Großen Pyramide, eines gewaltigen Bauwerks, das selbst über die höchsten Zinnen hinausragte. Da die Hafenstraße ziemlich hoch lag, konnte Conan auch die bleiche Wirrnis der alten Steinbrüche und Grüfte bis hinunter zum Flußufer sehen. Ein unerklärlicher Schauder rann ihm über den Rücken. Jegliche Begegnung mit einem menschlichen Feind löste Begeisterung in ihm aus, aber er konnte die uralte Furcht des Barbaren vor dem

Übernatürlichen nicht abstreifen; und hatte er nicht gehört, daß die Geister unzähliger Jahrhunderte auf jenem Hügel ihr Unwesen trieben? Was Khemi selbst betraf – er hatte Bêlit nicht gestanden, welchen Mut er aufbringen mußte, einen solchen Ort zu betreten.

Trotzdem war er besser als jeder andere geeignet, Otanis zu begleiten und seiner Liebsten den Bruder zurückzubringen. Innerlich kämpfte er gegen seine Urängste an, äußerlich schritt er mit der Geschmeidigkeit eines Tigers dahin.

Zwischen Sonnenuntergang und Sonnenaufgang waren die Tore für alle geschlossen, außer für jene, die für die Priesterschaft einen Auftrag zu erfüllen hatten. Doch nur zwei Seitenmauern mit ihren Wachttürmen lagen dem Hafen gegenüber, der freien Zugang zur Stadt bot, da Mauern hier den Seehandel behindert hätten, von dem fast ganz Stygien abhing. Als Verteidigung hatte die Stadt hier die königliche Flotte, den Steilhang und schließlich die Macht ihrer Zauberer. Seit Hunderten von Jahren hatte kein Feind mehr den Mut aufgebracht, die Stadt anzugreifen. Selbst ihre Befestigungen dem Inland zu dienten im Grund genommen nur der Priesterschaft, die Bürger besser unter Kontrolle zu halten.

So konnten Conan und Otanis die Stadt wie spätheimkehrende Fischer betreten. Sie hielten sich allerdings im tiefen Schatten und machten immer wieder halt, um sicherzugehen, daß sie keinen Hafenwächtern in die Hände liefen, die ihnen möglicherweise unangenehme Fragen stellten. In den Straßen außerhalb der Hafengegend durften sie sich freier bewegen.

»Was für ein Loch!« brummte Conan. »Ist denn keine einzige anständige Trinkstube offen, wo man ein Horn Bier gegen diese mörderische Hitze bekommen könnte?«

»Doch, dort, wohin wir uns jetzt begeben«, versicherte ihm Otanis leise, »sonst kaum irgendwo in der Stadt. Seid jetzt lieber still, damit wir nicht die Aufmerksamkeit gewisser Kreaturen erregen, die des Nachts durch die Straßen kriechen.«

Unbemerkt umklammerte Conans Rechte unter dem Umhang den Schwertgriff. Er hatte von den Riesenpythons gehört, die Set heilig waren. Sie durften des Nachts frei umherstreifen und sich an Beute holen, was sie fanden. Fast wäre ein solches Ungeheuer ihm willkommen gewesen, denn dann hätte er einen Gegner aus Fleisch und Blut zu bekämpfen gehabt. Er war kein Stygier, der sich widerstandlos zermalmen und verschlingen ließ, nur weil das der Wille eines Gottes war!

Obgleich die Straßen breit waren, verhinderten die hohen Häuser zu beiden Seiten den Blick auf den Mond und den größten Teil der Sterne. Mit widerwilliger Anerkennung stellte er fest, wie sauber die Straßen waren, daß sie nicht wie die der meisten Städte mit Unrat aller Art besudelt waren. Doch als er einen Trupp Sklaven sah, die sie unter den Peitschenhieben grausamer Aufseher mit letzten Kräften reinigten, zog er die verkommenen Straßen vor. Die armen Teufel hier waren die unrettbar Kranken, Ausgemergelten, Geistesschwachen, die man für nichts anderes mehr brauchen konnte und die so die letzten Tage ihres Lebens schuften mußten. Außer ihnen sah er nur ein paar beneidenswerte Boten, vermummte Priester mit Tiermasken, und Freudenmädchen, die, von ihrem vorgeschriebenen Federkopfputz abgesehen, nackt waren. Ansonsten war Khemi zu dieser Zeit mit seinen kriechenden, zischenden Pythons einer Schlangengrube ähnlicher als einer belebten Stadt.

Die Dunkelheit vertiefte sich, als sie sich einem ärmlicheren Stadtteil näherten. Hier wurden die Straßen zu verwinkelten, schmutzigen Gassen zwischen den zerbröckelnden Mauern von armseligen Wohnhäusern und Werkstätten. Auf den flachen Dächern schliefen die Menschen, die es in dem backofengleichen Inneren nicht ausgehalten hatten. Einmal glitt ein Paar junger Männer ganz nah heran. Sie wirkten gespenstisch in ihren Kaftanen, und Conan sah glänzende Dolche in ihren Händen. Er zog sein Schwert, da gaben sie auf, was immer sie beabsichtigt gehabt hatten, und zogen sich hastig in eine Nebengasse zurück.

»Es stimmt, Otanis«, sagte er. »Dieses Schlangennest hat kein Recht, über ein Land wie deines zu herrschen.« Sein Führer schwieg.

Schließlich hielt der Taianer vor einer Tür an. Ein verwelkter Palmenwedel wies dieses Haus als Taverne aus. Licht schimmerte durch Spalten in der Holztür und den Fensterläden. Conans scharfe Ohren vernahmen Geräusche, und trotz des Gestanks in der Gasse roch er den Duft brutzelnden Fleisches. »Ist dies das Gasthaus, von dem du sprachst?« fragte er.

Otanis nickte. »Ja, Uminankhs.« Auf dem Schiff hatte er erklärt, daß nicht registrierte Ausländer in Khemi nicht beherbergt werden durften, daß es aber trotzdem Wirte gab, die keine Fragen stellten, wenn der Gast über ausreichende Mittel verfügte. Der Lederbeutel an Conans Hüfte war prall. Der Cimmerier hatte Otanis gefragt, wie ein Hochländer, der von einem ehrbaren Kaufmann in Dienste genommen wurde, solche Dinge wußte, und als Antwort bekommen, daß Bahoteps Sklaven manchmal ungewöhnliche Aufträge bekamen und daß natürlich auch eine Menge gemunkelt wurde.

Otanis klopfte. Die mit einer Kette verschlossene Tür öffnete sich einen Zoll, und ein verdrießliches Gesicht spähte durch den Spalt. Conan grinste und hielt eine

Goldmünze hoch. Die Kette löste sich klirrend, und die beiden Gäste fanden Einlaß.

Sie kamen in eine winzige Schankstube, deren Decke so niedrig war, daß Conan den Kopf einziehen mußte. Die Binsen, mit denen der Boden bedeckt war, lagen bestimmt schon seit Wochen dort und stanken nach saurem Bier und Unrat. Steinlampen warfen ihr dumpfes rauchiges Licht über ein paar Männer mit verschlagenen Gesichtern und Kilts mit Dolchen im Gürtel. Sie saßen mit überkreuzten Beinen auf dem Boden. Eine in ihren fortgeschrittenen Jahren häßliche und affektierte Dirne kauerte unbeachtet in ihrer Nähe. Ein Schweinebraten auf einem Spieß wurde durch die glühenden Holzkohlen in der Feuerschale darunter warmgehalten. Dadurch war die Luft noch unerträglicher als auf der Gasse.

Otanis wechselte ein paar Worte auf stygisch mit dem einäugigen Wirt und schob ihm ein paar Münzen zu. Zu Conan gewandt deutete er auf eine Tür und sagte auf shemitisch: »Ihr habt ein Bett für Euch allein – falls man vom Ungeziefer absieht – in der ersten Kammer rechts, wenn Ihr durch diese Tür geht. Ich habe für eine Woche für Euch bezahlt. Laßt Euch von Uminankh nichts für Essen und Trinken abnehmen. Er wird es sicher versuchen.«

Conan verzog das Gesicht. »Eine Woche in diesem Schweinepferch eingesperrt?«

»Wir besprachen all das, ehe wir aufbrachen«, erinnerte ihn Otanis. »Wenn Ihr allein in der Stadt herumwandert, würdet Ihr viel zu leicht Argwohn erregen. Wie sollten wir uns außerdem finden, wenn es an der Zeit ist? Nein, haltet Euch nur versteckt. Ich weiß nicht, wie lange ich brauchen werde, Jehanan die Nachricht in die Hände zu spielen, und auch nicht, wann er danach gefahrlos das Haus verlassen kann. Wenn die Götter uns gewogen sind, dauert alles vielleicht nur ein paar Tage.«

»Und du wirst mich dann sofort hier abholen«, brummte Conan. »Wenn Bêlit sehen könnte, wo ich warten muß, würde sie nicht daran zweifeln, daß ich sie liebe.«

»Ich gehe jetzt. Schlaft gut.«

»Hm, es ist besser, wenn ich leicht schlafe. Willst du wirklich aufbrechen, ohne dich zu stärken oder auszuruhen?«

»Möglichkeit dazu finde ich ganz in der Nähe von Bahoteps Haus, und dann kann ich gleich beginnen, dort die Augen offenzuhalten.«

Conan legte beide Hände auf Otanis' Schultern. »Du bist ein guter Kamerad«, sagte er rauh. »Möge das Glück dir hold sein.«

Der dunkelhäutige Mann lächelte, verneigte sich leicht und verließ die Schankstube. Uminankh legte die Kette hinter ihm wieder vor. Conan näherte sich dem Schweinebraten am Spieß. Er sah nicht besonders appetitlich aus, aber wenn der Hunger quälte, konnte man nicht allzu wählerisch sein. Der Barbar zog seinen Dolch und säbelte ein paar Scheiben ab. Uminankh eilte herbei. Conan verstand seine Worte nicht, aber ohne Zweifel verlangte er Geld. Auf cimmerisch sagte er zu ihm: »Du wurdest bezahlt!« und achtete nicht mehr auf ihn. Uminankh wedelte mit den Händen vor seinem Gesicht herum und brach in eine Tirade aus. Als das nichts nutzte, rief er seine Gäste zur Hilfe. Zwei erhoben sich mit Dolchen in den Händen. Conan schlug den Umhang zurück, daß sein Schwert zu sehen war. Einer setzte sich sofort wieder, der andere streckte ihm den Arm mit der offenen Hand entgegen und winselte: »Bakschisch?«

Leicht amüsiert gab Conan ihm ein Kupferstück. Sofort wurde er von allen im Raum umdrängt. »Bakschisch! Bakschisch!« winselten sie. Es fiel ihm schwerer, sich einen Weg durch sie zu seiner Schlafkammer hindurchzubahnen, als sich durch einen Feindestrupp zu kämpfen.

Die Schlafkammer war ein fensterloses schmutziges Loch, hatte jedoch ein Lager aus faulendem Stroh auf dem Boden, eine Riedmatte am Eingang hängen und einen Nachttopf. Conan zog sich aus und breitete seine Sachen als Bettuch auf das Stroh. Seine Waffen legte er links und rechts neben sich. Er würde wahrhaftig einen leichten Schlaf haben und die Finger nie weit von den Klingengriffen nehmen.

Und so schlummerte er ein und träumte von Bêlit.

Lärm weckte ihn: barsche Stimmen und metallisches Rasseln. Die Luft war ein wenig kühler, und das erste Grau des Morgens drang von draußen herein. Er hörte Uminankh erregt aufbegehren, dann einen dumpfen Schlag, möglicherweise, als eine Faust sich den Wirt zum Ziel genommen hatte, denn ihm folgte ein jämmerliches Wimmern, danach gebrüllte Befehle und trampelnde Schritte. Mit den Waffen in den Händen sprang Conan auf.

Ein Kurzschwert durchtrennte den Binsenvorhang, der trocken raschelnd auf den Steinboden fiel. Zwei stygische Soldaten standen in der Türöffnung. Sie trugen Helme, Harnische, messingbesetzte Kilts, Wadenschutz, Schilde und hielten Klingen in den Händen. Der Rest ihres Trupps drängte sich hinter sie, und ganz dahinter stand Otanis.

»Conan, ergib dich!« rief er. »Du hast keine Chance, außer du vertraust dich der Gnade meines Herrn Tothapis an.«

In brennender Wut wallte das Blut durch seine Adern und pochte in Conans Ohren. »*Dein* Herr, Hund?« brüllte er. »Mit welchem Blutpreis kaufte er dich in der Nacht?«

Er überragte die anderen, als er hochmütig den Kopf hob und erwiderte: »Ich wurde nie gekauft. Ich bin kein Taianer, sondern ein wahrer Stygier – Amnun ist mein Name, falls es dich interessiert –, und mit Vergnügen führte ich meinen Auftrag aus, dich für den Priester Tothapis, dem ich diene, in die Falle zu locken. Set selbst hat es befohlen, und mächtige Magie ermöglichte es. Begehr nicht gegen Ihn-der-ist auf, Conan. Ergib dich und rette so dein Leben.«

»Nicht, wenn ich dir damit einen Gefallen tue!« Der Cimmerier stellte sich breitbeinig in eine Ecke. Drohend schwang er seinen Stahl. »Komm und hol mich doch!«

Amnun wandte sich an den Truppführer, der Befehle hervorstieß. Die Soldaten traten in die Kammer.

Sie taten es vorsichtig und diszipliniert. Amnun mußte sie gewarnt haben, daß der Mann, den sie gefangenzunehmen hatten, ein mächtiger Krieger war.

Schild schob sich an Schild, als die vordersten einen beweglichen Schutzwall für die Pikenträger dahinter bildeten. Wäre die Kammer etwas geräumiger gewesen, hätte Conan, indem er zwei oder drei niedermachte, an ihnen vorbeikommen können. Doch hier war er in die Enge getrieben.

Er hieb zu. Ein stygischer Helm hallte wie eine Glocke. Der Kopf seines Trägers knickte zurück. Halbbetäubt durch den Schmerz in seinem Hals, entglitt ihm der Schild. Conans Schwert sang, als es in einem Bogen in die Wirbelsäule des nächsten Soldaten drang. Ein dritter stolperte über den zusammensackenden Körper, und der Cimmerier erschlug ihn mit dem Rückschwung.

Ihr Offizier rief die restlichen zur Tür zurück. Sie gruppierten sich aufs neue und stapften wieder auf Conan zu. Diesmal ragten die Piken der zweiten und dritten Reihe durch den Schildwall.

»Ergib dich!« rief Amnun vom Eingang.

Conan brüllte. Nach links und rechts flog sein Schwert, um die Piken zur Seite zu schmettern. Nur einen Herzschlag lang hatte er freie Bahn, doch das genügte ihm. Seine Linke hob sich im Bogen, und der Dolch flog durch die Luft. Amnun schrillte, als die Klinge sich in seinen Hals bohrte. Blutüberströmt sank er zu Boden. »Da hast du deine Belohnung!« heulte Conan.

Er erwartete natürlich, jetzt zu sterben, und hoffte nur, noch ein paar Stygier mit sich in den Tod nehmen zu können. Aber der Trupp hatte den Befehl, ihn lebend vor Tothapis zu bringen. Der Offizier stieß einen neuen Befehl hervor. Mehrere Pikenträger drehten ihre Waffen um und benutzten sie als Prügel. Obgleich der Cimmerier wütend um sich hieb, um sich durch den Trupp zu kämpfen, und dabei zwei weitere Soldaten tötete und so gut wie alle restlichen verwundete, wurde der Schafthagel auf seinen Schädel schließlich doch zuviel. Er ging zu Boden und in die Schwärze der Bewußtlosigkeit. Die Soldaten hieben noch rachsüchtig auf ihn ein, bis ihr Offizier es ihnen verbot.

8

GEFANGENE DES SCHWARZEN RINGES

Tothapis' Geiergesicht verzog sich finster. Seine Finger trommelten auf die rechte Armlehne seines Kobrathrons. Eine Weile war dies das einzige Geräusch in den unförmigen schwankenden Schatten in seinem Mittelgemach.

»Es gefällt mir nicht«, murmelte er. »Es ist zu verwegen.«

Nehekba, die auf einem Schemel zu seinen Füßen saß, weitete die großen bronzefarbenen Augen noch mehr. Der Kerzenschein, der sich in ihnen spiegelte, verzauberte ihr berückendes Gesicht, daß es zu leuchten schien. »Was wollt Ihr sonst tun, mein Lord?« fragte sie leise.

»Je mehr ich darüber nachdenke«, antwortete er, »desto klüger deucht es mir, sie alle sofort zu töten: Conan, die taianische Prinzessin, Jehanan, ja, und diesen Ophiten, Falco. Conans tödliche Bestimmung muß vereitelt werden, und mit ihr die der drei geringeren, die irgendwie mit seiner verknüpft sind.«

»Mein Lord, verzeiht meine Worte, aber ich muß es sagen: Furcht spricht durch Eure Lippen, nicht die Vernunft«, mahnte die Zauberpriesterin. »Wir *müssen* der Sache erst auf den Grund gehen, müssen mehr erfahren, ehe wir so endgültige Schritte unternehmen, wenn wir vermeiden wollen, daß die Kette zukünftiger Ereignisse, die wir dadurch durchtrennen, uns auf unvorhersehbare

Weise zerschmettert. Beispielsweise könnte Mitra ...« Bei der Erwähnung des verhaßten Sonnengottes stießen beide ein Zischen aus und beschrieben ein Schlangenzeichen in der Luft. »... einen anderen finden, der statt Conan die im Himmel geschmiedete Axt schwingt – wenn es überhaupt das ist, wozu er ihn bestimmt hat. Und dann hätten wir keine Vorwarnung, wer der Erwählte ist. Wir müssen alles über diesen Cimmerier erfahren, allen Möglichkeiten nachgehen, ehe wir uns versichern können, daß die Taten, die durchzuführen er bestimmt ist, für immer verhindert werden können.«

»Ja, das stimmt«, gab Tothapis nach. »Aber wir haben Drogen und Foltermethoden, um alles schnell von ihm und den anderen zu erfahren. Statt dessen verlangt Ihr nicht nur, daß er auf luxuriöseste Weise in der Festung des Mantikors untergebracht wird, Ihr wollt auch noch, daß sie alle zusammenkommen. Nein!«

»Trünke und Martern werden bei diesem starken und halsstarrigen Krieger nur wenig erreichen«, gab Nehekba zu bedenken. »Sie sollten unser letzter Ausweg sein. Bringen wir die Gefangenen dagegen zusammen, werden sie sich, da sie sich ja unbeobachtet fühlen, ungezwungen benehmen und unterhalten. So können wir alles über sie erfahren, einschließlich – dessen bin ich sicher – zumindest ein wenig über Conans Schwächen, die sich dann gegen ihn nutzen lassen.«

Tothapis war nicht davon überzeugt. Aber Nehekba gab nicht so schnell auf. »Was haben wir schon zu befürchten? Noch keinem Sterblichen gelang es je, aus der Festung auszubrechen. Dient Set mit Bedacht, und unser Herr-der-Nacht wird Euch unterstützen, denn ergötzt er sich nicht an List und Schlichen?«

Der Zauberer faßte seinen Entschluß. »Gut«, erklärte er sich einverstanden. »Wir werden es versuchen.«

Er beschrieb das Zeichen und öffnete einen geistigen Weg zwischen Haus und Festung. Das Bild eines Raumes erschien, in dem der wachhabende Offizier saß, der die Beobachter nicht sehen konnte und deshalb zusammenzuckte, als plötzlich Tothapis' Stimme erschallte. Er sprang auf die Füße, salutierte und lauschte den Befehlen. Schweiß perlte auf seiner Stirn. »Ja, großer Lord«, stammelte er schließlich. »Es wird sofort erledigt werden.«

Tothapis und Nehekba behielten ihn weiter im Auge. Er rief seine Männer herbei, die ihren Auftrag ohne Zwischenfälle ausführten. Nachdem sie den Raum wieder verlassen hatten, beschäftigte sich der Priester mit den vieren, die dort zusammengebracht worden waren. Nehekba, die Conan zum erstenmal sah, atmete unwillkürlich heftig ein und beugte sich begierig vor.

Als die Eingangstür seiner Gemächer sich öffnete, griff Conan nach einem Stuhl. Er hoffte, er könnte den, der eintrat, damit niederschlagen, und irgendwie aus dem Gefängnis entkommen. Enttäuscht knirschte er mit den Zähnen und ließ seine behelfsmäßige Waffe fallen, als ein ganzer Trupp schwerbewaffneter Soldaten eintrat. Wenn die Burschen kamen, ihn zur Folterung oder Schlimmerem zu holen, würde er sich auf sie werfen und kämpfend sterben. Doch die Behandlung, die ihm bisher zuteil geworden war – so verwirrend ihm das Ganze auch erschien – ließ nicht darauf schließen.

Statt ihn in Ketten zu legen und in eine Kerkerzelle zu werfen, hatte man ihm luxuriöse Gemächer in einem hohen Gebäude zugeteilt. Ein Heiler hatte seine Wunden versorgt, und jeden Tag kam ein Barbier, von mehreren Soldaten bewacht, der ihm das Gesicht schaben mußte. Durch ein kleines Klappaneel in der Tür wurden mehrmals täglich Tabletts mit reichlichen köstlichen Speisen und Getränken geschoben. Ein Schrank enthielt eine Auswahl prächtiger Kleidung in seiner Größe. Es gab ein geräumiges Becken, in dem er nicht nur baden, sondern auch schwimmen konnte, und in das immer prompt frisches Wasser von außen eingepumpt wurde, nachdem er das alte ausgelassen hatte. Nach drei Tagen dieser Bequemlichkeiten litt er an nichts weiter mehr, als an seiner Wut über die Tatsache, daß er eingesperrt war, an seiner Sehnsucht nach Bêlit und einer mit bohrender Furcht vermischten Verwirrung, weil er nicht wußte, was das Ganze bedeuten sollte.

»Freut Euch«, sagte der Truppführer in Shemitisch mit leichtem Akzent. »In seiner Güte hat Lord Tothapis beschlossen, Euch zu bestimmten Stunden Gesellschaft zu gewähren, damit Ihr nicht ganz allein zu sein braucht.«

Noch verwirrter und mit klopfendem Herzen ließ Conan sich einen Korridor entlang eskortieren, dessen Türen denen zu seinen Gemächern glichen und vermutlich auch zu ähnlichen führten. Er endete an einem großen, hellen Raum mit dicken Teppichen, prächtigem Mobiliar und angenehm frischer Luft, die durch weit geöffnete Fenster kam. Bilder von Blumen und Vögeln zierten die weißen Wände. Auf einem Tischchen standen eine Karaffe mit Wein und vier Kristallgläsern. Die drei Leute im Zimmer blickten Conan entgegen.

»Wir werden Euch zum Abendessen zurückbringen«, sagte der stygische Offizier zu ihm. Er und seine Männer zogen sich zurück. Conan hörte, wie ein schwerer Riegel vorgeschoben wurde. Der Raum hatte nur diese eine Tür. Von seinem Wunsch freizukommen getrieben, trat der Cimmerier zum nächsten Fenster und blickte hinaus. Wie erwartet, bot es keinen Fluchtweg. Die Außenwand führte senkrecht hinunter auf den gleichen gepflasterten Hof, den er von seinem Balkon überblicken konnte.

Er drehte sich zu den anderen um. »Ich heiße Conan«, machte er sich bekannt, »und komme von dem fernen Nordland der Cimmerier.« Er bediente sich des Shemitischen. »Seid auch ihr Gefangene?«

»Ich – ich glaube schon«, erwiderte der Jüngste. »Ich, jedenfalls, bin hier Gefangener. Wir wurden alle gerade erst in diesen Raum gebracht und kennen einander noch nicht. Ich bin Falco, ein Sohn des Barons von Kirjahan in Ophir.«

Conan nickte. Trotz seiner stygischen Kleidung hätte der Junge seine Nationalität nicht verleugnen können. Er war etwa achtzehn Jahre alt, schlank, kaum mehr als mittelgroß, doch muskulös und geschmeidig. Seine helle Haut, die haselnußfarbigen Augen, das rötlichbraune Haar und die ebenmäßigen Züge wiesen ihn als einen Westophiten aus, die zivilisiert, höflich und gewöhnlich geschäftstüchtig waren, was sie von den im Sattel großgewordenen Nomaden im Osten dieses Königreichs unterschied. Aber gewiß war auch er im Reiten, Bogenschießen und Fechten genauso unterrichtet worden wie im Lesen, Schreiben und Musizieren zur Ergötzung der Damen. Conan erinnerte sich der Karten, die er gesehen hatte. Ophir lag nördlich von Shem, und Kirjahan war unweit der aquilonischen Grenze.

Falco verneigte sich vor der Frau unter ihnen. »Dürfen wir Euren Namen erfahren, meine Lady?« fragte er.

Conan betrachtete sie mit Wohlgefallen. Für eine Frau war sie sehr groß, sehr schlank, doch an den richtigen Stellen gerundet – das vermochte ihr schleierfeines Gewand nicht zu verhüllen. Ihr Haar und ihre Augen waren dunkel, ihre feingeschnittenen Züge verrieten eine Mischung mehrerer Rassen, und ihre Haut war von einem hellen, goldenen Bronzeton. Ihr Blick war kühn, doch keineswegs kokett. Sie wandte sich in einer Sprache an sie, die Conan nicht erkannte, von der er jedoch vermutete, daß sie zu einer hyborischen Sprachfamilie gehörte. Als sie bemerkte, daß keiner sie verstand, wechselte sie zu stygisch über.

»Sie ist Daris von Taia«, dolmetschte Falco. »Ihr Vater, Ausar, hat die Führung des Aufstands der Provinz gegen König Mentuphera übernommen.« Er zögerte, und sein Jungengesicht wirkte besorgt. »Wenn ihr Vater noch am Leben ist.«

Conan runzelte die Stirn. Nach seinem kürzlichen Erlebnis beschlich ihn unwillkürliches Mißtrauen gegen alle, die sich als Taianer ausgaben. »Wie kam sie hierher?« fragte er.

Falco erkundigte sich, erhielt eine Antwort und berichtete kurz, was geschehen war. Conans Argwohn schwand. »Gut für Euch, Mädchen«, brummte er. »Ihr gleicht im Herzen Bêlit.«

Dem vierten entrang sich ein würgender Laut. Die anderen wandten sich ihm zu. Der große stämmige Shemit hatte sich abseits gehalten. Die gebeugten Schultern und die tiefen Runen seines auf grausamste Weise mißhandelten Gesichts sprachen von Leid und Schmerz. »Wer seid Ihr?« fragte Conan.

»Ich bin niemand, nichts«, war die gemurmelte Antwort. Abrupt hoben sich die gesenkten Augen, um denen des Cimmeriers zu begegnen. »Hörte ich Euch nicht, einen Namen erwähnen?«

»Ja. Den der Korsarenkönigin der Schwarzen Küste, Bêlit ...«

Conan konnte nicht weitersprechen. Der Fremde stolperte auf ihn zu und klammerte beide Hände schmerzhaft um des Barbaren Arm. »Sie lebt? Wie geht es ihr?« flüsterte er heiser.

»Gut«, antwortete Conan. »Sie hat eine Galeere mit

Subabesatzung und jagt und plündert Schiffe, um Rache …« Ein schrecklicher Gedanke durchzuckte ihn. »Wer seid *Ihr*?«

Der Shemit gab seinen Arm frei. »Ich war Jehanan, ihr Bruder.« Er ließ sich auf einen Stuhl fallen. Schluchzen schüttelte ihn.

»Jehanan!« Conan kauerte sich neben den Weinenden, umarmte ihn und sagte schnell: »Hört, ich bin Bêlits Liebster. Wir waren unvorstellbar glücklich, bis ich mit einem falschen Versprechen, daß ich Euch, Jehanan, befreien und zu ihr bringen könnte, an Land gelockt wurde. Bei der Lanze Croms! Das werde ich auch noch tun!«

»Nein, nein! Sie würde nicht sehen wollen, was aus mir geworden ist!«

»Was bedeuten schon ein paar Narben?«

»In mir, in diesen Körperteilen …« Er tupfte kurz auf sein Gesicht, die linke Schulter und die Rippen. »… steckt nie endender Schmerz. Trotzdem kann ich mich bewegen, kann arbeiten, ja auch kämpfen. Aber es entmannt mich, und der Schlaf kommt nur mit völliger Erschöpfung.«

Conan starrte ihn mit entsetztem Blick an. Er ließ ihn los und erhob sich mit erbleichendem Gesicht, heftig atmend und unwillkürlich zitternd. Falco erkannte seine Verfassung und zog Daris hastig zur Seite. Plötzlich stieß Conan ein Löwengebrüll aus, das ohrenbetäubend von den Wänden widerhallte. Er packte einen schweren Tisch und zerschmetterte ihn zu Kleinholz.

Dann erst war er wieder Worte fähig. »Dafür werden sie bezahlen – eine Sühne werden sie bezahlen, wie die Welt sie noch nicht kannte.« In raubtierhafter Haltung schritt er im Gemach hin und her. Seine Stimme klang scharf wie eine Schwertschneide: »Jehanan, verzweifelt nicht. Selbst wenn Euch vielleicht körperlich nicht zu helfen ist, wird die Rache Euch seelisch helfen, und später wird die kühle Seeluft und der weite Horizont Euch innere Ruhe und Frieden bringen. Doch zuerst brauchen wir einen Fluchtplan, und ehe wir ihn schmieden können, müssen wir unser Wissen austauschen.«

Er wandte sich an Falco. »Beginnen wir mit Euch, junger Herr. Wie seid Ihr hierhergekommen, und was wißt Ihr über diesen Ort?«

Der Ophit errötete. Er war es nicht gewohnt, herumkommandiert zu werden. Aber nachdem er den herumstapfenden, riesenhaften Barbaren näher betrachtet hatte, antwortete er respektvoll: »Wenn Ihr es für richtig haltet – gewiß. Doch dürfte ich vorschlagen, daß wir uns setzen und uns bei einem Glas Wein besprechen?«

»Tut was Ihr wollt«, knirschte Conan, »aber sprecht.« Er brauchte keinen Wein, sein Grimm hatte dieselbe Wirkung. Ihm war, als höre er scharfe Klingen pfeifen und rasseln, und in seinem Mund war ein bitterer Geschmack.

Falco füllte drei Gläser. Das erste bot er Daris an, die es nahm und sich damit sprungbereit auf einen Diwan setzte. Das zweite reichte er Jehanan. Der Shemit riß es ihm fast aus der Hand und goß es hinunter, während ihm noch die Tränen über die Wangen strömten. Das dritte behielt er und ließ sich damit neben der Taianerin nieder. Er nippte. »Köstlich«, murmelte er und lehnte sich zurück, um zu beginnen.

»Auch mich ergreift die Tragödie, die ich eben erfuhr«, sagte er. »Aber um ehrlich zu sein, mein Herr, ich glaube nicht, daß eine Flucht möglich ist, und bin mir auch nicht sicher, ob sie erstrebenswert ist. Vielleicht sollte ich ganz am Anfang beginnen.

Ich bin ein jüngerer Sohn des Barons von Kirjahan, und so lag meine Hoffnung, zu Ehren zu kommen, fern von zu Hause und im Dienst des Königs. Vor etwa einem Jahr trug sein Geheimdienst Informationen zusammen, die zum Nachdenken anregten: die Berichte von Reisenden, daß die Armee hier vergrößert wurde; merkwürdige Rechnungen über Ausfuhr nach Stygien und dergleichen. König Mentuphera ist für seinen Ehrgeiz und seine Machtgier bekannt. Wäre es möglich, daß er etwas gegen Ophir plante?

Schließlich wurde Lord Zarus von Vendishan nach Luxur, der Hauptstadt des Königs, geschickt. Angeblich war – ist – er Sonderbeauftragter, der sich mit dem König über Verbesserungen in den Handelsbeziehungen unterhalten sollte und über eine Zusammenarbeit unserer beider Länder bei der Bekämpfung der Piratenplage. In Wirklichkeit soll er natürlich in Erfahrung bringen, was er nur kann. Ich gehörte als Sekretär zu seiner Begleitung.

Obgleich es uns nicht erlaubt war, uns mehr als ein paar Meilen von der Stadt zu entfernen, es möglichst verhindert wurde, daß wir uns mit jemandem außerhalb des Palasts unterhielten, und wir ständig heimlich überwacht wurden, stießen wir im Laufe mehrerer Monate doch auf genügend Hinweise, um zu befürchten, daß etwas Bedrohliches für Ophir im Gange war. Schließlich bot ich Zarus an, ins Auswärtige Amt einzusteigen, wo wir Beweise zu finden hofften. Ich hatte mich heimlich eingehend mit dem Gebäudeplan und der Routine der im Amt Beschäftigten, einschließlich der Wachen, befaßt. Lord Zarus warnte mich jedoch, daß er sich nicht hinter mich stellen könnte, falls ich gefaßt würde, und ich mit dem Schlimmsten rechnen müßte. Trotzdem ließ ich mich nicht davon abbringen.«

Während er den Ophiten betrachtete, dachte Conan trotz der in ihm brodelnden Wut trocken, daß kein abenteuerlustiger Junge wirklich daran glaubte, daß er selbst sterben könnte. Aber jedenfalls war es eine Geisteshaltung, die dem Cimmerier gefiel.

»Es gelang mir, eines Nachts unbemerkt in die Amtsräume zu gelangen«, fuhr Falco fort. »Im gedämpften Licht einer verdeckten Laterne las ich Akten mit Korrespondenz, die für nur sehr wenige Augen bestimmt war. Sie bewies, daß König Mentuphera sich heimlich mit mehreren Stadtstaaten in Shem verbündet hatte, genau wie mit jenen, die ihm tributpflichtig waren. Geplant ist eine gemeinsame Invasion und Eroberung Ophirs. Gelingt ihnen das, stehen sie an der Grenze nach Aquilonien, das von einem Schwächling falsch regiert wird und von Brüderkriegen zerrissen ist. Dieses Reich dürfte ihnen wie eine reife Frucht in den Schoß fallen. Dadurch wird Argos isoliert, und sie können sich seiner später in Ruhe annehmen. Ja, weit wird das Machtgebiet Mentupheras sich ausdehnen – und Set wird triumphieren.«

Er biß sich auf die Unterlippe, doch dann bemühte er sich hastig, wieder wie ein Mann von Welt mit grenzenlosem Selbstvertrauen zu wirken. »Bedauerlicherweise wurde ich ertappt. Vielleicht hatte jemand durch einen dummen Zufall den Schein meiner Laterne bemerkt, oder der Vertraute eines Zauberers berichtete ihm von meinem Unternehmen – ich weiß es nicht. Ich zog mein Rapier, tötete einen Wächter ...« Gewiß der erste, dessen Blut seine Klinge gefärbt hat, dachte Conan. »... und verwundete noch ein paar, doch sie waren weit in der Überzahl und überwältigten mich.«

Er starrte zu einem Fenster hinaus. Seine Stimme wurde leiser. »Was folgte, war geradezu gespenstisch. Ich wurde nicht geköpft oder gefoltert oder dergleichen. Statt dessen brachte man mich auf Geheimwegen zu einem Kai, wo ein Boot, dessen Besatzung Priester waren, mich an Bord nahm. Dieses Boot wurde jedoch nicht durch Ruder oder Segel betrieben, sondern durch dämonische Feuer und mit Schwingen, die ganz dicht über das Wasser streiften. Dadurch erreichten wir Khemi in zwei Nächten und einem Tag. Ich hörte, es sei das einzige Fahrzeug dieser Art und dereinst im alten Acheron durch inzwischen längst vergessene Zauberkünste erbaut. Der Oberpriester sprach nur wenig mit mir, aber er gestand verwundert ein, daß Gefangene selten auf diese Weise befördert werden. Er versicherte mir, daß seine Regierung keine Beschwerde über meine Handlung einlegen, ja sie nicht einmal erwähnen würde. Mochte Lord Zarus sich darüber Gedanken machen, was passiert war.

Nach Beendigung dieser ungewöhnlichen Reise brachte man mich hierher in dieses erstaunlich luxuriöse Gefängnis, wo ich mich nun einige Wochen aufhalte.«

»Habt Ihr eine Ahnung, weshalb man Euch so zuvorkommend behandelt?«

Falco nickte. Diesmal überzog eine Röte der Verlegenheit sein sympathisches Gesicht. »Ja, mein Herr, und das ist auch der Grund, weshalb ich in Frage stelle, daß Flucht so empfehlenswert wäre. Wir sollten vielleicht lieber darauf warten, daß wir schließlich freigelassen werden.«

Conan blieb stehen, verschränkte die muskelschweren Arme und zog die Brauen zusammen. »Sprecht weiter.«

Falco nahm einen tiefen Schluck und wich dem scharfen Blick des Cimmeriers aus. »Nun, ich – ich bekomme häufig Besuch. Die bezauberndste Dame ...«

Jehanan hob ruckhaft den Kopf, und seine Züge spannten sich.

Falco seufzte. »Ja, Lady Senufer ist ein Traum von Schönheit und – Liebe. Ich habe gewisse – uh – Erfahrung mit Frauen, doch nie hätte ich gedacht, es könnte eine wie sie geben. Sie ist der lebende Beweis, daß nicht alle Stygier verderbt sind und daß Frieden kein leeres Wort sein muß.«

»Ihr braucht ihre Schönheit nicht zu beschreiben«, sagte Conan spöttisch. »Erzählt lieber, was sie beabsichtigt.«

»Gut«, murmelte Falco. »Sie erklärte mir, daß es unter den Edlen eine starke Partei gibt, die für den Frieden ist. Sie sieht keinen Sinn in Expansion, sondern ist dafür, daß das Land zugänglicher gemacht wird, daß neue Ideen von außen die verstaubten im Land ablösen. Sie bemühen sich, den König umzustimmen, und sie haben tatsächlich beachtlichen Einfluß. Einer dieser Aristokraten erfuhr von meiner Verhaftung unmittelbar nachdem sie erfolgt war. Er sah in mir einen potentiellen Verbindungsmann. Seinen Parteifreunden gelang es zwar nicht, mich frei zu bekommen, wohl aber dafür zu sorgen, daß ich hier untergebracht würde. Senufer ist – nun, sie ist auf jede Weise bemerkenswert. Beim erstenmal kam sie nur hierher, um sich ein Bild von mir zu machen und ihren Eindruck weiterzuvermitteln, doch danach ...« Mit feuerrotem Kopf goß er den Rest Wein in seinem Glas hinunter.

Jehanan hielt es nicht mehr aus. Er sprang auf die Füße und krächzte. »Glaubt ihr nicht! Sie ist gewiß genauso eine Teufelin, wie die, die mich besuchte. Ihr werdet es noch zu Eurem eigenen Leid erfahren, Junge.«

»Was wollt Ihr damit sagen?« fragte Conan scharf.

Langsam, während die Scham ihm immer wieder die Lippen kurz verschloß, zwang Jehanan sich dazu, von seiner Erfahrung zu erzählen: wie eine wunderschöne Verführerin, die sich Heterka genannt hatte, ihm die Lebensfreude wiedergeschenkt hatte, nur um sie ihm grausamst erneut zu entreißen.

Conan fletschte die Zähne wie ein Wolf. Trotzdem beherrschte er sich so sehr, daß er Jehanans zitternde Hand nahm und ihn mit ein paar tröstenden Worten zu beruhigen versuchte. Dann blickte er Daris an. »Vielleicht sollten wir uns nun Eure Geschichte in allen Einzelheiten anhören«, sagte er zu ihr. »Ich glaube, wir sitzen im Netz der gleichen Spinne.«

Mit Falco als Dolmetscher berichtete die junge Frau ihre Erlebnisse. Bei der Erwähnung des Flügelboots staunte der Ophit und überraschte wiederum sie, als er ihr von seinem Abenteuer erzählte. Conan nickte nur. Jehanan war wieder in seinem Elend versunken.

»Dann wird es wohl Zeit, daß ihr etwas über mich hört«, sagte der Cimmerier. »Ich erwähnte bereits, daß ich ein Abenteurer aus dem fernen Norden bin, der schon seit einigen Jahren durch die Welt streift. Ich glaube, wichtig für uns hier ist nur der Teil meines Lebens, nachdem Bêlit und ich uns gefunden hatten.«

Jehanan fühlte sich gleich sichtlich wohler, als Conan von seiner Schwester erzählte. »Mir deucht, Bêlit hat einen guten Mann in Euch«, warf er sogar ein. Conan wog jedes Wort ab und erzählte nur die Rahmengeschichte, um nicht etwa möglichen Lauschern wichtige Informationen zuzuspielen. Dadurch wurde zumindest sein äußerer Grimm abgelenkt, aber tief in ihm wallte er noch weißglühend. Er schenkte sich ein Glas Wein ein, um ihn ein wenig zu kühlen.

Als er endete, hörten die drei, die sitzend zu seinen gletscherblauen Augen hochblickten, ihn sagen:

»Es dürfte klar sein, daß hier etwas Größeres im Spiel ist, etwas Ungewöhnliches. Ich nehme an, dieser Tothapis, dessen Name mehrmals erwähnt wurde, ist ein führender Zauberpriester, richtig?« Falco nickte bestätigend. »Weshalb sollte er sich so viel Mühe machen, mich einen einfachen Bukanier, in seine Falle zu locken? Das wäre doch die Aufgabe der königlichen Flotte. Weshalb seid ihr anderen ebenfalls jemandem so wichtig? Ihr: ein Spion, ein Sklave und eine Kriegsgefangene, auch wenn es sich bei ihr um eine Art Prinzessin handelt. Warum werden wir zusammengebracht und allein gelassen? Wer kann Profit daraus ziehen?«

»Vermutlich haben Senufers Leute sich für uns eingesetzt«, murmelte Falco überlegend. »Vielleicht erfahre ich mehr, wenn ich sie wiedersehe.«

»Traut keiner stygischen Hexe!« warnte Jehanan.

Falco runzelte finster die Stirn. »Ihr seid zu bedauern«, brummte er, »aber ich dulde nicht, daß man schlecht über Senufer spricht.«

Obgleich Daris ihrem Shemitisch nicht zu folgen vermochte, spürte sie die Spannung und sagte etwas auf Stygisch. Falco beruhigte sich und übersetzte: »Die Dame schlägt vor, da wir keine weiteren Fragen haben, daß wir den Rest des Nachmittags damit zubringen, einander besser kennenzulernen, indem wir Erinnerungen austauschen, Geschichten erzählen und singen, während wir diesem vorzüglichen Wein zusprechen.«

»Das ist die richtige Einstellung, Mädchen«, sagte Conan auf cimmerisch, da es ja gleich war, in welcher Sprache sie ihn nicht verstand. Er lächelte ihr zu, und sie lächelte zurück.

Als die Gefangenen in ihre verschiedenen Gemächer zurückgebracht worden waren, löschte Tothapis das Bild. Grübelnd blieb er auf seinem Thorn sitzen, während Nehekbar sich erhob und genußvoll streckte.

»Nun, mein Lord, pflichtet Ihr mir nicht bei, daß es sich gelohnt hat?« fragte sie.

»Vielleicht«, erwiderte er. »Wir erfuhren viel Persönliches über sie. Es muß sich erst noch herausstellen, wie viel davon für den Zauber benutzt werden kann, der ihrem Schicksalsfaden zu folgen und ihn zu durchschneiden imstande ist.«

»Ich weiß bereits etwas, das genügen mag«, sagte Nehekbar.

Er blickte sie durch die Düsternis an. »Was?«

Sie lachte glockenhell und boshaft. »Conan liebt seine kleine Bêlit vielleicht sogar wirklich, aber er ist seit Tagen von ihr getrennt, und es ist offensichtlich, daß seine Männlichkeit sich nicht unterdrücken läßt. Ist Euch nicht aufgefallen, wie er Daris beäugt hat? Es mag vielleicht eine Weile dauern, bis er auf diese Weise gelenkt werden kann, aber ich glaube, es ist die einzige. Wenn er erst einmal in den selbstgefällig tugendhaften Augen Mitras - *szsch-szsch-szsch* – korrumpiert ist – wenn er mir verfallen ist, dann, ja dann haben wir ihn, ob er es ahnt oder nicht. Seine Bestimmung wird verloren, seine Seele ruderlos sein – doch solange er lebt, kann kein anderer zu des Gottes Krieger erwählt werden. Denn steht es nicht geschrieben, daß Mitras – *szsch-szsch-szsch* – Entscheidungen für die Ewigkeit sind? Ihr könnt ihn lange, sehr lange am Leben erhalten, Tothapis.« Lange Fingernägel kämmten das wallende Haar. »Und ich – ich erwarte mich zu ergötzen wie selten.«

9

EINES KRIEGERS WILLKOMMEN

An diesem Abend schien der Vollmond aus dem Styx aufzugehen. Von Conans Balkon würde er noch eine ganze Weile nicht zu sehen sein, doch sein Schein färbte die Zinnen der Hofmauer. Auch die ersten Sterne funkelten am Himmel. Das Wetter war milder geworden, die Nacht lau.

Conan suchte den Polarstern, nach dem er sich richten konnte, wenn er in seine Heimat zurückkehrte, sobald er frei war. Nicht, daß er beabsichtigte, Bêlit zu verlassen, aber sie hatte selbst gesagt, sie wollte eines Tages das Land besuchen, in dem er aufgewachsen war. Er blickte hoch und fand das silbriggoldene Leuchten Jupiters. Der gleiche Stern funkelte auf sie hinab, dort, wo sie im Meer auf ihn wartete. Schaute auch sie gerade zu ihm auf, weil ihre Sehnsucht nach ihm, ihrem Liebsten, und ihre Angst um ihn sie wachhielt?

Er verspürte einen schmerzhaften Stich im Herzen und holte tief Luft, ehe er wild fluchte. Wütend drehte er sich auf dem Absatz und kehrte in sein Gemach zurück. Ausdauernde körperliche Übungen hatten ihn fit gehalten und seine Langeweile ein wenig gelindert. Er würde jetzt noch ein paar machen, vielleicht konnte er dann schlafen.

Der Schein der unzähligen Kerzen erhellte das Hauptgemach. Er achtete nicht auf seine Pracht, schlüpfte aus seiner Tunika, ließ sie einfach auf den Boden fallen und begann, mit nichts weiter als einem Lendentuch bekleidet, ein paar tiefe Kniebeugen.

Ein Klicken und kurzes Rasseln brach die Stille. Conan horchte sprungbereit auf. Sein Herz galoppierte. Das war ein Schlüssel in der Eingangstür gewesen.

Die schwere, eisenbeschlagene Tür schwang weit auf. Ein gerüsteter Soldat trat wachsam zurück. Er hatte seine schußbereite Armbrust auf den Barbaren gerichtet. Conan, der durch einen Lüftungsspalt gelauscht hatte, hatte sich bereits zuvor versichert, daß nur ein Mann Nachtwache auf diesem Geschoß hielt. Kurz flammte die Hoffnung in ihm auf. Wenn er schnell genug war und besonders viel Glück hatte, könnte er dem Bolzen vielleicht ausweichen und die Hände um den Hals des Burschen legen.

Doch er wußte natürlich genau, wie verzweifelt ein solcher Versuch gegenüber einem wachsamen Schützen war. Er unterdrückte die Versuchung völlig, als eine zweite Gestalt in Sicht kam und in das Gemach trat – eine Frau.

Sie wandte sich an den Wächter, der untertänig die Knie beugte, ohne daß die Armbrust im geringsten von ihrem Ziel abwich. Dann schloß er schnell die Tür hinter ihr, schob den Riegel vor und drehte den Schlüssel im Schloß. Conan blieb reglos stehen, obgleich das Blut heiß durch seine Adern schoß und alle seine Sinne geschärft waren. Er vernahm katzensanfte Schritte, als die Frau den Teppich überquerte, und ihr weicher Parfümduft stieg ihm in die Nase. Er betrachtete sie eingehend. Nie hatte er eine schönere Frau gesehen, und wenige, die ihr an rein äußerem Liebreiz gleich kamen. Ihr nahezu durchsichtiges Gewand floß und schimmerte um eine Figur, deren Schlankheit ihre Rundungen um so üppiger wirken ließ. Ihr Gesicht war von perfektem Schnitt mit den klassischen Merkmalen der stygischen Rasse. Ihre Bernsteinhaut und das schwarze Haar glänzten sanft im Kerzenschein.

Sechs oder sieben Fuß vor ihm blieb sie stehen, lächelte ihn vielversprechend an und hob langsam die Linke, wie in einer Bitte, nicht an Gewalttätigkeit zu denken. Und das tat er auch gar nicht mehr. Davon abgesehen, daß seine angeborene Ritterlichkeit ihn davon abhielt, gegen Frauen gewalttätig zu werden, war ihm auch klar, daß es sinnlos wäre – während er vielleicht Erklärungen zu den Rätseln, die ihn beschäftigten, erhalten würde, wenn er die Dinge an sich herankommen ließ.

Er benetzte die Lippen. »Sprecht Ihr – shemitisch?« fragte er, während ihm gleichzeitig klar wurde, wie albern das klingen mußte.

Sie legte die Rechte um einen winzigen Spiegel, der von einem Kettchen an ihrem Hals hing. Conan straffte beunruhigt die Schultern. Mit wohlklingender Stimme sprach sie, während die Finger ihrer Linken gestikulierten.

Ein Lichtstrahl schoß aus dem Spiegel geradewegs in Conans Augen und schien sich in sein Gehirn zu brennen. Grelles Weiß umhüllte ihn und ein Singsang von fremden Worten drang an sein Ohr. Ein Strudel aus blendendem Licht und seltsamen Lauten saugte sein Gehirn auf. Nur dumpf war ihm bewußt, daß er wie gelähmt stand, aber er fiel nicht.

Nach einer Zeitspanne, die nicht wirklich war, erlosch das blendende Licht, die leiernde Stimme verklang, und er vernahm deutlich die Worte: »Conan, erwacht!« Seine Sinne kehrten abrupt zurück. Er stolperte rückwärts, fort von der Fremden. »Was habt Ihr mir mit Eurer Hexerei angetan?« krächzte er.

Wieder lächelte sie und breitete die Arme in einer segnenden Geste aus. »Nichts, was Euch schaden könnte, Conan, im Gegenteil, denn ich bin Euch wohlgesinnt.«

»Warum habt Ihr dann – das getan?«

Sie lachte klingend wie Glöckchen. »Welche Zunge sprechen wir denn?«

»Nun – es ...« Plötzlich wurde es Conan bewußt, und er starrte sie mit weitaufgerissenen Augen an. »Stygisch!«

Sie nickte. »Richtig. Ich bin zwar des Shemitischen mächtig, genau wie vieler anderer Zungen, doch ich dachte, es würde Euch von Nutzen sein, die Sprache der Menschen hier zu beherrschen. Mein Zauber lehrte sie Euch in wenigen Herzschlägen.«

Er schüttelte den Kopf, um die Verblüffung abzuschütteln. »Wirklich?« murmelte er und versuchte aufs Geratewohl ein paar Worte: »Mann, Frau, Schwert, Schiff, Pferd, Schlacht ...«

Sie seufzte. »Tut mir leid, ich übersah, Euch von Eurem cimmerischen Akzent zu befreien. Aber was soll's? Er klingt männlich, aufregend.« Sie näherte sich ihm. »Wollen wir uns nicht setzen und uns bei einem Glas Wein unterhalten?«

Er faßte sich und unterdrückte sein heimliches Grauen vor allem, was mit Hexerei zu tun hatte. Tatsächlich genoß er die Anwesenheit dieser Frau. Bêlit, ja und auch Daris, waren von irdischerer, gesünderer Schönheit, aber diese exotische Blume weckte Träume – halt! Das waren Träume, die er besser gar nicht erst aufkommen lassen sollte – wenn er es vermeiden konnte. »Wer seid Ihr?« fragte er.

»Nehekba, die Hohepriesterin Derketas hier in Khemi«, antwortete sie. »Und wie ich bereits sagte, bin ich Euch wohlgesinnt.«

Wenn das stimmte, wäre sie eine mächtige Verbündete. Er verehrte ihre Gottheit nicht, doch ekelte es ihn vor ihr auch nicht wie vor Set. Die Göttin der Liebe und des Todes hatte viele Anhänger, selbst weit außerhalb Stygiens. Sogar Bêlit rief sie manchmal an.

Nehekba streckte ihm die Hand entgegen. Er nahm sie in seine riesige Pranke, dann hob er sie verlegen, sich leicht darüber neigend, an die Lippen und küßte sie. Ihre Haut war wie Seide. Als er sich wieder aufrichtete, schenkte sie ihm ein Lächeln, das gleichzeitig strahlend und verlockend war.

»Ich hole den Wein«, sagte er mit dicker Stimme und trat an das Tischchen, wo außer der Weinkaraffe auch mehrere Gläser standen für die verschiedenen Getränke – Wasser, Bier und Milch –, die man ihm täglich brachte. Er füllte zwei der Gläser und trug sie zu Nehekba, die sich auf seiner Ottomane niedergelassen und sich als Rückenlehne ein Kissen genommen hatte. Sie nahm ihm ein Glas ab, hob es und sagte mit fast singender Stimme: »Auf Euer Glück, Conan, und darauf, daß ich Euch helfen kann, es wiederzugewinnen.«

»Danke«, murmelte er gedehnt.

»Wollt Ihr nicht auf mich trinken – nein, auf uns?«

Ohne einen Toast auszubringen, nahm er einen Schluck und sagte schließlich: »Ihr wißt sicher, daß ich völlig im dunkeln tappe. Weshalb bin ich hier? Und warum seid Ihr zu mir gekommen? Was geht eigentlich vor?«

»Ihr habt doch heute gewiß einiges von Euren Mitgefangenen erfahren?« stellte sie die Gegenfrage. »Ich setzte mich dafür ein, daß Tothapis euch diese gemeinsamen Stunden gewährte.«

Allerdings hatte er einiges erfahren, und er erfuhr jetzt noch mehr. »Wir unterhielten uns«, antwortete er und wählte jedes Wort bedachtsam. »Einer von uns glaubt zu wissen, weshalb er hier in so komfortabler Haft ist, statt im Kerker zu schmachten oder gar im Grab zu vermodern: der junge Falco, der ebenfalls Damenbesuch erhielt.«

Nehekbar nickte. Licht schimmerte auf ihrem Haar. »O ja, Senufer. Sie ist eine Edelfrau, die der Sache des Friedens dient, genau wie ich.«

»Und dem angenehmen Zeitvertreib, wie ich hörte«, fügte Conan unverblümt hinzu.

Die vollen Lippen lächelten. »Warum auch nicht? Schadet es jemandem? Sie ist eine reiche Wittib und kann tun und lassen, was sie will, solange sie diskret vorgeht. Außerdem wollen wir tatsächlich in engem Kontakt mit Falco bleiben. Die Zeit mag kommen, da sich seine Beziehungen in Ophir von unschätzbarem Wert für uns erweisen. Ein Mann, der ihn regelmäßig besuchte, könnte leicht in Verdacht kommen, mit ihm zu konspirieren. Eine Frau, die ganz offensichtlich eine Liebschaft mit ihm hat, braucht das nicht zu befürchten. Ihre einzige Sorge ist, einen neuen Wächter – falls einer eingeteilt wird – zu bestechen.«

»Was ist mit Heterka?« fragte Conan scharf.

Nehekba hob eine Braue. »Wer?«

Der Wein in Conans Glas schwappte fast über. »Es ist eine sehr unschöne Geschichte.«

»Ich weiß nichts davon – das heißt, ich kenne allerdings eine Aristokratin dieses Namens, die sich ein wenig mit der Heilkunst beschäftigt, jedoch gewisse häßliche Neigungen haben soll. Auch wir Stygier sind Menschen, mein Teurer. Deshalb gibt es bei uns wie überall gute und böse und nichtssagende, und unsere menschlichen Beziehungen können nicht weniger verwirrend sein als sonstwo.«

Conan beschloß, die Sache nicht weiter zu verfolgen.

Statt dessen sagte er betont bittend: »Ich flehe Euch an, verratet mir, warum ich hier bin, und was Ihr zu tun beabsichtigt.«

In mitfühlendem Ton antwortete sie: »Ihr müßt verstehen, daß Tothapis mich nicht in sein Vertrauen zieht. Er ist ein mächtiger Hexer und Priester und zur Zeit das Oberhaupt jener Vereinigung der Zauberer, die unter Eingeweihten als ›Schwarzer Ring‹ bekannt ist. Deshalb ist auch mir vieles nicht klar, doch hoffe ich, Näheres herauszufinden. Inzwischen werde ich Euch erzählen, was ich selbst weiß:

Berichte erreichten Stygien über einen Abenteurer aus dem fernen Norden – ein verwegener Krieger, der in diesen südlichen Landen umherstreifen soll. Als Pirat könntet Ihr in einem Krieg, der immer wahrscheinlicher zu werden verspricht, zu einer nicht zu unterschätzenden Gefahr werden. Möglicherweise hat Tothapis Euch nur aus diesem Grund in die Falle gelockt, vielleicht sind seine Pläne auch tiefgründiger. Ich muß zugeben, daß es falsch wäre, weiter zuzulassen, daß Ihr meinem Volk Schaden zufügt. Doch bin ich persönlich nicht böse auf Euch. Piraterie wird bei euch Barbaren als ehrbares Handwerk angesehen, nicht wahr? Nun, ich möchte Euch gern eines Besseren belehren und die Ritterlichkeit, die zweifellos in Euch steckt, richtig zum Vorschein bringen.

Die Parteien, von denen eine für den Frieden, die andere für den Krieg ist, sind einander nicht feind. Es ist ausschließlich eine Sache der Politik, das bedeutet, daß Menschen, die in dieser Hinsicht eine gegensätzliche Meinung haben, in anderen Dingen durchaus zusammenarbeiten können. Als Angehörige der Hierarchie hörte ich von Euch und sprach mit Tothapis, bis er meiner Bitte nachgab, Euch hier zu inhaftieren. Er selbst ist für eine Expansion des stygischen Reiches, aber er ist nicht blutdürstig, ihm genügt es, daß Ihr hier nichts anstellen könnt. Wenn ich Euch erst besser kenne, Conan, glaube ich, wird es mir schon gelingen, Tothapis davon zu überzeugen, daß Ihr Euer Ehrenwort geben und halten werdet, Stygien nicht mehr zu schaden. Dann kann er Euch unbesorgt freisetzen.«

»Und wann, meint Ihr, könnte es soweit sein?« fragte der Cimmerier.

»In einem Jahr, vielleicht auch ein wenig später.« Nehekba bedachte ihn mit einem schmelzenden Blick. »Es kommt darauf an, wie schnell und wie gut wir einander kennenlernen werden«, gurrte sie.

Er ballte die Faust. »Was wollt *Ihr* von mir?«

»Es könnte leicht sein, daß Ihr ausschlaggebend für den Frieden seid«, antwortete sie. »Ich würde es nicht von der Hand weisen, daß gerade ein magischer Hinweis darauf Tothapis so erschreckte, daß er gegen Euch vorging. Wenn es so ist, denke ich, wird es mir mit der Zeit schon gelingen, seine Bedenken zu zerstreuen. Nicht daß ich Euch, oder sonst jemandem, zum Verrat anhalten würde. Es ist nur, weil ich ehrlich davon überzeugt bin, daß Frieden das Beste für Stygien ist. Auf welche Weise wärt Ihr bereit, Stygien zu helfen – gegen großzügige Bezahlung, natürlich? Nun, das mag die Zeit ergeben. Ich könnte mir Euch gut als flinken Kurier vorstellen, den kein Bandit oder Geheimagent aufzuhalten vermag. Botschaften an die Regierungen von Ländern wie Ophir, Argos, Nemedien, Koth, Corinthien, ja sogar Aquilonien, das unter so beklagenswerter Herrschaft ist, würden sie gewiß ermutigen, sich zusammenzutun und sowohl einen Druck in diplomatischer Hinsicht als auch in den Handelsbeziehungen auf König Mentuphera auszuüben, damit er seinen Plan ändert. In dieser Beziehung ist auch ganz gut, daß Kronprinz Ctesphon seine Ambitionen nicht teilt.«

Conan fuhr sich übers Kinn. »Hm-m-m«, murmelte er. »Die ganze Sache ist ein wenig zu verwickelt, als daß mein etwas eingerostetes Gehirn gleich folgen könnte. Trotzdem ... Wartet! Nach dem, was Falco erwähnte, steht der Krieg gegen Ophir kurz bevor. Er wird erklärt werden, ehe Ihr genügend Zeit habt, Tothapis von meiner Redlichkeit zu überzeugen.«

Nehekba schüttelte ihr mit einem Diadem geschmücktes Haupt. »Nein, nichts in dieser Richtung wird unternommen werden, solange Taia rebelliert. Es war auch auf meinen Rat hin, daß die Tochter des Anführers hierhergebracht wurde. Vielleicht erklärt sie sich – nachdem ich mich mit ihr unterhalten habe – damit einverstanden, die Rolle der Vermittlerin zu spielen und Unterhandlungen zu führen, die sowohl ein Ende der Rebellion herbeibringen, als auch der Ungerechtigkeiten gegen Taia durch Stygien. Ein solcher Erfolg würde die Friedenspartei ungemein stärken.«

»Bis jetzt habt Ihr aber Jehanans Anwesenheit noch nicht erklärt«, erinnerte sie Conan.

»Jehanan?« Sie blickte den Cimmerier mit unschuldsvollem Blick fragend an. »Wer ist das?«

Ehe er antworten konnte, stellte sie ihr Glas ab und rückte ein wenig näher zu ihm heran. »Wir werden noch so viel Zeit haben, uns über Politik zu unterhalten«, hauchte sie. »Können wir diesen schönen Abend nicht zu Besserem nutzen?«

»Was meint Ihr damit?« fragte Conan heiser.

Sie senkte die Wimpern. »Vielleicht sollte ich die gleiche Ausrede wie Senufer benutzen, um Euch besuchen zu können. Und es wäre nicht einmal Täuschung. Bei den Göttern, Conan, was seid Ihr für ein *Mann*!«

Verlangen brannte heiß in ihm, unverkennbar für ihre erfahrenen Augen. Sie öffnete ganz leicht die feuchten Lippen und sank in seine geöffneten Arme. Ihre Lippen trafen sich. Selbst Bêlit hatte ihn nie leidenschaftlicher geküßt.

Ihre Hände begannen zu wandern.

Conans erreichten ihren Hals. Sie faßten das Kettchen, das den Spiegel hielt, und die Silberglieder zersprangen. Er warf das Amulett in die fernste Ecke.

Nehekba schrie. Er drückte eine Handfläche auf ihr Gesicht. Sie zog ihm die Nägel über die Wange. Seine Linke packte das Gelenk dieser Hand. Während er sie hielt, faßte er auch den anderen Arm. Mit seinem Schienbein drückte er Nehekba auf die Ottomane. Obgleich sie sich wie eine Katze wand, war sie hilflos gegen seine Bärenstärke.

»Beruhige dich«, mahnte er, »sonst muß ich dich würgen, daß du das Bewußtsein verlierst. Das kann ich, ohne daß du einen dauerhaften Schaden erleidest, aber es wäre mir lieb, wenn ich es nicht zu tun brauchte.«

Die wunderschönen Augen funkelten vor Haß. Notgedrungen gehorchte sie. Conan nickte grimmig. Da der Lüftungsspalt in der Tür geschlossen war, hatte der Wächter ihren Schrei nicht gehört. Er war das Risiko eingegangen, daß er überwacht wurde, so – das nahm er an –, wie es den ganzen Tag der Fall gewesen war. Aber er hatte auch damit gerechnet, daß sie bei ihrem Liebesspiel nicht beobachtet werden wollte, und daß sie dachte, ihr Talisman würde Schutz genug sein, falls ihr Charme nicht die gewünschte Wirkung zeugen sollte.

Außerdem hatte sie bestimmt keine solche Schmach erwartet.

Conan hielt ihre beiden Handgelenke fest, während er ihr mit der freien Hand das Gewand vom Leibe riß.

»Keine Angst«, beruhigte er sie. »Ich habe nie eine Frau gegen ihren Willen genommen – und bei dir wäre das ohnehin nicht nötig gewesen, oder? Ich will dich nur binden.«

»Bist du verrückt?« ächzte sie.

Er schüttelte die schwarze Mähne. »Nein, auch nicht so dumm, wie du mich einschätztest. Ihr Zivilisierten bildet euch ein, weil wir Barbaren keine Städte und keine Bücher haben, seien wir dumme Tiere. Bei den Göttern, wir benutzen unseren Verstand mehr als ihr!«

»Aber – aber ich meine es doch gut mit dir, Conan! Selbst jetzt noch, obwohl du mich so behandelt hast, würde ich deine Liebste werden.« Sie sagte es mit flehendem Blick.

Er stand auf, hob sie auf die Füße und stellte sie so, daß sie ihm den Rücken zukehrte. Mit dem zerfetzten Seidengewand band er ihre Hände nach hinten. »Ich glaube, daß du mit diesem Tothapis-Burschen unter einer Decke steckst. Und ich glaube auch, daß du die süße Senufer genauso bist wie die gemeine Heterka. Es ist nicht gut vorstellbar, daß es in diesem Kerker von liebesdurstigen schwarzhaarigen Schönheiten nur so wimmelt, und noch weniger, daß der Lord des Schwarzen Ringes es nicht wüßte, wenn du gegen ihn konspirierst. Zweifellos würde er Schritte unternehmen. Ganz abgesehen davon, traue ich keiner Hexe.«

»Du – du täuschst dich.« Sie weinte.

»Nennt man so was nicht Krokodilstränen?« fragte er ungerührt. »Nun, angenommen du bist unschuldig – was ich jedoch nicht einmal einen Herzschlag lang glauben könnte –, sagtest du selbst, daß ich mindestens ein Jahr hier zubringen müßte, ehe ich vielleicht wieder frei käme. Das kann ich nicht zulassen. Ich werde noch heute nacht zu meiner wahren Liebsten zurückkehren oder unterwegs sterben.« Er legte sie auf den Boden und hielt sie mit einem Knie fest, während er ihre Fußgelenke fesselte. »Außerdem spucktest du große Töne über den Frieden. Bêlit und ihr Bruder müssen jedoch Rache an Stygien nehmen, und so gilt das gleiche auch für mich.«

Nachdem sie sich so gut wie nicht mehr bewegen konnte, betrachtete er einen Moment ihren fast nackten Körper. Er seufzte. »Welch eine Verschwendung«, murmelte er. »Wie sehr ich versucht war, erst einmal meinen Spaß mit dir zu haben. Aber du bist eine Hexe. Ich wagte nicht, das Risiko einzugehen, daß du irgendwie meinen Geist an dich bindest, fern von Bêlit.«

Er bückte sich und hob sie mühelos hoch. »Ruf den Wächter, dich hinauszulassen«, wies er sie an. »Wenn ich mit ihm fertig bin, kannst du hierbleiben. Die Wachablösung wird dich morgen schon finden.«

»Nein, du – du uneinsichtige Bestie!« fauchte sie.

Conan blickte sie drohend an. »Wenn du nicht gehorchst, werde ich dir jeden Knochen zerbrechen für das, was du Jehanan angetan hast.«

Sie zuckte erschrocken zurück. »Ich – ich werde tun, was du sagst.«

Er nickte und ging zur Tür. Er hatte sie natürlich belogen, denn nie würde er es fertig bringen, eine Frau so zu behandeln, selbst wenn sie noch so verderbt war, ganz abgesehen davon fehlte ihm ja auch der absolute Beweis für ihre Schuld. Doch jedenfalls hatte die immer noch schwelende Wut in ihm der Drohung das nötige Gewicht verliehen.

An der Tür schob er das Paneel mit dem Ellbogen auf und hielt Nehekbas Kopf dicht daran. »Sieh zu, daß du ruhig klingst!« flüsterte er ihr warnend ins Ohr.

Sie nickte heftig und rief mit überzeugendem Gleichmut, der ihre Fähigkeiten der Täuschung bewies: »Soldat, ich bin hier fertig. Sperr auf, daß ich nach Hause gehen kann.«

Sofort legte Conan sie auf den Boden und benutzte die zwei restlichen Fetzen ihres Gewandes als Knebel. Sie kam noch dazu, rachsüchtig zu zischen: »Du hast dir den Tod selbst zuzuschreiben, Barbar. Wenn du Glück hast, wird er schnell kommen. Habe ich Glück, wirst du viele Tage schmerzgequält darauf warten!«

Er beachtete sie nicht. Er dachte nur, daß sie in ihrer Wut ihr wahres Gesicht gezeigt hatte. Während er sich aufrichtete, nahm er sich aus einer Nische einen Kerzenständer in der Form von drei Schlangen. Der Riegel glitt zurück, das Schloß klickte, die Tür schwang weit auf. Der Wächter machte einen Schritt zurück und hob die Armbrust zur Schulter.

Dank Nehekbas Ton war er jedoch weniger wachsam als zuvor. Conan sprang hinter der Tür hervor und warf den schweren metallenen Leuchter. Er schmetterte gegen den Wächter, ehe er schießen konnte. Der Bolzen glitt ohne Schaden anzurichten über den Boden. Und schon hatte Conan sich auf den Stygier geworfen. Seine Hände flogen zur Kehle des Mannes und schlossen sich. Er spürte, wie der Kehlkopf zwischen den harten Fingern knickte. Blut quoll aus den Lippen des Mannes. Er sank auf den Boden und schlug konvulsivisch um sich.

Schnell sprang der Cimmerier in seine Gemächer zurück. Eine Tunika würde weniger auffallen als nur ein Lendentuch, wenn er die Straße erreichte. Er schlüpfte in die, die er vor seinen Kniebeugen ausgezogen hatte und griff nach einem Kapuzenumhang. Nachdem er sich auch noch Sandalen geholt hatte, verließ er seine Gemächer wieder. Nehekbar widmete ihm einen so giftigen Blick, daß er sich fragte, ob er sie nicht lieber töten sollte. Aber nein, das brächte er doch nicht fertig. Und er wollte auch nichts mit dem Talisman zu tun haben, den er ihr entrissen hatte. Am besten wäre es, sich dieses Dinges zu entledigen, aber er wußte nicht wie, und er konnte es jetzt nicht wagen, sich auf Experimente einzulassen.

Er schnallte sich den Waffengürtel des Wächters um. Ein Schlüssel steckte noch im Schloß, daran hing ein Ring mit weiteren Schlüsseln. Conan löste sie und ging leise den Korridor hoch. Er hatte nicht vor, seine neuen Freunde im Stich zu lassen.

10

EINE NACHT IN KHEMI

Falco setzte sich erschrocken im Bett hoch. Der Riese, der ihn wachgerüttelt hatte, beugte sich nun über ihn. Licht von Kerzen in Wandhaltern auf dem Gang drang schwach durch offene Türen. Es spiegelte sich in Conans Augen, daß sie wie blaue Fackeln brannten. »Steh auf, Junge. Wir verschwinden hier.«

»Aber – aber – was ...« stammelte Falco.

»Ich erzähle dir alles später, falls wir die nächsten paar Stunden überleben. Wir haben einen toten Wächter auf diesem Stockwerk, aber es werden sicher noch mehr werden, ehe wir aus dieser Festung sind.«

Falco wich vor ihm zurück. »Nein!« protestierte er. »Das ist Wahnsinn. Habt Ihr vergessen, was die Lady Senufer versprach?«

Conan spuckte verächtlich aus. »Wenn ich die Chance dazu habe, werde ich dir erklären, was ihre Versprechen wert sind. Und du darfst mich ruhig duzen. Jetzt ist nicht die Zeit für übertriebene Formen. Komm schon!«

Der Ophit traf seinen festen Entschluß. Er richtete sich kerzengerade auf und sagte: »Tu, was du willst. Ich wünsche dir alles Gute, auch wenn ich bezweifle, daß irgend etwas dich retten kann. Ich verlasse jedenfalls Senufer, die ich liebe und der ich vertraue, nicht!«

Conan funkelte ihn an. »Du feiges Schoßhündchen! Der Eid, den du deinem König geleistet hast, gilt dir also nichts? Du bist der einzige, der ihn über Mentupheras

Pläne aufklären könnte. Keiner von uns anderen würde bis zu ihm vordringen können, viel weniger würde man uns glauben. Schön, dann bleib in deinem goldenen Käfig.«

Falco krallte die Nägel in seine Handflächen und biß sich in die Oberlippe, bis sie blutete. Wild schwang er die Füße aus dem Bett und erhob sich. »Es tut mir leid«, entschuldigte er sich mit leicht zitternder Stimme. »Du hast natürlich recht, was meine Pflicht betrifft. Ich muß zumindest versuchen ...«

»Schon besser. Zieh dich schnell an.«

Falco schlüpfte in Stiefel und eine Tunika. »Glaubst du wirklich, daß wir hier herauskommen? Wie denn, in aller Welt?«

»So, wie ich es bis hierher geschafft habe, durch Überraschung und Schnelligkeit. Ich habe die Augen offengehalten, als sie mich hierher brachten. Du nicht?«

Falco antwortete nicht. Er schien durch seinen neuen Kameraden hindurchzublicken, als er geistesabwesend flüsterte: »Ich werde zu dir zurückkommen, wenn ich am Leben bleibe, o Senufer, mein Liebling. Und ich werde den Frieden zwischen unseren Nationen bringen.«

Conan schnaubte verächtlich und eilte voraus, um Jehanans Tür aufzusperren. Der Shemit schlief unruhig, warf sich ständig herum und murmelte in einem Alptraum. Als Conan ihn wachrüttelte, keuchte er und schlug um sich.

»Ruhig, ruhig!« mahnte der Cimmerier. »Heb dir das für die Stygier auf.«

Jehanan setzte sich auf. »Ihr beiden seid frei?« staunte er ohne sichtliche Freude. »Was habt ihr vor?«

»Als erstes einmal werden du und ich zu Bêlit zurückkehren. Ich habe ein Boot versteckt, und der Verräter, der außer mir wußte, wo es ist, lebt nicht mehr. Wir müssen uns natürlich zuvor hier herauskämpfen, aber ...«

Jehanan ließ sich wieder auf den Rücken fallen. Er schüttelte den Kopf. »Wozu soll es gut sein?« murmelte er.

»Bei Ymir!« fluchte Conan. »Unter welchen Memmen befinde ich mich hier, daß ich sie erst händeringend überreden muß, die Chance freizukommen zu nutzen. Wenn dich sonst schon nichts interessiert, willst du denn nicht wenigstens ein paar Stygier töten?«

Jehanan straffte die Schultern. »Ja, das bleibt mir noch im Leben«, sagte er leise. »Also gut.«

»Zieh dich an.« Conans Herz verkrampfte sich, als er sehen mußte, gegen welche Schmerzen der andere bei jeder Bewegung kämpfen mußte, als er aufstand. »Komm hier herüber, Falco«, bat der Barbar. Er wandte Jehanan den Rücken zu, um ihm sein nicht zu unterdrückendes Mitleid zu ersparen, und griff nach dem Ellbogen des Jungen. »Wir müssen uns überlegen, was wir an Ausrüstung improvisieren können.«

Er erinnerte sich an Bêlits Flucht und zerschlug die Weinkaraffe. Den scharf gezackten Überrest gab er dem Ophiten als Waffe. Die Muskeln quollen dick wie Kabel aus dem Arm, als er dem massiven Tisch ein Bein ausriß. Er schob es sich als Prügel unter den Arm und streckte dem jetzt bekleideten Jehanan das Schwert entgegen. »Ich weiß, daß ihr Shemiten kurze Klingen vorzieht. Damit müßtest du gut zurechtkommen.«

Das narbige Gesicht verzog sich ein wenig in finsterer Erwartung. Jehanans Bewegungen wirkten nun ein wenig leichter, nachdem er die Steife des Schlafes abgeschüttelt hatte. »Brechen wir auf«, sagte er.

»Wir müssen noch das Mädchen holen«, erinnerte ihn Conan. »Sie verdient zumindest eine Chance, ihr Leben einzusetzen.«

Daris von Taia mußte durch das Klicken des Schlüssels

wachgeworden sein. Als der Cimmerier eintrat, schoß sie aus ihrem Schlafgemach in den größeren Raum. Ihre nackte Gestalt war geschmeidig wie ein Leopard. Ihr dunkles Haar wehte bei dieser Geschwindigkeit hinter ihr her. Als sie Conan sah, hielt sie mitten im Sprung an und streckte die Hände aus, um sich zu fangen. Ihre Augen blitzten, und ihre Zähne glitzerten. »Seid Ihr ausgebrochen?« rief sie. »O Mitra! O Wunder!«

»Wir sind gerade dabei.« Unwillkürlich starrte Conan sie bewundernd an. Sie schien sich ihrer Nacktheit überhaupt nicht bewußt zu sein. »Wenn Ihr mitkommen wollt, dann zieht Euch schnell an.«

»Nicht ein Gewand wie für den Harem«, sagte sie voll Abscheu. »Laßt mich etwas – ja, Falco, in Euren Gemächern müßte ich etwas für mich Passendes finden. Ich bin gleich wieder zurück.«

Sie brauchte tatsächlich nur wenige Herzschläge. Da ihr die Kleidung etwas zu kurz war und ihre ans Barfußlaufen gewöhnten Füße nicht bedeckt waren, konnte Conan ihre wohlgeformten Beine bewundern. Sie hatte auch einen Ledergürtel mit schwerer Bronzeschnalle entdeckt. »Ich werde ihn gut brauchen können«, erklärte sie vergnügt.

Conan erwiderte ihr Grinsen. »Ein Soldat und drei Raufbolde, hm? Ich dachte, Ihr würdet Euch vielleicht mit der Armbrust dort bewaffnen wollen.« Sie waren auf den Korridor getreten, und er deutete auf die Leiche.

»Für einen Schuß, vielleicht. Aber danach wird es sicher zum Handgemenge kommen, oder meint Ihr nicht?« Daris hielt an, um die Armbrust aufzuheben und zu spannen. »Plötzlich sprecht Ihr stygisch. Viel Merkwürdiges ist in dieser Nacht passiert, und ich glaube, es ist noch nicht alles.«

»Psst!« mahnte Conan und schlich zur Treppe voraus.

Da sie sehr vorsichtig sein mußten, kamen sie nur langsam voran. An jedem Treppenabsatz blieb der Barbar stehen, lauschte und spähte, ehe er seinen Begleitern zuwinkte, ihm zu folgen. Die beiden Stockwerke unter ihrem schienen leer zu sein, vielleicht weil zur Zeit niemand unter den gleichen Bedingungen wie sie inhaftiert war. In den nächsten jedoch war offenbar allerhand los, nach den Geräuschen zu schließen. Gewiß war für diese Geschosse nicht nur ein Wächter eingeteilt. Zweimal bedeutete der Cimmerier seinen Freunden anzuhalten, und sie warteten ab, bis die Schritte, die er gehört hatte, verklungen waren. Bei dieser Vorsicht erreichten sie das Parterre unbemerkt.

Die Treppe endete in einem breiten Korridor. Niemand war zu sehen, doch entfernte Geräusche hallten hohl in seiner Leere. Conan erinnerte sich, daß er rechts zu einem größeren Vorraum führte, wo Wachen vor dem Haupteingang postiert waren. Er hatte natürlich keine Ahnung, wie viele es um diese Zeit sein würden. Als er hierhergebracht worden war, waren es zehn gewesen. Zweifellos befanden sich außer ihnen noch weit mehr in Hörweite. Was sich links befand, wußte er nicht – vielleicht kam man dort zu einem weniger stark bewachten Ausgang, genauso gut konnte es aber auch sein, daß sie sich in einem Labyrinth verliefen oder sonstwie in Gefahr brachten.

Er brauchte nur einen Herzschlag, um der vorläufigen Entscheidung, die er bereits getroffen gehabt hatte, nachzugehen. Crom griff zwar nicht ein, aber er begünstigte die Kühnen. Conan wandte sich nach rechts. Er begann, auf leisen Sohlen zu laufen.

Am Ende des Korridors hielt er nicht an, um sich nach allen Seiten umzuschauen, noch vergeudete er einen Atemzug zu einem Schrei. Er stürmte fast lautlos über die

Steinfliesen weiter zu dem Wachttrupp, wo Helme, Harnische und Pikenspitzen schimmerten. Das Licht der wenigen Lampen reichte nicht aus, die hohe gewölbte Decke zu beleuchten, trotzdem waren die Fledermäuse zu sehen, die zwischen den Schatten hin und her flatterten: Die tierköpfigen Götter und die Große Schlange warfen drohende Blicke von den Wandmalereien. Beißender Qualm von Räucherschalen stieg zu ihnen hoch.

Wie Conan sofort zählte, bestand der Trupp auch jetzt aus zehn Mann. Als sie auf ihn aufmerksam wurden, bildeten sie sofort einen geschlossenen Schildwall, mit den Pikenträgern in der zweiten Reihe. Hinter sich hörte Conan das *Schnapp* der Armbrust. Daris wußte damit umzugehen. Ein Stygier stürzte tot zu Boden.

Conan erreichte die neun übriggebliebenen. Piken stießen nach ihm. Er wirbelte seine Stuhlbeinkeule in einem Bogen, der eine Pike zur Seite schleuderte und die Spitze einer zweiten zu Boden schmetterte und den Schaft zersplitterte. Dann war er zu nahe, um noch aufgespießt werden zu können, und dicht an den Soldaten mit den Kurzschwertern. Einer stieß seine Klinge um den Schildrand vor – und heulte auf, als die Keule seinen Arm brach. Und schon ließ das Stuhlbein den Helm des nächsten wie eine Glocke dröhnen. Sein Träger taumelte rückwärts und bot der Keule das ungeschützte Bein.

Die Formation löste sich in Chaos auf. Jehanans Klinge klirrte gegen eine ähnliche. Durch seine Rüstung im Vorteil, drängte der Stygier den Shemiten zurück. Da flog Daris' Gürtel, und die Schnalle traf den Schwertkämpfer quer über die Augen. Unwillkürlich senkte er den Schild, und so konnte Jehanan ihm seine Klinge in den Hals stoßen. Falco tänzelte zu schnell herum, um getroffen werden zu können, und benutzte sein gezacktes Glas, wo immer er eine Chance sah, mit beachtlicher Wirkung.

Conan schien überall gleichzeitig zu sein. Er zerschmetterte einem Pikenträger das Genick, ergriff schnell seine Waffe und nutzte Spitze und Schaft gleichzeitig.

Von beiden Enden des Vorraums kamen weitere Wachen in Sicht. Conan hatte gehofft, sie würden nicht so schnell auftauchen und nicht in solcher Zahl.

»Beeilt euch! Sperrt die Tür auf!« brüllte er.

Schulter an Schulter hielten Jehanan und er den Rest des Trupps in Schach, während Falco, dessen Glas inzwischen zerschmettert war, und Daris sich mit dem schweren, kettengesicherten Riegel abplagten. Die neuangekommenen Stygier hielten sich noch dichtgedrängt im Hintergrund. Die meisten waren ohne Rüstung und verstört. Doch ihre Verwirrung würde nicht lange anhalten. Conan hieb, Bêlits Bruder stieß zu und spürte in seinem Kampfeifer seine Schmerzen nicht.

Das Portal knarrte. Ein Hauch kühlerer Nachtluft drang in die blutgeschwängerte Schwüle. »Hinaus!« schrie Conan. Er hielt die Soldaten zurück, bis seine Kameraden im Freien waren. Ein Offizier brüllte: »Tötet ihn!« und führte seinen Trupp zum Sturm. Der Cimmerier schleuderte seine Pike und spießte den Mann auf. Eine Lampe flackerte auf einem Ständer in der Nähe. Der Barbar warf sie mit ihrem brennenden Öl auf den nächsten Stygier, der ebenfalls einen Trupp anführte. Beide Sturmangriffe kamen ins Stocken. Conan sauste durch die Tür und holte seine Kameraden ein.

Der Mond stand so hoch, daß er die Straße in seinen kalten Schein tauchte. Conan glaubte, daß sie durch einen Dauerlauf ihre Verfolger abschütteln und schließlich aus ihrer Sicht verschwinden könnten. Das wäre ihm und Daris vermutlich auch gelungen, aber sie erkannten bald, daß Falco und Jehanan nicht Schritt mit ihnen zu halten vermochten. Ohne sich absprechen zu müssen, verlangsamten sie ihr Tempo. Ein Blick zurück zeigte, daß eine ganze Schar Wächter sie verfolgte.

Conan überlegte, ob sie nicht in eine dieser winkligen schwarzen Gassen einbiegen sollten, die hier überall abzweigten, um ihre Gegner in dem Gassengewirr abzuschütteln. Aber er entschied sich dagegen. Weder er noch seine Begleiter kannten sich in dieser verfluchten Stadt aus. Sie würden nur ziellos herumirren, während die Stygier ihr menschliches Netz ausbreiteten, in dem sie sich unausbleiblich verfangen würden.

Die Hafengegend mochte dagegen eine Chance bieten. Er hatte seine Augen offengehalten, während er mit dem Verräter hindurchgekommen war. »Dorthin!« rasselte er.

Steinsphinxe und reich verzierte Stelen schimmerten zu beiden Seiten gespenstisch im Mondlicht. Ein paarmal bemerkte ein Spätheimkehrer die Verfolgung und brachte sich eilig in Sicherheit.

Die stattlichen Gebäude machten gedrungenen Lagerhäusern Platz, in denen die Ratten sich des Nachts breitmachten. Voraus ragten ein paar Maste hoch, und der mächtige Strom glitzerte wie verzaubert. Laternen schaukelten in den Händen von Hafenwächtern. Conan fiel in langsameren Schritt. Jetzt war es vielleicht möglich, die Verfolger in den dunklen Gassen abzuhängen.

Hinter ihnen schmetterte eine Trompete in abwechselnd langen und kurzen Stößen unterschiedlicher Klanghöhe. »Das stygische Armeesignal«, sagte Daris keuchend. »Gewiß alarmieren sie die Hafenwächter.«

»Man wird uns einkreisen«, stöhnte Falco.

»Wir können uns zumindest ein Fleckchen suchen, wo wir uns ihnen stellen und ihnen große Verluste zufügen können«, sagte Conan.

»Nein«, widersprach Jehanan über das Trappen ihrer Schritte hinweg heftig atmend. »Wenn wir am Ende der

Straße an ihnen vorbeikommen, ehe der Kordon geschlossen ist, weiß ich, wohin wir uns wenden können, wo sie uns nicht so leicht finden.«

»Ja?« fragte Conan mit neuer Hoffnung.

»Die alten Grüfte und Steinbrüche unterhalb der Großen Pyramide«, sagte Jehanan. »Es ist eine steinerne Wildnis dort unten, die von den Menschen gemieden wird. Niemand außer Sklaven wie ich halten sich dort bei Tageslicht auf, denn da gibt es immer noch Kalkstein zu hauen. Ich kenne mich dort ein bißchen aus, weil ich sie jeden Tag auf den Weg zur Fronarbeit durchqueren mußte.«

Die Hoffnung erlosch in Conans Augen. Die Härchen in seinem Nacken stellten sich auf, und der warme Schweiß, der ihm vom Laufen über Rücken und Stirn rann, war plötzlich eisig. »Hausen denn nicht Geister dort?« murmelte er.

Es schien Falco nicht zu stören. »Lieber Geister, als mit Sicherheit gefangen zu werden.« Die aufregende Flucht hatte seine jugendliche Begeisterung aufblühen lassen, und im Augenblick vergaß er sogar seine Liebste. Zweifellos würde er sie nach allem, was geschehen war, nicht mehr sehen, bis er im offiziellen Auftrag nach Stygien zurückkehrte. Außerdem glaubte er als belesener Aristokrat eines zivilisierten Reiches nicht an das Übernatürliche.

Daris, in der ebenfalls zumindest noch halbbarbarisches Blut floß, war genau wie Conan erschrocken. Aber sie faßte schnell wieder Mut und erklärte furchtlos: »Wenn das der Weg nach Hause ist, nehmen wir ihn.«

Ja, dachte Conan, wenn es sein mußte, um zu Bêlit zurückkehren zu können, kämpfte er auch gegen Geister. Die Laternen der Hafenwächter kamen näher, da ihre Träger dem Alarmsignal Folge leisteten. Im Mondschein schimmernde Waffen und Rüstungen waren jetzt bereits zu erkennen, als die Wächter nun ebenfalls anfingen zu laufen.

»Führ uns«, wandte Conan sich an Jehanan und schluckte trocken. Der Shemit nickte und rannte voraus. Er bog in eine in Dunkelheit gehüllte Gasse zwischen zwei Lagerhäusern ein. Die Gefährten bildeten eine Kette, indem sie einander an den Händen faßten. Jehanan führte sie durch mehrere enge Durchgänge und bei einem Wachtturm am Ende der seitlichen Stadtmauer ins Freie. Steine rollten, und Sand knirschte unter ihren Füßen. Die Stadt erhob sich nun pechschwarz hinter ihnen. Jehanan rannte schräg über einen ziemlich steilen Hang, der von der Mauer zu dem breiten, im Mondschein glitzernden Strom führte. Die Große Pyramide kam in dem gespenstischen Silberlicht in Sicht und schien fast unter dem Himmel mit den wenigen funkelnden Sternen zu schweben.

Ein laut dröhnender Gongschlag brach die nächtliche Stille. Conan blickte über die Schulter zurück. Laternen schimmerten wie Glühwürmchen. Hatte man ihn und seine Begleiter vielleicht vom Turm aus entdeckt? Weitere Laternen kamen hinter der Mauer zum Vorschein.

Der Boden unter ihren Füßen wurde immer zerklüfteter. Überall gähnten Löcher. Die Schatten der herumliegenden Steinblöcke machten es schwer, sie selbst zu sehen, bis man über sie stolperte. Jehanan sprang wie eine Gemse. Irgendwie mußte es ihm gelungen sein, die grauenvollen Schmerzen zu unterdrücken, die jeden anderen bewegungsunfähig gemacht hätten. Daris war noch leichtfüßiger und sicherer. Conan bemerkte, wie Falco immer wieder stolperte und ein paarmal fast in ein Loch gefallen wäre. Er rannte daraufhin neben ihm her und zog ihn immer wieder über Steinbrocken und half ihm Löchern auszuweichen. Heimlich war er froh über diese zusätzliche Sorge, denn dadurch kam er nicht dazu, an Geister und Dämonen zu denken.

Laute Rufe waren nun hinter ihnen zu vernehmen. Die Stygier hatten das zerklüftete Terrain erreicht. Unbeholfen stolperten sie vorwärts, und die gebrüllten Befehle ihrer Offiziere trieben sie weiter.

Jehanan deutete. Vor seinen Füßen lag eine Grube, die breit genug war, daß der Mondschein bis an ihren Grund drang. Auf allen vieren tastete der Shemit sich den unebenen Hang hinunter. Seine Gefährten taten es ihm gleich. Steine lösten sich, und als sie in die Tiefe rollten, klang es wie das Rasseln trockener Gebeine. Conan kämpfte gegen einen Schauder an. Am Fuß des Hanges angekommen, suchte Jehanan zwischen den verstreuten Steinblöcken herum und verschwand plötzlich. Gleich darauf tauchte sein Kopf wieder auf, und er winkte seinen Freunden zu. Als sie ihn erreichten, sahen sie ein längliches Bauwerk aus behauenen Steinblöcken vor sich. Sein Eingang gähnte schwarz. Conan biß die Zähne aufeinander und kroch mit den anderen in die uralte Gruft.

Nachdem seine Augen sich an die Dunkelheit hier gewöhnt hatten, sah er Jehanan, der »kommt zu mir« flüsternd als schwarzer Klecks erkennbar war. Bei ihm angekommen, verriet ihm sein Tastsinn mehr als sein Blick, daß er in einem deckellosen Sarkophag stand, der gewiß schon vor endloser Zeit ausgeplündert worden war.

Sie kletterten zu dem Shemiten hinein und mußten sich eng zusammenkauern, um Platz zu finden. Der Barbar spürte etwas Hartes gegen seinen Rücken drücken. Seine Finger fuhren einer Rundung nach, stießen auf kleine Öffnungen und zweifellos Zähne: ein menschlicher Totenschädel. Der des Mannes, den man vor uralter Zeit in diesen Sarkophag gelegt hatte? Wohl kaum. An diesem hingen noch Fleischfetzen. Irgendeine Kreatur hatte ihn vermutlich aus einem neueren Grab hierhergebracht, um ihn in Ruhe abzunagen. Mensch oder Tier?

Suchrufe hallten hin und her, Stapfen, Scharren, Knirschen unzähliger Füße waren zu hören. Die Stygier waren also bereits hier angelangt. Conan schob alle Furcht vor dem Übernatürlichen zur Seite und schätzte ihre Lage ein. Jehanans Schwert und Daris' Gürtel waren ihnen als einzige Waffen geblieben, aber die Gruft war gut zu verteidigen und es lagen genügend Steine aller Größen herum, die sie zum Werfen oder Schmettern benutzen konnten.

Die Schritte zogen sich zurück, die Rufe verstummten allmählich. Sehr sorgfältig hatten die Soldaten nicht gesucht. Das Mondlicht und die tiefen Schatten in dieser steinigen Wildnis verhinderten eine gute Sicht, aber bestimmt waren sie hauptsächlich deshalb so schnell wieder abgezogen, weil sie sich hier zu unbehaglich fühlten.

Nach einer Weile, als es still blieb, sagte Jehanan. »Wir brechen wieder auf. Wenn wir ganz leise sind und uns im Schatten halten, werden sie uns nicht sehen. Bei Sonnenaufgang kommen sie gewiß mit Verstärkung wieder, nehme ich an, aber bis dahin haben wir ein Versteck erreicht, wo sie uns wochenlang nicht finden werden.«

»Wochenlang? Ohne Wasser?« gab Conan zu bedenken.

»Wenn wir bis morgen nacht noch in Freiheit sind, führe ich euch ins Hinterland«, versprach der Shemit. »Dann kannst du uns zu deinem Boot bringen, Conan.«

11

SETS FLÜGELBOOT

Ihr Versteck war eine Nische oder vielmehr eine nicht sehr tiefe Höhle unweit vom oberen Rand einer Klippe, von unten durch ein Felssims sichtgeschützt. Der Sand, den der Wind im Lauf der Zeit in den Spalt geblasen hatte, machte eine einigermaßen weiche Lagerstatt auf dem ansonsten harten Boden. Im Lauf der Nacht wurde es immer kühler, so kauerten sich die Freunde wärmesuchend enger aneinander. Keinem von ihnen war ein ruhiger Schlaf beschieden. Ihre Alpträume wechselten einander ab, sie stöhnten, ächzten, schlugen um sich und rollten sich herum. Sie waren alle froh, als der Morgen zu dämmern begann.

Conan war als erster völlig wach geworden. Sanft befreite er sich aus Daris' Armen, die sie in ihrem Schlummer um ihn gelegt hatte, und schlich sich hinaus ins Freie. Auf dem Sims legte er sich auf den Bauch und spähte vorsichtig über den Rand. Die Sonne, die über dem Fluß aufging, färbte Styx und Osthimmel silbern. Das Schwarze Khemi und die von hier aus stumpfgrau wirkende Große Pyramide hoben sich von dem Blau im Westen ab. Unter ihm war die Kalksteinwildnis blaßgelb und stellenweise mit Purpurschatten überzogen. Soldaten kletterten dort auf der Suche nach ihnen ameisenklein herum, und obwohl sie sich bestimmt nicht schweigend verhielten, drang kein Laut von ihnen bis hier herauf. Immer öfter brachen sich die ersten Sonnenstrahlen auf dem Metall ihrer Waffen und Rüstungen.

Der Cimmerier atmete tief ein, und allmählich verblaßte die Erinnerung an die Alpträume. Was immer sie hervorgerufen hatte war in die Grüfte zurückgekehrt. Er und seine Freunde konnten sich den ganzen Tag über ungestört ausruhen und trotz Hunger und Durst ihre Kräfte wiedergewinnen. Zwar würden die Stygier ohne Zweifel versuchen, das ganze Gebiet hier abzuriegeln, aber ebenso zweifelsohne mußte es genügend Breschen in ihrem Kordon geben, daß vier entschlossene und keine Strapazen scheuende Personen wie sie unbemerkt hindurchschlüpfen konnten. Wenn es sein mußte, würden sie zwei oder drei Meilen weit über die Felder dort unten kriechen, bis die Entfernung sie vor den Soldaten verbarg. Danach war es nicht mehr sehr weit bis zur Gig, und auch keine sehr lange Fahrt zur Insel Akhbet, der *Tigerin* und Bêlit. Conan streckte seine leicht verkrampften Muskeln und lächelte.

Plötzlich spannten sich alle Sinne, und eine Verwünschung entglitt seinen Lippen.

Eine Kriegsgaleere mit Rudern wie Spinnenbeine glitt aus dem Hafen. Ihr folgte eine zweite, eine dritte – und immer mehr. In Flußmitte hißten sie die Segel, die der Westwind aufblähte, trotzdem benutzten sie auch ihre Ruder gegen die Flut und fuhren durch die Bucht seewärts.

Conan zählte die Schiffe. »Das muß ja die ganze verdammte Flotte sein!« fluchte er.

Seine Kameraden, die seine Verwünschung nun hellwach gemacht hatte, kamen heraus und legten sich neben ihn auf das Sims. »Wohin segeln sie?« fragte Falco. »Hat der Krieg gegen Ophir schon begonnen?«

»Das bezweifle ich«, antwortete Conan grimmig. »Ich glaube eher, sie suchen uns.«

»Was? Eine ganze Flotte soll hinter vier Ausbrechern her sein?« sagte Daris ungläubig.

»Ich weiß nicht warum«, brummte Conan, »aber es ist offensichtlich, daß wir einer hochgestellten Persönlichkeit sehr wichtig sind. Ich bin jetzt sicher, daß der verdammte Bursche, der mich in die Falle lockte, nicht daran gedacht hatte, seinen Herren zu sagen, wo wir das Boot versteckt haben. Auch ich erwähnte es gestern nachmittag nicht, weil ich vermutete, daß wir belauscht wurden. Denn wenn es bekannt wäre, hätten sie uns ja nur dort einen Hinterhalt zu stellen brauchen. Sie wissen jedoch, daß die Gig nicht weit entfernt sein kann. Für ihre Blokkade genügt es demnach, daß sie sich in der Nähe aufhalten, und sie können sicher sein, uns zu fassen, wenn wir aufbrechen.« Er zuckte die Schultern. »Sie erwarten bestimmt, nicht länger als ein paar Tage auf See zu sein. Und inzwischen ist es eine gute Manöverübung für die Matrosen.«

»Ich sagte ja, daß wir uns hier wochenlang verstecken könnten«, murmelte Jehanan stumpf. »Allerdings würden wir schon früher verhungern. Überlegen wir uns einen Plan, wie wir kämpfend eine ganze Menge Stygier mit in den Tod nehmen können.«

Daris schüttelte heftig den Kopf. »Nein! Wenn wir das Hinterland erreichen können, wie du behauptet hast, finden wir auch einen Weg nach – Taia.« Auch das Mädchen hatte sich inzwischen das Duzen angewöhnt.

»Da besteht nicht viel Hoffnung«, warf Falco ein. »Es wäre vermutlich einfacher, südwärts nach Kush durchzudringen, auch wenn unsere Chancen nicht sehr gut stehen.«

»Warum nicht nordwärts über den Fluß nach Shem?« fragte Conan. »Selbst in den Landesteilen, die Stygien tributpflichtig sind, würden wir zweifellos Verstecke und Helfer finden.«

Die anderen starrten ihn erstaunt an. »Ja weißt du es

denn nicht?« sagte Daris schließlich. »Westlich des taianischen Hochlands ist der Styx tödlich für alle Schwimmer. Wer versucht, ihn schwimmend zu überqueren, stirbt spätestens zwei Tage darauf an einer grauenvollen Krankheit. Selbst über eine der wenigen Furten zu waten ist gefährlich. Man muß sich sofort danach das verseuchte Wasser mit frischem abwaschen.«

»Können wir denn keinen Kahn stehlen, um damit überzusetzen?« fragte Conan verärgert.

»Die Flußwächter, sowohl an Land als auch auf dem Wasser, werden gerade darauf achten«, sagte Jehanan.

Daris sprang rasch auf die Füße. *»Das Flügelboot!«* rief sie.

Conan zog sie wieder auf den Boden herab. »Bleib liegen«, knurrte er. »Wenn du stehst, könnte man dich schon von weitem sehen!«

Ihr geschmeidiger Körper zitterte in seinem Arm, aber sie sagte fest: »Das Zauberboot, das mich hierhertrug! Ich erinnere mich, wo es vor Anker liegt. Es ist nur leicht bewacht, immer mit allem Nötigen ausgestattet und jederzeit aufbruchbereit – und es ist schneller als jedes andere Schiff oder sonst etwas ...«

Unwillkürlich klammerten sich des Cimmeriers Finger so heftig um ihren Arm, daß sie aufstöhnte. Er ließ sie sofort los, aber die Aufregung brannte sichtbar weiter in ihm. »Kannst du damit umgehen?« fragte er.

Sie nickte. »Ich habe genau aufgepaßt, schon deshalb, um mich abzulenken und nicht der Verzweiflung nachzugeben.«

»Ich auch!« warf Falco ein. »Der Zauber ist einfach, man braucht kein Magier zu sein, um ihn zu bewirken. Ganz gewöhnliche Akoluthen steuerten das Boot.«

Conan stützte das Kinn auf die Faust und blickte überlegend zum Himmel hoch. Ein Falke zog dort seine Kreise. Schließlich nickte er. »Ja, das scheint unsere beste Chance zu sein. Wenn wir uns damit nicht seewärts halten können, fahren wir nach Taia und suchen die Rebellen. Wir drei Ausländer werden von ihnen bestimmt Hilfe bekommen, damit wir uns auf unsere weitere Reise machen können: über Land nach Ophir, und dann Jehanan und ich weiter nach Argos, wo wir uns ein Boot nehmen, um zu unserem Treffpunkt mit Bêlit zu gelangen.«

»Ich habe eine noch bessere Idee«, warf Falco ein. »Da wir schneller sein werden als jede Botschaft von Khemi, können wir in Luxur Halt machen und in Lord Zarus Gesandtschaft Zuflucht finden. Nachdem er weiß, was ich in Erfahrung gebracht habe, wird er mit der nächstbesten Entschuldigung nach Hause zurückkehren. In Verkleidung gehen wir an Bord seines Schiffes. An der Insel setzt er dann euch beide ab. Daris kann natürlich das Flügelboot mit nach Hause nehmen. Ihre Leute werden es sicher recht nützlich finden.«

»Wir lassen uns das alles noch einmal durch den Kopf gehen, wenn wir das Boot erst haben«, bestimmte Conan. »Jetzt, jedenfalls, sollten wir die Gelegenheit nutzen, uns gründlich auszuruhen und richtig zu schlafen.«

Bewunderung leuchtete in Daris' Augen für ihn auf. »Wie du meinst«, murmelte sie. »Dir verdanken wir, daß wir fliehen konnten. Wie kam es dazu?«

Conan, der sich gern in der Bewunderung einer schönen Frau sonnte, kehrte mit ihnen in die Höhle zurück und erzählte. Atemlos hörten sie ihm zu, obgleich Jehanan neue Seelenqual zu seinen Schmerzen litt, und Falco zutiefst errötete.

Als der Cimmerier geendet hatte, nickte der Shemit. »Ja«, sagte er mit tonloser Stimme. »Jeder in Khemi hat von Nehekba gehört und wie gut sie mit Tothapis, dem

Zauberpriester Sets, zusammenarbeitet. Ich ahnte es natürlich nicht, aber ja, sie muß meine grausame Heterka gewesen sein – und deine Senufer, Falco.«

»Nein!« rief der Junge. »Unmöglich! Wenn – wenn ihr sie auch nur ein einzigesmal gesehen hättet, würdet ihr es verstehen.«

»Wie haben diese Frauen denn ausgesehen?« fragte Daris geschickt.

Aber was sie gehofft hatte, schlug fehl, denn keiner ihrer drei Gefährten war imstande, eine genaue Beschreibung geben zu können. Es entstand lediglich das vage Bild einer stygischen Aristokratin von bemerkenswerter Schönheit. Der einzige Hinweis, daß es möglicherweise ein und dieselbe Person gewesen sein konnte, war der Spiegeltalisman, den außer Conan auch Jehanan erwähnte.

»Aber meine Senufer hat so was nie getragen!« triumphierte Falco. »Na, seid ihr jetzt zufrieden?«

Der Cimmerier gab auf. Im Augenblick spielte es sowieso keine Rolle. Und vermutlich würde der Ophit ein wenig erfahrener und weiser geworden sein, bis er eine Gelegenheit bekam, seine Liebste aufzusuchen. Viel wichtiger war gegenwärtig die Einigkeit ihres kleinen Trupps. Obgleich der Plan vielversprechend war, nahm Conan durchaus nicht an, daß die Erbeutung des heiligen Fahrzeugs gefahrlos oder einfach sein würde.

Sie brachen auf, kurz ehe der Mond sich am Himmel zeigte. Obwohl sie den ganzen Tag weder zu essen noch zu trinken gehabt hatten, fühlten sie sich völlig bei Kräften und waren auch geistig hellwach. Jeder von ihnen hatte ausgesprochen scharfe Sinne, und jeder hatte schon irgendwo in der Wildnis gejagt und Raubtiere aufgespürt. Anfangs kamen sie sehr schnell vorwärts, dann mußten sie Zoll um Zoll weiterkriechen. Als der Mond den Dunstschleier durchdrang, der ihm einen rötlichen Schein verliehen hatte, hatten sie den stygischen Kordon hinter sich und standen im Schatten einer Mauer.

»Das Flügelboot hat seinen eigenen überdachten Kai an einem kurzen Kanal, der extra für ihn ausgehoben worden sein mußte, westlich der Stadt«, erklärte Daris. »Eine Doppelreihe von Monolithen führt zu einem Ausfallstor. Ich las schreckliche Flüche gegen Unbefugte auf ihnen, als man mich durch sie hindurchführte. Wachen gab es, jedenfalls damals, nur vier.«

Conan schüttelte sein Unbehagen über diese Verfluchungen ab. Jeder konnte, wenn er wollte, eine Drohung in Stein meißeln, und die Stygier waren ihrer Priesterschaft absolut gehorsam. Hätten sich die Zauberer tatsächlich Sorgen um ihr Fahrzeug gemacht, würden sie den Weg durch Flammen, Schlangen oder etwas ähnlich Tödliches geschützt haben. Daran mußte er glauben und ansonsten – Mitra vertrauen.

Nun führte er seinen kleinen Trupp südwärts, weil sie es nicht wagen konnten, das Hafengebiet zu durchqueren. Die verschlossenen Tore und der Bann auf dem Landverkehr müßten ihnen helfen, unentdeckt zu bleiben, wenn sie sich dicht an den Fuß der Mauer hielten, während sie den Umweg um die drei befestigten Seiten machten. Zwar war der Mond zu hell für seinen Geschmack, aber die Schatten, die er westwärts warf, würden ihnen zumindest hier nutzen.

Etwa in der Mitte der ersten Mauer war das Fallgatter vor dem Tor heruntergelassen. Conan erwartete nicht, daß dort nach Einbruch der Dunkelheit noch Posten stünden. Sie würden sicher oben in den Türmen, links und rechts des Tores, Wache halten, und wenn sie überhaupt irgend etwas außerhalb beobachteten, dann am ehesten den Horizont. Trotzdem ermahnte er seine Gefährten zu doppelter Vorsicht, als sie am Fallgatter entlangschlichen.

Ein Zischen ließ ihn zusammenzucken. Der Mondschein glitzerte auf den Schuppen einer riesigen Schlange, die sich zwischen den Gitterstäben hindurchwand. Mit aufgerissenem Rachen, die Zunge vor und zurück schnellend, glitt sie auf ihn zu. In einem mannshoch erhobenen Schädel glimmten lidlose Augen.

Jehanan zog seine Klinge. Daris wisperte erschrocken: »Einer von Sets Pythons, der des Nachts auf Beutefang geht. Wir können schneller laufen, als er kriechen kann.«

»Nein, zu euren beiden Vorhaben«, flüsterte Conan zurück. »Sowohl auf die eine, als auch die andere Weise würden wir zuviel Lärm verursachen. Drückt euch an die Wand und verhaltet euch völlig ruhig!«

Er selbst blieb ebenfalls reglos stehen wie ein Stygier, der ergeben hinnimmt, daß er gewürgt und verschlungen würde. Wieder zischte die Schlange und kroch näher, und plötzlich warf sie sich blitzschnell vorwärts, um ihre Fänge in ihn zu stoßen und sich um ihn zu wickeln.

Conans Faust traf mitten in der Luft den Pythonschädel unmittelbar über den Kiefern. Der Aufprall war kaum zu hören, aber der Schmerz für die Schlange an dieser empfindlichen Stelle groß. Zu Serpentinen gekrümmt wich sie zurück. Aber die Hoffnung, daß sie nun fliehen würde, schwand, denn im Herumwinden erspähte sie Daris. Der mannsdicke Leib glitt auf sie zu.

Conan sprang. Er warf sich auf den kalten Nacken – die einzige Stelle, wo keine zermalmende Windung des Pythons ihn erreichen konnte. Seine Beine umklammerten das Reptil. Mit den Händen faßte er den Unterkiefer und drückte es nach unten. Die Schlange peitschte wild um sich, aber das Ganze ging lautlos vor sich.

Jetzt war ein leises Knacken zu hören. Conan hatte den

vorderen Teil der Kinnlade losgerissen. Noch fester umklammerten seine Beine den immer heftiger peitschenden Körper, während er die blutende Kinnlade über den Oberkiefer hochzerrte. Mit aller Kraft hieb er die Zähne der Schlange in ihren eigenen Schädel. Der Hieb stieß sie durch Schuppen und Knochen ins Reptilgehirn.

Mit knapper Not entging er dem sich immer noch windenden Leib, als er sich vom Nacken warf. Er schlug auf, rollte sich herum und sprang heftig atmend auf die Füße. Mochte doch das tote Riesenreptil bis zum Morgengrauen um sich schlagen – wenn das stimmte, was er über Schlangen gehört hatte. Die Wachen, die es sahen, würden bestimmt nicht herunterkommen, um nachzusehen, weshalb der Python es tat.

Conan kam wieder zu Atem und schlich an der Mauer entlang weiter. Die anderen drängten sich um ihn. Finger und Augen erkundigten sich stumm und besorgt, wie es ihm ging. Als Antwort nickte er nur kurz beruhigend und schritt lautlos schneller voran. Und so umrundeten sie die Südostecke, die Südmauer, die Südwestecke und kamen nordwärts.

Schatten hüllten die Westseite Khemis bis zum Ackerland ein, das sich grauweiß im Mondlicht erstreckte. Der Bootskanal lag näher als die Felder. Conan vermied es, auf den beleuchteten Boden zu blicken, um seine Augen der nächtlichen Dunkelheit anzupassen und dadurch seinen Blick zu schärfen. Er spähte hinunter auf den tief eingeschnittenen Kanal. Wie mattes Silber ruhte sein Wasser im Sternenlicht. An seinem Ende lag der Kai mit einem Dach auf schrägen Stützen. Nur die Umrisse vermochte er zu erkennen, genau wie die der vom Ufer zu einem Tor in der Stadtmauer führende Doppelreihe von Monolithen, die Daris erwähnt hatte.

Er winkte seine Kameraden näher zu sich. »Wir müssen entweder so gut wie lautlos oder sehr schnell vorgehen, oder beides, wenn möglich«, flüsterte er, »denn jedes ungewöhnliche Geräusch wird die Wächter von den Türmen herbeirufen. Folgt mir dichtauf, aber unternehmt nichts, ehe ich es euch sage.«

»Oh – du allein?« Sorge sprach aus Daris' zitternder Stimme. Ihre Finger umklammerten sein Handgelenk.

»Nein, wir alle zusammen«, antwortete er. »Aber wir müssen bedacht vorgehen. Also achtet auf mich. Kommt!«

Er mied die bergab führenden Stufen und glitt wie ein Tiger auf Jagd den Hang zum Kai hinab. Schon bald konnte er das dort angelegte Schiff als längliche, metallisch schimmernde Form sehen, mit einem seltsam langschnäbeligen Reptilschädel als Galionsfigur am hohen Bug. Tief geduckt schlich er näher. Vier Wachen entdeckte er. Zwei standen mit ihren Speeren auf die Planken gestützt, die beiden anderen saßen auf einer Bank in der Nähe. Sie waren alle jung und stämmig, aber keine Soldaten, sondern mit ihren kahlgeschorenen Schädeln und den schwarzen Tuniken zweifellos Akoluthen.

Conan schlich lautlos hinter die beiden Sitzenden. Er erhob sich. Seine mächtigen Pranken packten ihre Köpfe und schlugen sie gegeneinander. Ein Knacksen war zu vernehmen und die zwei erschlafften.

Die stehenden Wächter wirbelten herum. Conan schwang sich über die Bank. Einer der Stygier stieß mit dem Speer nach ihm, aber der Cimmerier war zu flink. Die Handkante der Rechten glitt am Schaft vorbei und brach dem Akoluthen das Genick. Er sackte zusammen und wäre ins Wasser gestürzt, hätte Conan ihn nicht zurückgerissen und auf den Boden gelegt.

Dazu brauchte er natürlich, wenn auch nicht viel, so doch ein wenig Zeit – trotzdem hatte der vierte Wächter nicht um Hilfe geschrien. Conan sah, weshalb. Daris hatte ihm ein Knie auf den Nacken gedrückt, ihren Gürtel um seinen Hals geschlungen und zog ihn jetzt zu. Zwar fehlte ihr die Kraft, den Mann zu erdrosseln, aber zumindest konnte er nicht brüllen, und seine Füße, mit denen er wild um sich schlug, machten bestimmt nicht genügend Lärm, daß man es an der Stadtmauer gehört hätte. Und jetzt eilte Jehanan mit dem Schwert in der Hand herbei und machte ein Ende mit ihm.

Conan hatte nicht die Absicht, die beiden zu rügen, weil sie nicht auf seine Anweisung gewartet hatten. Sie hatten ihre Sache gut und schnell gemacht, und Eile war ungemein wichtig. Er winkte seinen Kameraden zu, die Waffen einzusammeln und an Bord zu kommen.

Unter anderen Umständen wäre es ihm sicher gar nicht so leicht gefallen, selbst dieses Schiff zu betreten. In einer Kristallkugel von der dreifachen Größe eines Menschenschädels am Heck glühte und flackerte Feuer. Das Metall des Decks fühlte sich kalt an und gar nicht so beruhigend wie warmes gewachsenes Holz. Vor dem Deckhaus, dessen unbeleuchtete runde Fenster an leere Augenhöhlen erinnerten, erhob sich die furchterregende Galionsfigur.

Doch wenn er nur auf diese Weise und über Umwege zu Bêlit zurückkehren konnte, durfte er nicht zögern. Er hatte vorgeschlagen, geradewegs in See zu stechen, aber Falco und Daris hatten es nicht für klug gehalten. Die Flottenschiffe würden dieses Boot ohne alle Zweifel sichten und auch erkennen, daß es nicht die übliche Besatzung hatte. Und wenn das Flügelboot auch schnell war, war es doch nicht flink genug, um von Katapulten geschleuderten Steinen oder Flammengeschossen zu entgehen. Es war nicht einmal sicher, daß die Magie, die es betrieb, auch noch weit außerhalb von Stygien wirksam war. Es hatte nämlich ganz den Anschein, als wäre Sets

Macht über dem Ozean gering. Also mußten sie landeinwärts fahren.

»Übernimm, Daris«, sagte Conan leise. »Und du, Falco, gehst mit ihr und löst sie später ab. Jehanan, hilf mir ablegen.«

Daris' Augen weiteten sich in nicht ganz zu unterdrükkender Furcht vor dem Übernatürlichen, aber sie nahm all ihren Mut zusammen und stellte sich vor die Kristallkugel. Sie sprach das Wort und beschrieb die Geste, genau wie sie sie sich gemerkt hatte. Der Junge paßte gut auf. Fast lautlos glitt das Boot vom Kai und mit dem Heck voraus durch den Kanal in den Fluß. Dort drehte es den Bug dem Mond zu und breitete die Flügel aus. Es wurde schneller und hob sich so weit aus dem Wasser, daß es die Oberfläche kaum noch berührte. Die durchschnittene Luft pfiff. Khemi blieb zurück.

Conan unterdrückte seine heimliche Angst und machte sich daran, sich auf dem Boot umzusehen. Jehanan teilte er als Ausguck ein. Der Mondschein und das jetzt hellere Dämonenfeuer beleuchteten das Deck. Das Deckhaus, stellte Conan fest, hatte zwei Kabinen, in denen er Laternen fand und Feuerstein und Stahl, um sie anzuzünden. Kombüse gab es keine, aber mehr als ausreichend Proviant, verschiedenerlei Kleidungsstücke, Waffen und Instrumente, wie er sie nie zuvor gesehen hatte und über die er auch gar nichts Näheres wissen wollte. Zuerst dachte er daran, sie über Bord zu werfen, doch dann hielt er es für besser, sie überhaupt nicht zu berühren.

Mit der Zeit wurde er ruhiger, ja sogar glücklich. Eine Nacht, einen Tag und noch eine Nacht bis Luxur – ein Pfeil oder ein galoppierendes Pferd schaffte es vielleicht genauso schnell oder schneller, aber wer konnte schon einen Pfeil über tausend Meilen schießen? Oder welches Pferd vermochte diese Strecke ohne Rast zurückzulegen?

Begeistert belud er ein Tablett mit Zwieback, Käse, Rosinen, Wein und Wasser. Zuerst ließ er Jehanan sich davon bedienen, dann trug er es zum Heck. Nachdem auch Daris und Falco sich genommen hatten, gestattete er sich einen tiefen Schluck und begann genußvoll zu kauen. Als er satt war, erkundigte er sich, wie das Zauberschiff zu lenken war. Die beiden führten es ihm vor. Dabei achtete er nicht weniger auf Daris als auf das Schiff. Wie sehr das Mädchen Bêlit ähnelte! Wie gut sie im Mondschein und im Besitz ihrer Freiheit aussah!

Tothapis, dem man die Jahre bisher nicht angesehen hatte, wirkte plötzlich erschreckend gealtert. Er drückte sich an die Rückenlehne seines Thrones, als könne der Kobrabaldachin ihn schützen, und wisperte schwer: »Sie sind uns also entkommen. Sie haben das Unmögliche fertiggebracht. Sie haben Sets Boot entführt und sind unterwegs nach – Taia.«

»Wie könnt Ihr so sicher sein?« fragte Nehekba.

Sie zweifelte nicht, daß er es nicht durch seine geistige Sicht wußte. Nachdem sein Gott ihm die Position des Korsaren mitgeteilt hatte, hatte der Zauberer die Galeere aus der Ferne mit Hilfe seiner Magie verfolgt, doch als dann Amnun an Bord genommen wurde, gab er die Überwachung auf, denn sie war sehr anstrengend für ihn. In seiner Eile, Conan gefangenzunehmen, hatte er vergessen, Amnun nach Bêlits Plänen zu fragen. Und einen Agenten, den er im Leben mit Schutzzauber gegen feindliche Magie bedacht hatte, konnte er nicht zum Befragen als Ghul aus dem Tod zurückholen. Die Chance, seine Feinde mit seiner geistigen Sicht aufzuspüren, war gering, weil er nicht wußte, wo er genau suchen mußte. Es würde ihn außerdem viel Kräfte kosten und zeitraubend sein – und gerade Zeit hatte er in seiner Lage nicht.

»Wer anders denn Conan könnte mit bloßen Händen, und lautlos noch dazu, drei starke Männer töten, nachdem er einen dem Herrn des Universums heiligen Python ebenfalls mit bloßen Händen umgebracht hat?« Tothapis erschauderte. »Und ich spüre die Vorsehung am Werk – die Mächte des Himmels selbst. O Set, steh deinen treuen Dienern bei! Gib uns Kraft gegen die gnadenlose Sonne!«

»Und Ihr glaubt wirklich, daß er nach Taia unterwegs ist? Haltet Ihr es nicht für wahrscheinlicher, daß er in See gestochen ist?«

Tothapis' schüttelte müde den kahlen Schädel. »Ich wollte, er hätte es versucht. Das Boot würde bald hilflos mit den Wellen treiben, die sein Feuer zum Erlöschen bringen. Nein, er muß sofort in die entgegengesetzte Richtung aufgebrochen sein – seiner Bestimmung entgegen.«

Nehekbas Miene wirkte nicht gerade ehrerbietig, als sie fragte: »Weshalb habt Ihr mit Eurem geistigen Blick nicht den Strom abgesucht, dann hättet Ihr ihn doch finden müssen?«

»Wißt Ihr denn nicht, daß ungeheuerlich mächtige Zauberer das Flügelboot erbauten? Solange es sich auf dem Fluß aufhält, dessen Seele es verkörpert, kommt keine Magie dagegen an oder vermag es aufzuspüren.«

Nehekba, die immer noch von Conans Behandlung mitgenommen war, sagte mit einer Stimme, aus der Gift zu spritzen schien: »Da es für die Augen von Sterblichen sichtbar und für ihre Hände berührbar ist – ja, und von Sterblichen gestohlen werden kann –, muß ihm doch durch normale Kräfte beizukommen sein.«

Tothapis blickte sie lange an. Ein bißchen Hoffnung kehrte in ihn zurück. Er hob den Kopf und straffte sogar seine Schultern ein wenig. »Was wollt Ihr damit sagen?«

»Wir wissen in etwa, wann diese Verbrecher Khemi verließen«, antwortete die Hexe. »Wir wissen, wie schnell das Boot ist. Wir können demnach ausrechnen, wie weit sie inzwischen im Höchstfall gekommen sind. Mein Lord, benutzt Eure Fähigkeiten, setzte Eure Macht über gewisse Tiere ein. Euer Geist kann mit Gedankenschnelle dahinfliegen und einer Herde Behemoths stromaufwärts Befehle erteilen. Die schweren Flußpferde sollen sich in den Styx begeben und dem Boot auflauern. Sobald es in ihrer Höhe ist, brauchen sie es nur von unten und den Seiten mit ihrem Gewicht und den mächtigen Hörnern zu zerschmettern und Conans Knochen im Schlamm zu zertrampeln.«

Tothapis überlegte. »Dadurch würde auch das unersetzbare Boot zerstört werden«, murmelte er.

»Wenn Set sich nicht getäuscht hat – und alle magischen Anzeichen weisen darauf hin, daß das nicht der Fall ist –, würde die Erfüllung der Bestimmung dieses Rüpels uns viel mehr kosten.«

Der Zauberer überlegte weiter. Sein Blick verlor sich im Schatten. Schließlich sagte er: »Nein. So gewaltig diese Behemoths auch sind, wurden sie doch schon oft von Harpunierern in Riedbooten getötet. Bedenkt doch, welches Unheil diese vier bereits anrichteten, welche Mittel ihnen nun zur Verfügung stehen, und die Tatsache, daß sie in die ihnen vom Schicksal bestimmte Rolle immer stärker hineinwachsen. Nein, die Flußpferde würden sie nicht aufhalten können, und ich hätte nur unwiederbringbare Zeit und kostbare Kräfte vergeudet.«

»Wollt Ihr vielleicht einfach abwarten, bis dieser – Affe den Sieg davonträgt?« schrillte Nehekba mit sich fast überschlagender Stimme.

Tothapis betrachtete sie. »Ihr haßt ihn wohl sehr?«

»Nach dem, was er mir angetan hat, wird mir die Rache

mehr bedeuten als der größte Rubin.« Die Hexe bemühte sich um ihre Fassung. »Affe nannte ich ihn. Ein wildes Tier, ja, das ist er, damit hatte ich recht. Aber es war falsch, was ich Euch vorschlug. Rohe Kraft und tollkühner Mut sind das, was ihn auszeichnen. Wir müssen ihn auf einer anderen Ebene bekämpfen.«

Ihr Lachen war bitter. »Mein Lord, er hat uns einen solchen Schrecken eingejagt, daß wir schon fast so hirnlos handeln wie er. Laßt uns unseren Verstand benutzen. Ihr habt es getan, als Ihr Ramwas und einen Homunkulus nach Luxur geschickt habt. Nie wird ein Einsatz sich so bezahlt machen wie dieser.«

»Was meint Ihr damit?« fragte Tothapis scharf.

»Unsere Feinde werden in Luxur haltmachen«, erklärte Nehekba aufgeregt. »Falco wird darauf bestehen. Seht Ihr, wie klug es war, ihn näher kennenzulernen? Er wird argumentieren, daß Zarus gewarnt werden muß, und außerdem, daß der Gesandte sie ohne Schwierigkeiten aus dem Land schmuggeln kann. Conan dürfte zustimmen, da er annehmen wird, sie seien selbst der schnellsten Brieftaube voraus und keine Botschaft könne vor ihnen in Luxur ankommen. Aber Ihr seid imstande, Ramwas direkt zu benachrichtigen und ihm zu befehlen, die ophireanische Gesandtschaft heimlich zu überwachen und auf die vier vorbereitet zu sein.«

Tothapis war der Begeisterung so nahe, wie es für ihn überhaupt möglich war. »Bei der Unterwelt, ja! Das werden wir tun!« Ein Schatten der Angst huschte plötzlich über seine Züge. »Aber wenn der Barbar durch irgendeinen verfluchten Zufall doch unserer Falle entgeht ...«

»Vergeßt mein Federkleid nicht«, sagte Nehekba. »Als Vogel getarnt, werde ich ostwärts aufbrechen. Ich werde schneller sein als das Flügelboot, und Zauber helfen mir, unermüdlich durch die Lüfte zu fliegen. Ich dürfte nicht viel später als das Boot in Luxur ankommen, dann werde ich über ihnen schweben und sie beobachten.«

»Aber Euch fehlt die Möglichkeit, Euch Geist zu Geist mitzuteilen«, gab er zu bedenken.

»Und wenn schon. Dafür fehlt mir die Intelligenz nicht, das Richtige im rechten Augenblick zu tun, um Conans Tod herbeizuführen!« Ihre Finger krümmten sich wie Krallen.

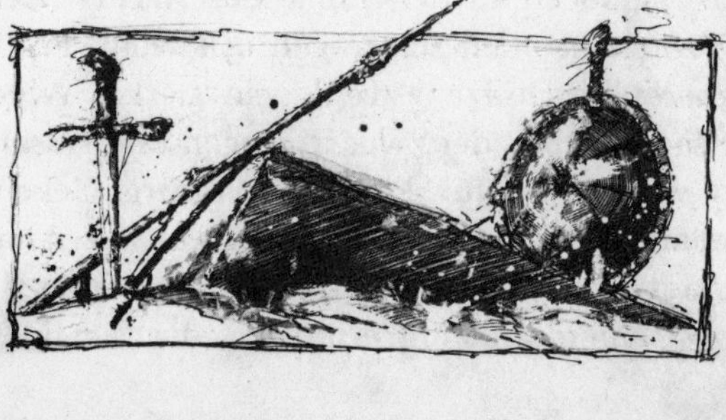

12

DIE STADT DER KÖNIGE

Luxur lag etwa hundert Meilen südlich des Styxes. Vor langer Zeit war hier einmal die Oase kriegerischer Nomaden gewesen. Nachdem ihr Häuptling ringsum das ganze Land erobert und die erste Dynastie gegründet hatte, hielt er die Lage der Oase für einen Königssitz als ideal. Im Laufe der Zeit überwuchs die Stadt die Oase, aber Bewässerungsgräben ermöglichten den Ackerbau außerhalb der Stadt, und ein Kanal für die Schiffahrt verband sie mit dem Fluß. Der Handel blühte. Das Kommen und Gehen von Fremden hielt sich in bemessenen Grenzen, war jedoch nicht geradezu verboten wie in Khemi. Außer Besuchern aus jedem Teil des weiten Landes kamen auch Shemiten, Kushiten, Keshani und noch exotischere Menschen nach Luxur. Hin und wieder brachten Schiffe Waren aus dem fernen Argos oder Zingara. Um einen Profit, der der Mannschaft selbst die trostlosen Gasthäuser erträglich machte, ruderten sie den weiten Weg flußaufwärts.

Das Flügelboot glitt den Kanal des Nachts hoch, um keine Aufmerksamkeit zu erregen. Als wollte er die vier Abenteuerer beschützen, wehte ein starker Wind den Wüstensand herbei, der zwar in Augen und Nase unangenehm war, aber dafür den Mond verbarg. Gegen Morgen erstarb er allmählich. Inzwischen waren sie der Hauptstadt schon sehr nahe, in einer Gegend, an die sich Falco von einem Ausflug erinnerte, der den Gesandtschaftsangehörigen erlaubt worden war. Das Land fiel hier sanft zum Kanal ab, und es hatte sich eine Marsch mit dichtem Riedbewuchs gebildet, in dem viele Vögel nisteten. Sie legten das Boot im Ried an, wo es sowohl von der Landseite als auch vom Kanal gut verborgen war.

»Sehen wir zu, daß wir weiterkommen«, sagte Conan ungeduldig. »Und vergiß nicht, Junge, wenn du in drei Tagen immer noch nichts von uns gehört hast, dann versuch nicht den Helden hier zu spielen, sondern sieh zu, daß du weiter nach Taia kommst, Daris' Vater, Ausar, findest und ihm erzählst, was du weißt. Laß dir von ihm helfen, oder hilf du ihm, wie auch immer.«

»J-ja«, versprach der Ophit mit leicht zitternder Stimme. »Aber – kehrt zurück! Mögen Mitra und Varuna euch beschützen!«

Auf ihrer Schiffsreise hatte er sich nicht nur ausgeruht und erholt wie seine Kameraden, sondern geradezu eine Heldenverehrung für den mächtigen Cimmerier entwikkelt. Auch Daris' Blick ruhte oft sehnsuchtsvoll auf ihrem Führer, und wenn er sie anredete, war sie ungewohnt scheu, ja verlegen. Jehanan verhielt sich meist schweigend und in sich gekehrt, tat jedoch seinen Teil der Arbeit und bemühte sich, sich seine Schmerzen nicht anmerken zu lassen. Es war eine recht ungewöhnliche Reise durch manchmal völlig kahle, öde Landschaften gewesen und manchmal durch üppige, fruchtbare Landstriche. Jedes Schiff, dem sie begegneten, ob nun Barke, Feluke oder Kanu, wich ihrem unheimlichen Boot aus, und kein Rudergänger wagte ihnen einen Gruß zuzurufen, wie es sonst bei aneinander vorüberfahrenden Schiffen üblich war. Leibeigene an Land, die das Flügelboot sahen, ließen ihre Herden, oder ihre Harken und Hacken im Stich und rannten von den Schwingbrunnen weg, um sich in Sicherheit zu bringen. Der kleine Trupp an Bord jedoch hatte die Zeit recht friedlich verbracht, und drei davon waren gewöhnlich sogar bei Wein, Gesang, Unterhaltung und der Hoffnung auf eine gute Zukunft recht vergnügt gewesen.

Jetzt war die Zeit zu handeln gekommen, außer für Falco, der an Bord bleiben mußte, um auf das Boot aufzupassen, hauptsächlich aber, weil es möglich wäre, daß man ihn auf dem Weg zur Gesandtschaft erkannte. Wenn alles gutging, konnten seine als Diplomaten imunen Landsleute ihn nach Sonnenuntergang mit einem gefälschten Paß abholen und ihn durch eines der Tore in die Stadt bringen. In der Dunkelheit würden seine Züge nicht auffallen. Zu dieser ersten Erkundung nahm Conan Daris und Jehanan mit, denn allein würde er trotz seines Kaftans auffallen. Begleiteten ihn jedoch ein Shemit und ein Taianer, deren Rassenmerkmale unverkennbar waren, würden die Menschen auf der Straße annehmen, sie gehörten einer Karawane an. Nicht alle Taianer rebellierten. Einige, die Nachkömmlinge von Sklaven oder Bediensteten, kannten ihre heimatlichen Berge überhaupt nicht. In Kleidung wie Conans und Jehanans konnte man Daris durchaus für einen bartlosen Jüngling halten.

Sie hatten sich die Gesichter geschrubbt und Conan seines geschabt. Ansonsten mußten sie sich darauf verlassen, daß ihre Kaftane den Schmutz verbargen, der unausbleiblich gewesen war, da sie nicht gewagt hatten, dem Styx Waschwasser zu entnehmen, und mit dem bißchen Trinkwasser an Bord mußten sie sparsam umgehen. Aber da sie sich fast die ganze Zeit im Freien in trockener Luft aufgehalten hatten, konnten sie sich zumindest noch riechen.

Conan schüttelte Falcos Hand. »Danke«, murmelte er. »Mögen die Götter auch dich beschützen. Mach dir keine übermäßigen Sorgen. Was sein wird, wird sein. Wichtig ist, daß wir uns dem Schicksal unerschrocken stellen.«

Er schwang sich über die Reling und sprang an Land. Seine Gefährten folgten ihm. Als sie die Marsch hinter sich und festen Boden erreicht hatten, kamen sie durch eine Pferdekoppel zu einem Weg, der parallel mit dem Kanal verlief und an dessen Ende Türme in den Südhorizont ragten. Die aufgehende Sonne färbte das Grau des Morgens. Eine Schar Enten hob sich lärmend aus der Marsch. Zwischen Feldern, Palmenhainen und Bewässerungsgräben waren immer wieder kleinere Ansammlungen von Lehmhütten zu erkennen. Im Südwesten und Südosten stieß die Wüste vereinzelte dürre Sandkeile in das Grün. Die Luft war noch angenehm erfrischend, erwärmte sich jedoch schnell.

Nach einer Weile sagte Conan: »Falco beschrieb uns zwar genau, wie wir auf kürzestem Weg zur Gesandtschaft kommen können, aber wir sollten uns ihr lieber nicht direkt und zu entschlossen wirkend nähern, sondern so tun, als wären wir Karawanenführer, die sich ein wenig Zeit genommen haben, um sich die Stadt anzusehen, und eine Möglichkeit suchen, wie sie auf angenehme Weise ein wenig ihres schwerverdienten Geldes anlegen können. Durch eine Stadt wie diese kommen gewiß jedes Jahr viele, die das sind, was wir zu sein vortäuschen.«

»Mach dich auf keinen allzu freundlichen Empfang gefaßt«, sagte Jehanan barsch. »Diese Schlangenanbeter sind nicht wie Städter anderswo. Wer weiß, ob sie überhaupt ganz menschlich sind?«

»O doch«, versicherte ihm Daris. »Einige von ihnen haben dich und deinesgleichen mißhandelt und mißbraucht, genau wie sie es mit meinen Landsleuten taten. Aber ich habe einige recht nette Stygier kennengelernt –

und es soll viele wie sie geben –, anständige Menschen, die sich kaum von uns unterscheiden, die schwer arbeiten, um die hohen Steuern bezahlen zu können und trotzdem ihren Familien ein einigermaßen annehmbares Leben zu ermöglichen. Und was haben diese bedauernswerten Leibeigenen und Arbeiter, wie wir sie unterwegs sahen, je jemandem angetan? Die gewöhnlichen Stygier leiden am meisten unter ihren anmaßenden Edlen und den fanatischen Priestern.«

Conan brummte etwas vor sich hin. Er hielt nichts von diesen feinen Unterscheidungen. Nach seiner Weltanschauung war – mit Ausnahme von einigen, für die er zuzeiten echte Kameradschaft empfand – ein jeder gegen jeden. Im besten Fall herrschte aus Zweckmäßigkeit eine Art Waffenstillstand, der jedoch beim geringsten Anlaß gebrochen werden mochte. Das bedeutete natürlich nicht, daß die Menschen nicht miteinander arbeiten, handeln, Freud und Leid teilen, einander mögen und respektieren konnten. Es hatte ihm so manchesmal leid getan, bestimmte Männer töten zu müssen, aber er hatte darüber keinen Schlaf verloren. Ewiger Kampf gehörte eben zum Leben.

Luxur kam in Sicht. Die Stadtmauer war aus gelbem Sandstein. Sie wirkte trutzig, doch nicht finster und unheimlich wie die Khemis. An schräg über die Zinnen hängenden Fahnenmasten flatterten Standarten. Beide Torflügel waren weit offen, zwar standen Soldaten Posten, aber sie kümmerten sich nicht um den Verkehr, der inzwischen sehr rege geworden war: Passanten, Karren, Sänften, Streitwagen, Pferde, Ochsen, Esel, Kamele drängten sich in beide Richtungen. Leibeigene und Feldarbeiter, nur mit Lendentüchern bekleidet, waren zu sehen, Viehtreiber in zerlumpten Kitteln, Wüstennomaden in weißen und schwarzen Burnussen, Kaufleute in farbenprächtigeren Roben, Kurtisanen in Schleiergewändern, Soldaten, Trödler, fahrendes Volk, Hausfrauen, Kinder, Ausländer – ein kunterbuntes Durcheinander. Sie hasteten, rempelten einander an, unterhielten sich, keiften, fluchten, lachten, wurden zudringlich, feilschten, schmiedeten Ränke, brüllten, heulten und pfiffen. Es war ein Höllenlärm zwischen den hohen, lehmfarbenen Hauswänden, von deren Balkonen Wäsche zum Trocknen hing. Die zum größten Teil mit Kopfsteinen gepflasterten Straßen waren schmutzig, wie üblich in den Städten, und alle möglichen Gerüche – nach Rauch, Fett, Dung, Braten, Ölen, Schweiß, Parfüms und Rauschgift – hingen in der Luft.

Conan und seine Begleiter bahnten sich gemächlich einen Weg durch das Gedränge. Ein Monument – die Statue eines alten stygischen Königs auf einem hohen Piedestal, der auf den gebeugten Nacken eines Shemiten und Kushiten stand – wies ihnen den Weg zur Straße der Weber. Die Handwerker saßen mit überkreuzten Beinen hinter ihren Verkaufsständen und streckten den Vorübergehenden ihre Stoffe entgegen und priesen deren Qualität. Hier war kein so großes Gewühl, und die drei kamen etwas schneller voran, obgleich sie so taten, als ließen sie sich Zeit und bestaunten alles, was sie sahen.

»'allo, 'allo«, rief jemand. Conan blickte über die Schulter und sah, daß ihnen ein Mann in schäbigem Kaftan nachlief. Er trug allerlei Krimskram bei sich: roh geschnitzte Spielzeugkamele hielt er in den Händen, und lange Ketten aus aneinandergereihten Knöchelchen baumelten von seinen Armen. Als er die drei fast erreicht hatte, wandte er sich auf argossanisch an Conan: »Willkommen in Luxur. Seid Ihr von Argos?«

»Nein«, antwortete Conan kurz.

»Ah, aus Zingara!« Er wechselte in ein Kauderwelsch

über, das einige Brocken Zingaranisch mit auffallendem Akzent enthielt. »Schönes Zingara. Nehmen Souvenir heim.«

»Nein«, wehrte Conan auf stygisch ab. »Ich habe nicht die Absicht, etwas zu kaufen.«

»Oh, Ihr sprecht unsere Zunge!« rief der Straßenhändler nun ebenfalls in stygisch aus. Er lächelte über das ganze verwitterte Gesicht. Das Lächeln verlor jedoch durch die schwarzen Zahnstummeln und die Lücken dazwischen. »Dann seid Ihr wohl ein Weltreisender, und als solcher wißt Ihr sicher gute Ware zu schätzen. Hier, seht Euch dieses Kamel an! Kunstfertige Arbeit.« Er drückte es Conan in die Hand. »Nur fünf Lunar.« Das war eine Kupfermünze in der stygischen Währung.

»Ich will es nicht.« Conan versuchte, die Schnitzerei zurückzugeben, aber der Händler hatte die Finger hinter den Rücken genommen.

»Vier Lunar«, ging der Zahnlückige herunter.

»Nein, bei Crom!« Conan mußte sich beherrschen, um nicht die Axt unter dem Kaftan hervorzureißen.

»Für vier Lunar gebe ich Euch zwei Kamele, die Ihr Euren Kindern mitbringen könnt.«

»Ich sagte nein!«

»Drei Kamele!«

»Nein!«

»Drei Kamele und eine Halskette.«

Conan ging weiter. Aber der Händler ließ sich nicht abschütteln. »Ihr dürft einem Armen nicht sein Handelsgut stehlen«, rügte er mit lauter Singsangstimme, um die Aufmerksamkeit der Passanten auf sie zu lenken. »Denkt doch an meine unmündigen Kinder zu Hause.«

»Nimm endlich das verdammte Ding!« knurrte Conan und versuchte erneut vergebens, das Kamel zurückzugeben.

Plötzlich fiel ihm auf, daß Jehanan und Daris nicht mehr an seiner Seite waren. Er blieb stehen und drehte sich um. Der Besitzer eines echten, wenn auch ein wenig räudigen Kamels, hatte das Mädchen aufgehalten und bestand darauf, daß sie darauf reite. »Ich zeige Euch alle Sehenswürdigkeiten der Stadt«, versprach er. Er ließ das Tier knien und schob Daris zum Sattel. »Es ist ganz einfach und macht viel Spaß. Ihr braucht mir nur zu bezahlen, was Euch der Ritt wert ist.«

Jehanan versuchte, einem Burschen zu entkommen, der ihm unappetitliches Konfekt auf einem Tablett aufdrängte. »Ah«, sagte der Stygier schließlich, als käme ihm die Erleuchtung. »Ich weiß, Ihr wollt *Numi.*« Aus einem weiten Ärmel brachte er ein kleines Päckchen zum Vorschein. »Das allerbeste *Numi*. Ihr braucht nur den Rauch einzuatmen und die herrlichsten Träume sind Euer. Ihr werdet Euch wundervoll fühlen. Und nur für zwei Silberstellar.« Jehanan erbleichte.

»Drei Lunar«, ging Conans Händler herunter. Der Barbar war schon fast dabei, die Schnitzerei auf der Straße zu zerschmettern, als ihm klar wurde, zu welchem Auflauf das führen würde. Bereits jetzt waren neugierige Fußgänger stehengeblieben, und ein berittener Wächter hielt sein Pferd an.

Irgendwie war Daris auf das Kamel gesetzt worden. Es schaukelte auf die Beine. Der Besitzer nahm den Zügel und trottete mit klickender Zunge davon.

»Für drei Lunar drei Kamele und zwei Halsketten«, hörte Conan.

Der Konfekt- und Rauschgiftverkäufter strahlte über das ganze Gesicht. »Ihr wollt bestimmt gern meine kleine Schwester kennenlernen. Sie ist jung, wunderschön und sehr, sehr geschickt. Nehmt *Numi,* fühlt Euch wohl, liebt sie und seid glücklich. Kommt!« Er zupfte an des Shemiten Umhang. Jehanas Atem kam rasselnd. Seine Hände ballten sich.

»*Halt!*« brüllte Conan. »Wir müssen weiter. Keine Zeit. Da, ich nehme dein Spielzeug für drei Lunar. Daris! Jehanan, um alles willen, gebt den Burschen Geld und kommt her!«

»Ihr kauft drei Kamele und zwei Halsketten«, sagte der Händler zu Conan. »Eine weitere Halskette für nur noch einen Lunar wird Euch Glück bringen.«

Conan öffnete seinen Lederbeutel und holte Münzen heraus. Auf dem Flügelboot hatten sie reichlich stygisches Geld gefunden. Daris beendete ihren Ritt und bezahlte, was sie annahm, daß der Kamelbesitzer für einen ganzen Tag erwartet hätte. Jehanans Hand bebte, als er sich loskaufte. Selbst der Stygier verstummte bei dem mörderischen Blick seines Kunden und verbeugte sich hastig, ehe er sich zurückzog.

Doch jetzt stürmten andere auf die drei zu. »Seht, was ich Euch biete!« »Diese köstlichen Früchte!« »Bakschisch! Habt Erbarmen mit einem armen Krüppel!«

»Ich habe davon gehört«, hauchte Daris, »doch ich hätte es nie für möglich gehalten.«

»Ähnliches erlebte ich bereits«, sagte Conan. »Aber nie in diesem Maße.«

»Wir gingen es falsch an«, brummte Jehanan. »Wir müssen zielbewußt dahinschreiten, ein finsteres Gesicht machen und drohend die Fäuste ballen, ohne nach rechts oder links zu schauen.«

Conan legte eine Hand auf des Shemiten Schulter.

»Du sprichst so entschlossen! O Bêlits Bruder, gesundet dein Herz?«

Die Händler und Bettler gaben es auf, auf sie einzureden, und verschwanden in der Menge. Conan fragte sich, was er mit dem Kram machen sollte, den man ihm aufgedrängt hatte. Schenkte er ihn den nackten Kindern, die herumhopsten oder Verstecken spielen, würde es bloß wieder einen Auflauf geben. In der Straße der Töpfer gelang es ihm, das Zeug verstohlen in einen großen Krug fallen zu lassen.

Bald danach kamen sie zu einer völlig anderen Art von Straße. Hier im Zentrum von Luxur hatte die Königsfamilie prunkvolle Bauten errichten lassen. Königspalast, Settempel, die Unterkünfte und der Paradeplatz der königlichen Leibwache, die Archive und die Amtsgebäude für die Ratgeber des Monarchen umgaben einen breiten Platz. In einer anschließenden Straße standen eine Reihe großer Herrenhäuser, von denen einige den Botschaften und Gesandtschaften verschiedener Länder überlassen worden waren. Auf sie zu führte die Straße der Könige, der sich Conan und seine Begleiter nun aus nördlicher Richtung näherten. Sie war sehr breit, kunstvoll gepflastert und zu beiden Seiten säumten die Statuen vergangener stygischer Monarchen sie ein. Inschriften an den Sockeln verrieten, wen die einzelnen Skulpturen in ihrer majestätischen Haltung darstellten. Die Häuser an dieser Straße waren aus Granit errichtet, nicht aus sonnengetrockneten Lehmziegeln wie die meisten anderen dieser Stadt. Der Verkehr hier war gering und würdevoller Art: ein Lord oder eine Lady in einer Sänfte, ein paar hochgeborene Knaben, die unter der Obhut ihrer Diener zur Schule gingen, ein Schreiber mit einem Federkiel in der Hand, hin und wieder ein Priester, ein Staatsdiener, ein reicher Kaufmann, ein Offizier, ein livrierter Lakai, eine verschleierte Ehefrau, ein Lieferant, der bestellte Ware brachte. Fast alle widmeten den drei einfachen Fremden einen schrägen Blick, doch keiner hielt sie auf. Falco hatte ihnen geraten: »Benehmt euch, als hättet ihr dort einen Auftrag auszuführen, dann wird jeder das auch vermuten. Denn wer würde es schon wagen, mit unlauterer Absicht Stygiens Zitadelle aufzusuchen?«

Conans Puls pochte schneller. Sie hatten ihr Ziel fast erreicht.

Die Prunkstraße endete an einer Querstraße, die bei weitem nicht so beeindruckend war, aber sauber, ruhig und ebenfalls gepflastert. Hier waren die Stadthäuser von Edlen und Reichen. Auf den Dachgärten blühten Blumen und Sträucher. Ungepflasterte Wege führten zwischen ihnen hindurch. Hinter ihnen sah Conan die hohen prunkvollen Gebäude am Platz vor dem Königspalast. In dieser Straße waren nur wenige Leute unterwegs. Die Stille hing so drückend über ihr wie die ansteigende Tageshitze. Die Häuser der einen Seite warfen blaue Schatten auf das Pflaster.

Conan bog nach rechts ab. Ein paar Häuser weiter sah er einen aufgerichteten, in der Sonne blendenden goldenen Löwen. Das war die ophireanische Gesandtschaft. Er beschleunigte den Schritt.

Ein Stygier, der gemächlich dahinspaziert war, blieb abrupt stehen und starrte. Plötzlich griff er nach einer Trillerpfeife am Hals und blies schrill.

Zu jeder Seite des Löwen schwangen Türen auf. Bewaffnete stürmten heraus. »Halt!« donnerte eine Stimme. »Conan und Begleiter, haltet an, oder es kostet euer Leben.«

»Mitra steh uns bei!« hauchte Daris. »Wir sind verraten.«

»Durch Nehekbas und Tothapis' Hexerei!« Jehanan hob den Saum seines Kaftans und zog das Kurzschwert. »Ischtar«, betete er in seiner Muttersprache. »Laß mich tapfer sterben und führe mich heim zu dir. Nimm mir die Schmerzen, damit ich dir getreulich dienen kann.«

Conan holte die Streitaxt hervor, die er sich unter den

Waffen an Bord ausgewählt hatte. Sie war aus Taia, hatte einen geraden Schaft, und ihre scharf geschliffene Klinge lief in einer langen Spitze aus. Trotz ihres Gewichts war sie ungemein handlich. Die Erkenntnis, daß ihr Spiel verloren war, daß er Bêlit nie wieder in die Arme schließen konnte, würgte ihn – und daß die tapfere Daris neben ihm sterben mußte, im Notfall durch seine Hand, falls ihr Gefangennahme drohte. Doch dann war er wieder Krieger und kannte keinen anderen Gedanken mehr als den an den Kampf. Mit einem raschen Blick schätzte er ihre Lage ein. Die Stygier hatten sie zwischen den beiden langen Häuserfronten eingekesselt. Etwa dreißig Gegner standen ihnen gegenüber, viele trugen Armbrüste, die anderen Klingen und Schilde. Hinter den östlichen Reihen brüllte ihr Führer seine Befehle. Er war ein stämmiger grauhaariger Mann in einer einfachen Tunika, bewaffnet mit einem Schwert.

»Wir stürmen auf ihren Offizier zu«, schlug Conan vor, »und versuchen uns einen Weg hindurchzuhauen. Sobald wir in Feindberührung sind, kämpfen wir Rücken an Rücken.«

In Daris' Rechter schimmerte ein langer Dolch, in ihrer Linken hielt sie den Gürtel aus Khemi. »Wenn mein Vater wüßte, neben wem ich kämpfe«, sagte sie leise, »wäre er genauso stolz wie ich.«

13

TOD UND EHRE

Conan und seine Freunde griffen an. Sie stürmten nicht nebeneinander vor, sondern rannten getrennt, immer wieder Haken schlagend. Armbrustbolzen sirrten, doch so flinke und unberechenbare Ziele konnten sie nicht treffen. Ehe die Schützen neu zu laden vermochten, hatte Conan die Schwertkämpfer erreicht.

Conan, der große Erfahrung im Umgang mit der Streitaxt hatte, hatte die Linke nahe dem Ende um den Schaft gelegt und die Rechte etwa in der Mitte. Der Stygier ihm gegenüber stach um den Schildrand herum nach ihm. Der Axtstiel schmetterte die Schwertspitze nach unten, und sofort riß Conan seine Waffe schräg über die rechte Schulter, und als sie zum Hieb zurückschwang, verlagerte er seinen Griff um die Schaftmitte, wo er ihm die beste Kontrolle gegeben hatte, zur anderen Hand hinunter, um Hebel- und Schwungkraft am wirkungsvollsten nutzen zu können. Der Stygier hob abwehrend den Schild. Die ganze gewaltige Kraft des Cimmeriers steckte in dem Hieb. Metall dröhnte, der Schild verbog sich und hing von einem gebrochenen Arm. Der Stygier taumelte zurück.

Conan riß die Axt nach rechts, und ihre scharfe Spitze bohrte sich in den ungeschützten Oberschenkel des Gegners auf dieser Seite. Die Wunde war nicht tödlich, aber Schmerz und Schock machten den Mann, jedenfalls im Augenblick, kampfunfähig. Und schon nahm Conan sich den Stygier zu seiner Linken vor. Wieder parierte er einen Schwerthieb mit dem Beilschaft, dann drehte er ihn noch im Schwung und schob ihn unter den Schild dieses Mannes, seine Kraft zwang es zur Seite, und die Axt schmetterte in das jetzt ungedeckte Knie. Der Stygier schrie und sank auf das Pflaster. Conan wirbelte die Axt hoch und hinunter auf den Helm des Mannes mit der Oberschenkelwunde. Halbbetäubt stürzte jetzt auch dieser zu Boden.

Und nun waren Daris und Jehanan an des Cimmeriers Seite. Der Gürtel schnalzte auf die Hand eines Soldaten hinunter. Die Schnalle schlug so schwer auf, daß er seine Waffe fallen ließ. Jehanan suchte kurz Schutz bei Conan, bis er diesen Soldaten getötet und sich seinen Schild angeeignet hatte, dann blockierte er seinerseits einen Angriff gegen den Cimmerier.

Zwar war ihre Reihe jetzt gebrochen, aber die Stygier waren gut ausgebildete und tapfere Kämpfer. Die an den Flanken eilten nun zu dem Handgemenge in der Mitte. Die drei Gefährten waren eingekreist, ehe sie eine Chance hatten weiterzustürmen. Die zweite Reihe der Soldaten eilte herbei und warf sich ebenfalls in den Kampf.

Rücken an Rücken standen die drei. Conans Axt dröhnte, Jehanans Schwert hieb und stach, Daris' Gürtel schnalzte, und ihr Dolch stieß immer wieder blitzschnell zu. Männer schrien, Eisen klirrte. Die Anwohner blickten mit schreckgeweiteten Augen aus den Fenstern, und vor den Türen hatten sich Menschen gesammelt. Über die Köpfe seiner Feinde hinweg sah Conan unmittelbar unter dem goldenen Löwenschild einen Graubärtigen in weiter, ophireanischer Bluse und bauschigen Beinkleidern. Lord Zarus, zweifellos, gar nicht so viele Ellen entfernt, aber für sie hätte er im Augenblick genausogut auf dem Mond sein können.

Der Cimmerier war überzeugt, daß sein Ende kurz bevorstand. Aber er hatte seine zwei Dutzend Jahre genossen und mehr erlebt als andere in einem ganzen Jahrhundert. Jetzt wollte er nur noch so viele Stygier mit sich in den Tod nehmen, daß die Überlebenden nie wieder ruhig schlafen würden. Und er beabsichtigte, dafür zu sorgen, daß man ihn und seine Gefährten nicht wieder zu den Zauberern brachte, sondern daß sie eines sauberen Todes hier starben.

Der Offizier kam näher, um seinen Trupp anzufeuern. Conan konnte ihn ganz deutlich sehen. Er hieb noch heftiger um sich, in der Hoffnung, zu ihm vorzudringen und seinen Schädel zu spalten. Doch die Stygier drängten sich selbst für seine Bärenkräfte zu eng um sie.

Plötzlich schrie Jehanan: *»Ramwas!«* Es klang wie das Heulen eines blutdürstigen Wolfes. »Ramwas! Ramwas!«

Da wurde der Shemit zum Berserker. Während er zuvor auf seine Freunde rücksichtnehmend gekämpft und immer darauf geachtet hatte, ihnen zu helfen, ließ er jetzt alle Vorsicht außer acht. Sein Schild wurde zur Angriffswaffe, mit der er hieb und schmetterte, und sein Schwert zuckte schneller als der Blitz. Er schien die Wunden, die er dabei selbst abbekam, überhaupt nicht zu spüren, und sie bluteten erstaunlicherweise nur leicht, obgleich manche sehr tief waren. Sein Gesicht war eine Gorgonenmaske, vor dem die Stygier erschreckt zurückwichen. Wild um sich hauend und was in seinen Weg fiel zertrampelnd, brach er durch das Gemenge. Tote und Verwundete blieben – in diesen wenigen Herzschlägen fürchterlich verstümmelt – hinter ihm zurück.

»Ramwas, erinnerst du dich?« brüllte er und hatte den Offizier auch schon erreicht. Mit dem Schild schlug er ihm das Schwert aus der Hand, daß es in hohem Bogen durch die Luft flog, und seine eigene Klinge stach durch den Bauch des Edelmanns. Heulend hob Jehanan den

Aufgespießten über den Kopf und schmetterte ihn gegen eine Hauswand. Der Schädel barst.

Mit eisigem Schauder hatte Conan sich erinnert, wer Ramwas war. Gleichzeitig sah er einen Weg aus der Falle. Die meisten Soldaten waren in der Verwirrung zurückgeschrocken. Mit Daris an der Seite stürmte er vorwärts. Zwei, die sich ihnen entgegenstellen wollten, lagen in genauso vielen Schlägen am Boden.

Sie erreichten Jehanan. Seine Augen wirkten wieder lebendig, doch jetzt brachen seine Wunden offenbar erst richtig auf und bluteten heftig. Er hatte eine schlimme Bauchverletzung.

»Eilt!« krächzte er. Er deutete auf den nächsten Weg zwischen den Häusern. »Ich kann sie kurz aufhalten – jetzt noch.«

»Nein, Bêlits Bruder, wir kämpfen zusammen«, weigerte sich Conan.

Der Shemit blickte ihn fest an. »Ich habe nicht mehr lange zu leben. Laß mich – für sie sterben. Wenn es dir – gelingt, zu ihr – zurückzukehren – sag ihr – ich liebte sie.«

Conan umklammerte die Hand mit dem bluttriefenden Schwert. »Mehr werde ich ihr sagen«, versprach er. »Daß du als freier Mann gefallen bist.«

»Ja, aus diesem – Leib befreit, daß meine – Seele zu – Ischtar schwebe. Lebe wohl – mein Bruder.«

Während sie diese Worte wechselten, waren die Soldaten, von denen mehr als die Hälfte tot oder kampfunfähig waren, im Schock erstarrt oder benommen herumgetorkelt. Doch jetzt riß einer, vermutlich ein Unteroffizier, das Kommando an sich. Er brüllte auf sie ein, schüttelte sie oder schlug ihnen ins Gesicht, und formierte sie schließlich.

Conan führte Daris, der die Tränen durch Schmutz und Schweiß über die Wangen rannen, in die Gasse. Jehanan stellte sich mit gespreizten Beinen in ihren Eingang. »Kommt, ihr Hunde!« höhnte er. »Wir machen Rattenfutter aus euch. Oder haltet ihr vielleicht drei gegen euch für eine zu große Übermacht? Nun, dann wird einer nach dem anderen von uns gegen euch kämpfen.« Er versuchte den Eindruck zu erwecken, daß seine Gefährten bei ihm blieben, damit die Stygier ihnen nicht durch andere Durchgänge den Weg abschnitten. Außerdem erinnerte er sie daran, daß sie ja den Auftrag hatten, sie möglichst lebend zu fassen, damit sie nicht auf den Gedanken kämen, ihn mit einem Armbrustbolzen schnell zu erledigen.

Conan und Daris hörten noch, während sie den Durchgang hochliefen, wie Jehanan in seiner Muttersprache rief: »Ischtar, Beschützerin aller Liebenden, die du für deinen Geliebten in die Unterwelt stiegst, nimm mich bei dir auf ...«

Der Durchgang führte zu einer Straße, die so breit war wie die Prunkstraße der Könige. Prächtige Häuser, deren Fassaden dem großen Platz zugewandt waren, standen sich gegenüber. Nur wenige Leute waren hier zu sehen, und diese wenigen trugen den Halsreif der Sklaven, deshalb wagten sie es nicht, bei ihren Botengängen zu säumen. Zweifellos hatte der Kampflärm freie Bürger herbeigelockt – doch nicht aus dieser Straße, das war von Anfang an ersichtlich gewesen, es sei denn, die Neugierigen von hier hatten sich in die Regierungsgebäude geschlichen, um von dort aus zuzusehen.

»Wir dürfen uns hier nicht aufhalten«, keuchte Conan. »Man wird schnell Alarm schlagen und uns suchen, lange ehe wir ein Stadttor erreichen können. Am besten verstecken wir uns bis zum Morgen, wenn die Karawanen in die Stadt kommen, und aus den Lagerhäusern die Fracht für die Schiffe zum Hafen geschafft wird. In dieser

Betriebsamkeit wird es einfacher sein, die Stadt unbemerkt zu verlassen.«

Daris betrachtete zweifelnd ihn und sich selbst. »Mit all dem Blut an uns?« murmelte sie.

»Verdammt«, fluchte Conan. »Wir müssen natürlich zuerst unsere Wunden versorgen und uns und unsere Sachen waschen – nein, besser, wir beschaffen uns neue Kleidung – aber wo? Und wie? Und wo finden wir Unterschlupf in einer Stadt, wo sicher alle aufgefordert werden, nach uns zu suchen und man bestimmt eine hohe Belohnung aussetzen wird, schon für einen Hinweis auf uns.«

Daris drückte Conans Hand. »Überlegen wir uns, was Falco uns alles erzählt hat. Nein, warte, laß *mich* versuchen mich zu erinnern. Ich war zwar noch nie zuvor hier, aber es ist immerhin die Hauptstadt von Stygien, über die wir in der Schule allerhand lernen mußten.« Sie schnippte mit den Fingern. »Ja – links von uns steht auf dem großen Platz der berühmte Settempel. Dahinter liegt hinter einer Mauer ein Irrgarten mit zumindest einem künstlichen Teich. Darunter sind die Krypten, wo geheime Rituale durchgeführt werden. Wer würde dort nach uns suchen?«

Conan zuckte unwillkürlich zurück, doch dann hob er heftig den Kopf, daß die schwarze Mähne flatterte, und lachte lautlos. »Großartig! Wenn es Set nichts ausmachte, daß wir uns sein Boot liehen, dürfte es ihn auch nicht stören, wenn wir unser Nachtlager in seinem Heiligtum aufschlagen. Komm, weis den Weg.«

Sie hatten ihre Waffen wieder unter ihren Kaftanen verborgen und schritten dahin, als hätten sie ein Recht, hier zu sein. Glücklicherweise kam keiner der Sklaven ihnen nahe genug, daß ihm das Blut an ihnen aufgefallen wäre. Von der Straße, die sie hinter sich gelassen hatten, waren immer noch Waffenklirren und Schreie zu hören, während Jehanan bis zu seinem Ende kämpfte.

Sie bogen um die Ecke des prunkvollen Archivs und kamen zu einer etwa neun Fuß hohen Mauer. Farbige Ziegel waren zum Bild eines gewaltigen Pythons zusammengesetzt, und die Mauerkrone schützten und zierten Eisenspitzen in der Form von Kobras. Am rechten Ende der Mauer erhob sich ein mächtiges Bauwerk: eine Zikkurat, auf deren oberster Stufe oder vielmehr dem Dach die vergoldete Figur einer riesigen zusammengeringelten Schlange zu sehen war. Daris hielt es für unnötig zu erklären, daß dies der Settempel war. Um die Ecke herum sah Conan auf der anderen Seite des Platzes den Säulengang des Palasts.

Niemand außer ihnen hielt sich hier auf, aber diese Ruhe würde gewiß nicht lange anhalten. »Hinauf, Mädchen«, brummte Conan. Er bildete mit den Händen einen Steigbügel und half Daris damit ein wenig nach. Er selbst sprang hoch und hielt sich an einem der Kobrahaken fest. Daran zog er sich auf die Mauerkrone. Die Kobras galten nur zur Abschreckung, es war nicht schwierig, sich zwischen ihnen hindurchzuschlängeln und auf der anderen Seite hinunterzuspringen.

Conan war bereit, sofort jeden, der ihn hier sah, zu töten, aber es war niemand in Sicht. Das war jedoch kein Wunder, denn sie befanden sich ja in einem Irrgarten. Er war sehr gepflegt, aber irgendwie kam Conan bei seinem Anblick und Geruch das Wort *Moder* in den Sinn. In der atemberaubenden Hitze hoben Palmen sich wie Skelette über mannshohe Hecken, deren Dornen und dichtes Laub wenig Bewegungsfreiheit auf den Wegen gestattete. Diese Wege waren dick mit Moos gepolstert, das genau wie das üppige düstere Grün jeden Laut schluckte. Ranken wanden sich wie Schlangen von Stamm zu

Stamm und um die Zweige der höheren Bäume. Das normalerweise leuchtende Rot ihrer Blüten wirkte stumpf und bildete kaum einen Farbkontrast zu den Beeten mit schwarzem und purpurnem Lotus, aus dem gefährliche Gifte gewonnen wurden. Nicht ein Vogel zwitscherte oder trillerte, dafür sirrten Insekten umher, riesige Käfer krochen durch das Moos, Spinnen lauerten in Netzen, die wie ein Teil des Ganzen wirkten, und Treiberameisen suchten nach Beute.

Nachdem sie eine Weile dahingestapft waren, schauderte Daris und schmiegte sich ein wenig an Conan. »Es tut mir leid«, flüsterte sie. »Es war falsch hierherzukommen, ich hätte es nicht raten dürfen. Furcht erfüllt mich, denn wir haben uns bereits verlaufen.«

Er legte tröstend einen Arm um ihre Taille und drückte sie flüchtig an sich. »Du warst wohl nie in einem Dschungel?« fragte er. »Ich schon. Hier ist es auch nicht schlimmer, und zumindest gibt es keine kreischenden Papageien. Das Moos ist so feucht, daß es Wasser geben muß. Wir halten als erstes Ausschau nach seiner Quelle, denn ich bin so durstig, daß ich die ganze Vilayetsee austrinken könnte.«

Er schlüpfte aus seinen Sandalen, um besser zu spüren, wann die Beschaffenheit des Bodens sich änderte. Er witterte, lauschte und rief seine Waldläuferinstinkte zu Hilfe. Er hielt sich an die Sonne, die Mitras Zeichen war, und fand schon bald einen Brunnen.

Das Wasser sprudelte durch eine Reihe kleinerer Bassins in ein großes Becken, in dem Wasserlilien wucherten und Karpfen schwammen. Conan nahm an, daß von hier poröse Rohre durch den ganzen Garten verliefen, um den Boden feucht zu halten. Er hielt Daris zurück, als sie trinken wollte. »Das Wasser könnte vom Styx sein«, warnte er und probierte es erst selbst vorsichtig. Es war kühl, rein und stammte zweifellos aus einem artesischen Brunnen. Der Cimmerier grinste. »Was hat der Architekt sich dabei gedacht – oder hat er einfach die nächstbeste Quelle angezapft?«

Sie tranken zuerst gierig, dann mit unvorstellbarem Genuß, ehe sie sich auszogen, badeten, ihre Kleidung wuschen und zum Trocknen ausbreiteten. Conan, der Daris mit ehrlicher Bewunderung beobachtete, bemerkte wie sie errötete, obgleich sie sich in der Festung keine Gedanken über ihre Blöße gemacht hatte.

Während ihre recht mitgenommenen Kaftane trockneten, kauerten sie sich an das Becken, fingen mit den Händen Fische und aßen sie roh. Wer mochte wissen, wann sie wieder etwas zu essen bekamen? Als sie sich wohlig satt fühlten, hatte die Sonne bereits die feine Leinenkleidung getrocknet.

»Nur gut, daß kein Gärtner sich hierher verirrte«, brummte Conan. »Das heißt, gut für ihn. Aber wir sollten uns vielleicht doch lieber ein Fleckchen suchen, wo wir nicht so leicht gesehen werden können.«

Nachdem sie ihre glücklicherweise nur leichten Wunden mit Streifen ihrer Kaftane verbunden hatten, machten sie sich wieder auf den Weg. Der Tempel, der über die höchsten Bäume hinausragte, diente ihnen als Wegweiser. Hin und wieder gingen sie im Kreis zwischen Riesenpilzen und kunstvoll geschnittenen Hecken, trotzdem kamen sie dem Setschrein immer näher und hatten bald das Ende des Irrgartens erreicht. Hinter einem schmalen gefliesten Streifen erhob sich die unterste Stufe der Zikkurat. Die Fassade am Platz war prunkvoll, doch die Rückseite hier war aus einfachen dunklen Granitblökken, nur stellenweise mit Hieroglyphenfriesen verziert.

Conan, der durch ein Gebüsch giftiger Nachtschatten spähte, sah Fensterschlitze und mehrere Türen. Es herrschte absolute Stille. Er freute sich über ihr Glück und wunderte sich darüber, bis ihm einfiel, daß es in einem Settempel erst nachts wirklich lebendig wurde. Priester, Akoluthen, ja sogar der größte Teil der Sklaven schliefen um diese Zeit.

Die Eingänge waren geschlossen und verriegelt, nur einer mit einer düsteren Inschrift nicht. Als er die Tür vorsichtig öffnete, schlug ihm klamme, modrige Luft über eine Treppe hoch entgegen. »Sie führt zu den Krypten«, wandte er sich an Daris. »Deshalb ist sie nicht versperrt, denn wer, außer einem Zauberer, würde sich freiwillig dort hinunterbegeben?«

Das Mädchen lächelte. »Wir«, sagte sie und sprang leichtfüßig die Stufen hinunter.

Conan schloß die Tür hinter sich. Die aus dem Gestein hier gehauene Treppe führte weiter in die Tiefe, als er im Licht der vereinzelten Wandlampen sehen konnte. Die Wände waren mit Bildern von Prozessionen, Riten und Menschenopfern bemalt. Die mit den Stufen schräg abwärts führende Decke war niedrig, und an jedem Absatz hing eine steinerne Schlange herab, so daß Conan und Daris sich notgedrungen jedesmal vor Set bücken mußten. Flammende Wut stieg in dem Cimmerier auf. Er biß die Zähne zusammen, bis die Kiefer schmerzten.

»Jehanan, Bruder Bêlits«, schwor er atemlos, »du wirst gerächt werden. Für dich werde ich die Schlange unter meinen Sohlen zermalmen.«

Als sie das Gefühl hatten, die Stufen würden nie enden, kamen sie endlich zu einem Korridor, der nur sehr schwach beleuchtet und voll von Schatten und Echos war. Hin und wieder unterbrachen Türen die abstoßenden Wandmalereien. Die ersten beiden führten zu Grabgewölben mit riesigen Sarkophagen, und der Cimmerier fragte sich, ob sie menschliche Mumien enthielten. Aus der dritten schlug ihnen Licht entgegen. Der Raum war als Schrein ausgestattet. Das Licht kam von einer großen Bronzelampe auf einem Altar. Sie stand vor dem lebensgroßen Abbild einer zusammengeringelten Kobra aus Gold, mit leicht vorgestrecktem Schädel auf dem erhobenen Hals. Die bösartig funkelnden, weisen Augen waren auf die Tür gerichtet und schienen zu erwarten, daß jeder Eintretende sich sofort ehrfurchtsvoll vor ihr auf den Boden warf. Eine Kristallschale vor dem Altar war mit Milch gefüllt. Kostbare Wandbehänge rahmten Bilder von Menschen mit Schlangenköpfen ein.

Daris studierte die Hieroglyphen an der rückwärtigen Wand. Sie waren denen Taias, die sich nach der hyborischen Schriftweise richteten, nicht ähnlich, aber sie hatte die stygischen Symbole in der Schule gelernt. »Das Heiligtum Sets in einer seiner vielen Verkörperungen«, las sie. »Die Milch«, fuhr sie fort, »ist für eine heilige Kobra, die hier irgendwo in der Nähe haust. Das mag bedeuten, daß sie jeden Augenblick auftaucht.«

Conan betrachtete die Artefakte. »Die Lampe wurde erst vor kurzem mit Öl gefüllt und der Docht gestutzt«, sagte er. »Sie ist so groß, daß man frühestens morgen wieder nach ihr sehen muß. Die Milch ist noch frisch. Ich nehme an, daß einer der Akoluthen sich jeden Morgen, ehe er sich zurückzieht, um all das kümmert. Bis er morgen wiederkommt, werden wir nicht mehr dasein. Ich glaube auch nicht, daß hier irgendwelche Riten durchgeführt werden. Die Krypten werden doch nur von den Zauberern für ihre besonderen Zwecke benutzt, nicht wahr? Und was die Kobra betrifft – nun, wenn sie kommt, ist es ihr Pech.«

Er holte die Streitaxt unter dem Kaftan hervor, legte sie auf den Steinboden und riß mehrere der Samtvorhänge von den Wänden. Auch sie legte er ausgebreitet auf den

Boden. »Es ist kalt hier«, sagte er lachend. »Aber wir haben getrunken und gespeist, jetzt haben wir Licht, Dekken und angenehme Gesellschaft ...« Er unterbrach sich. »Aber Daris, warum weinst du denn?«

»Darf ich das nicht, jetzt, da wir in Sicherheit sind?« schluchzte sie zwischen den Fingern, die sie sich vors Gesicht geschlagen hatte. »Um Jehanan, der in einem fremden Land starb«, murmelte sie.

Er legte die Arme um sie. Sie drückte den Kopf an seine Brust und legte ihrerseits die Arme um ihn. Sie weinte eine Weile leise weiter. Er strich ihr tröstend über das Haar, wie er es bei Bêlit getan hatte, und flüsterte, während ihm der natürliche Duft der weichen Wellen in die Nase stieg:

»Du fragst dich, wieso ich so ungerührt sein mag, wenn der Bruder meiner Liebsten so kurz erst tot ist? Daris, du stammst aus einem Volk von Kriegern, da mußt du es doch verstehen. Der Tod kommt zu uns allen, wenn es dem Schicksal gefällt, ob wir uns nun das Leben verderben, indem wir uns aus Furcht vor seinem Ende verkriechen, oder es genießen, solange es unser ist und es ungebeugt verlassen. Jehanan starb voll Freude und ruhmvoll. Ihm war seine Rache gegeben und, seinen Freunden rettete er das Leben. Wenn sein Glaube stimmt, ist er jetzt wieder gesund und ein ganzer Mann und reitet auf einem Einhorn durch Ischtars Reich zu einem Turm, wo eine schöne Frau darauf wartet, die Mutter seiner Kinder zu werden. War sein Glaube nur Trug, nun, dann leidet er auch so jetzt keine Schmerzen mehr und hat seinen ewigen Frieden. Er wollte, daß wir seiner gedenken, Daris, aber ich glaube nicht, daß es ihm recht wäre, wenn wir um ihn trauern.«

Sie hob die Augen zu ihm und hauchte: »Conan, hier am Tor zur Hölle schenkst du mir neuen Mut.«

Leidenschaftlich küßten sie sich vor dem Altar Sets, doch als Daris schließlich voll Inbrunst bat: »O Liebster, ich bin dein, nimm mich ...«, wich er zurück.

Sie starrte ihn an. »Ich meine es ehrlich«, versicherte sie ihm zitternd. »Ich liebe dich, Conan.«

»Und ich mag dich von ganzem Herzen«, antwortete er, »und habe zu große Hochachtung vor dir, um dich zu nehmen, wenn ich weiß, daß ich sobald wie möglich zu Bêlit zurückkehren und dich verlassen werde.«

»Sie würde es verstehen.«

Conan lächelte trocken. »Sie würde mir nicht vergeben. Sei meine Schwester, Daris, dann fühle ich mich geehrt.«

Wieder weinte sie eine Weile, und er tröstete sie kameradschaftlich, dabei hätte er selbst des Trostes vielleicht mehr bedurft als so manch anderes Mal.

Das Flügelboot löste sich aus der Marsch und glitt durch den Kanal zum Styx. Obwohl es nun hellichter Tag war und die Sonne sich dem Zenit näherte, brauchten sie sich nicht mehr zu verstecken, denn schließlich war das Boot schneller als alles zu Wasser oder Land.

Daris hielt Ausschau am Bug. Der Wind spielte mit ihrem mitternachtschwarzen Haar und zerrte an ihrer Tunika, so daß sie sich dicht an die wohlgeformten Rundungen schmiegte. Ihr Gesicht, das befreit und voll des Triumphes hätte sein müssen, wirkte traurig. Falco stand an der Kristallkugel im Heck und lauschte Conans Bericht, den er gerade auf seine lakonische Art beendete:

»... also gingen wir kurz vor Sonnenaufgang – so gut ich die Zeit nach dem Rest Öl in der Lampe abschätzen konnte – auf Suche. Zuerst stießen wir auf einen Akoluthen. Ich tötete ihn und versteckte seine Leiche in einem Schrank. Seine Kleidung eignete ich mir an. Sie war zwar etwas knapp, und mein Kopf war auch nicht kahlgeschoren, wie es für die Priester Pflicht ist, aber ich zog die Kapuze weit genug über das Gesicht. Als nächstes gerieten wir an einen Sklaven. Den armen Teufel betäubte ich nur und fesselte und knebelte ihn mit Streifen von Daris' Kaftan, während sie in seine Livree schlüpfte. Sie bedeckte glücklicherweise auch ihren Hals, so daß das Fehlen des Sklavenreifens nicht auffiel. Wir spazierten ungehindert durch das Hauptportal – wenige waren um diese Zeit im Tempel noch wach – und zum Tor. Selbst wenn in der Stadt nicht der übliche Morgenbetrieb geherrscht hätte, zweifle ich, daß jemand zwei Tempeldiener nach ihrem Wohin gefragt hätte. Dann marschierten wir querfeldein, und jetzt sind wir wieder auf dem Boot und unterwegs nach Taia.«

Bewunderung sprach aus des Jünglings Blick. »Nie schritt je ein Krieger wie du durch diese Welt«, sagte Falco. »Eines Tages wirst du dir ein eigenes Königreich erobern. Doch zuerst wirst du Daris' und meines zurückgewinnen.«

»Vielleicht«, murmelte der Cimmerier. »Doch wir müssen mit schweren Kämpfen und großen Verlusten rechnen.«

Der Ophit nickte. »Ja, unser Plan schlug fehl und wir verloren Jehanan. Doch ich glaube, das, was seinem Herzenswunsch am nächsten kam, ging ihm in Erfüllung. Du und Daris, ihr habt Set in seinem eigenen Tempel gespottet. Und wir sind wieder frei.« Ein wenig besorgt fuhr Falco fort. »Aber ihr beide erscheint mir bedrückter, als zu erwarten wäre. Ist etwas passiert, von dem du mir nicht erzählt hast?«

»Es ist etwas Privates, das nicht für alle Teile ganz befriedigend ist«, erwiderte Conan knapp. »Hör zu, Falco, wir haben noch zwei Tage und Nächte vor uns mit wenig zu tun. Du bist jung und heißblütig, und sie ist schön und im Augenblick vielleicht mit sich nicht recht glücklich. Nutz ihre Stimmung nicht aus, hörst du? Wir wollen sie mit Ehre nach Hause bringen.«

»Du kannst dich auf mich verlassen, Conan«, versprach Falco und blickte plötzlich verträumt vor sich hin. »Ich habe doch meine Senufer. Wir werden eines Tages wieder glücklich beisammen sein.«

Conan wandte sich grimmig ab, aber er schwieg.

Hoch über dem Boot flog ein Adler mit derselben Geschwindigkeit dahin, und seine Schwingen schimmerten golden in der Sonne.

14

IN TAIA

Als die Freunde die Mündung des Helus erreichten, glitzerten die Sterne dicht am mondlosen Himmel. Der Helu rauschte eiliger durch sein Bett und wirkte freundlicher als der Styx, mit dem er sich vereinte. Östlich des Styx, der hier gen Norden strömte, trennten Berge ihn von dürreren Landstrichen, wo Nomaden herumstreiften. Im Westen von ihm erwuchs Taia steil zu beiden Seiten des Helutals, im Sternenschein silbergrau, zu einem zerklüfteten Hochland: Taia, das die Stygier eine rebellische Provinz nannten, seine eigenen Bürger aber ein Land, das um seine Freiheit kämpfte. Wo die beiden Flüsse sich trafen, lag am linken Ufer des schmäleren Stromes die kleine Stadt Seyan schlummernd in den Schatten ihrer weißen Mauern.

»Wir werden diesen Arm hier hochfahren«, sagte Daris und deutete, »vorbei am Ackerland zu einer Grotte, in der wir das Boot verstecken können. Von dort ist es nicht mehr allzu weit zu Fuß nach Thuran. Selbst wenn mein Vater sich im Augenblick nicht dort aufhalten sollte, können wir da auf seine Rückkehr warten. Die Priester Mitras werden uns inzwischen gastlich aufnehmen.«

Ihre Stimme klang eifrig. Conan war froh darüber. Sie hatte während der ganzen Fahrt nichts Törichtes gesagt oder getan, wie er befürchtet hatte. Sie hatte auch nicht geweint oder sich beleidigt zurückgezogen, sondern war zu ihren beiden Gefährten auf stille Weise gleichmäßig freundlich gewesen. Doch von ihrer Fröhlichkeit und Begeisterung, die sie auf dem Weg von Khemi nach Luxur unterhalten hatten, war nichts mehr zu spüren. Der Cimmerier hoffte sehr, daß sie beides wiedergewinnen würde.

Nachdem er abgeschätzt hatte, daß sie unter einer Brücke über den Helu hindurchkommen würden, lenkte er das Boot entsprechend. Er hatte seine Abneigung davor überwunden. Obgleich er diese Art von Fortbewegung immer noch für unmännlich hielt, mußte er doch zugeben, daß sie in ihrem Fall ungemein nützlich war. Das Boot bog ab. Falco am Bug signalisierte, daß alles klar war. Die Kraft des Gebirgsstroms, der in den trägen Styx brauste, erschütterte die Schiffshülle.

Abrupt verdüsterte sich das Dämonenfeuer. Das Boot wurde langsamer, zog die Flügel ein und trieb hilflos zurück. Erst als die Mündung weit hinter oder vielmehr vor ihnen lag, gewann es wieder Kraft.

»Was, zum Teufel!« fluchte Conan. Welche Zauberei war jetzt am Werk? Er biß die Zähne zusammen und versuchte es noch einmal. Das Boot schaffte die Mündung nicht.

Falco rannte zum Heck. »Ich fürchte, unser Hexenfahrzeug weigert sich, sein heimatliches Gewässer zu verlassen«, sagte er. »Oder möglicherweise kommt die bewegende Magie direkt aus dem Styx. Wenn wir es einen anderen Fluß hochbringen wollen, müssen wir es in Schlepp nehmen.«

Conan nickte. Ein Blick zu dem reinen Glitzern der Milchstraße vertrieb seine Furcht vor dem Übernatürlichen. »Das klingt vernünftig«, brummte er. »Nur gut, daß wir nicht versuchten, die Hochsee zu erreichen. Also, was sollen wir jetzt tun?«

»Fahren wir noch ein paar Meilen südwärts«, schlug

Daris vor. »Ich erinnere mich an ein Fleckchen, wo wir das Boot auch verhältnismäßig gut verbergen können – zumindest in diesen schlimmen Zeiten, wenn niemand zu seinem Vergnügen umherwandert. Allerdings werden wir so einen längeren Weg zu Fuß haben, als wir dachten; doch zu schaffen ist er.«

Ihre Begleiter waren einverstanden. Seyan blieb hinter ihnen zurück. Das Fleckchen, von dem Daris gesprochen hatte, stellte sich als Spalt im steilen Felsenufer heraus, allerdings so schmal, daß sie das Boot nur mit Mühe hindurchsteuern konnten, dafür jedoch tief genug, daß es vom Fluß aus nicht zu sehen war. Sie beschlossen, sich die Nacht noch an Bord auszuruhen, ehe sie sich im Morgengrauen auf den Weg machten.

In der frühen Dämmerung kletterten sie die Felswand hoch. Aus den Vorräten an Bord hatten sie sich gut ausgestattet: jeder mit einer Tunika und einer zusammengerollten Decke, dazu trugen die Männer Stiefel, Kaftane und Burnusse gegen die Mittagssonne; Proviant für mehrere Tage und Wasserbeutel, deren Inhalt reichen würde, bis Daris eine Quelle oder einen Bach mit Trinkwasser finden konnte. Außer ihren Dolchen hatte Conan wieder die Streitaxt, für ihn die beste der vorrätigen Waffen, mitgenommen; Falco einen Säbel und einen runden iranistanischen Schild; Daris einen vollen Köcher, einen Bogen und den Gürtel, der ihr schon so gute Dienste geleistet hatte.

Den ganzen Tag marschierten sie nordwärts stetig aufwärts über Hügel den noch im blauen Dunst liegenden Bergen entgegen, durch zerklüftetes und mit Felsbrocken übersätes Terrain. Ein ödes Land war es, nur mit vereinzelten Bäumen wie Tamarisken und Akazien, doch mit dichtem Gras überwuchert, das ihnen bis zur Mitte reichte und im Wind wisperte und raschelte, und immer wieder krallten sich die in ihm verborgenen Dornenbüsche in ihre Beine. Die völlig klare Luft bot einen weiten Ausblick und roch nach Heu und Gewitter. Manchmal kamen die drei an steinernen Unterschlüpfen vorbei, und da und dort sahen sie auch Kuhfladen, doch von den Herden selbst nichts, dafür aber verschiedene andere Tiere, die geblieben waren, nachdem der Mensch sich von hier zurückgezogen hatte, oder vielleicht danach erst hierhergekommen waren: Antilopen verschiedener Arten, Giraffen, Zebras, Wildpferde, Paviane, Löwen – alle aus weiter Ferne. Schmetterlinge flatterten mit sanften Flügeln an ihnen vorbei, Finken und Kraniche flogen über ihren Köpfen, Rebhühner schreckten hoch, und Habichte zogen am Himmel ihre Kreise. Ein einsamer, goldfarbiger Adler schien sie hoch unter den Wolken zu begleiten.

Je weiter sie kamen, desto besser wurde Daris' Laune. »Das ist meine Heimat!« erklärte sie strahlend. »Auf diesen hohen Bergen dort drüben bin ich zu Hause!«

Conan schwieg. Auch er war ein Kind der Berge, und obgleich die Nüchternheit dieser Gegend hier ihn ansprach, war sie doch nicht wie Cimmerien mit seinen Gletschern und den kahlen Bergen mit ihren Schneekappen, und auf die Dauer würde er sich hier nicht wohl fühlen können.

Aber vielleicht werden meine Gebeine hier bleichen, dachte er.

Gegen Abend des zweiten Tages sahen sie sich plötzlichen Schwierigkeiten gegenüber.

Mit einem auffallenden Berg als Wegweiser hatte Daris sie zu einem Wasserlauf geführt, dem sie den größten Teil des langen Weges folgen konnten. Die Sonne schien in ihre Gesichter, als sie einen Hügel erklommen und sich daran machten, ihn auf der anderen Seite wieder hinunterzuklettern. Er führte zu einer sich windenden Klamm, wo das Flüßchen im Schatten schimmernd hurtig über abgeflachte Steine rauschte. Nach den endlosen Meilen des fast ausgedorrten Weidelandes auf der anderen Hügelseite wirkte das Grün entlang seiner Ufer ungemein frisch und üppig. Angenehme Kühle stieg hoch.

»Halt!« stieß Conan hervor.

Neben dem Flüßchen hatten etwa drei Dutzend Männer ihr Nachtlager aufgeschlagen. Große Bündel waren neben mehreren Maultieren aufgestapelt. Als Schutz war ein Ring aus abgeschnittenen Dornbüschen um das Lager errichtet, wie es an der Schwarzen Küste üblich war, aber nicht so hoch und dicht, doch würde er genügen, Eindringlinge zu entmutigen oder zumindest auf sie aufmerksam zu machen. Kleine Feuer aus Tierlosung brannten, und gehackte dürre Äste lagen aufgehäuft in der Nähe – sie würden für ein größeres Feuer nach Einbruch der Dunkelheit sorgen. Die Männer waren unterschiedlich gekleidet: in Tierfelle, zerschlissene Stoffe oder Grasröcke, doch unübersehbar von der gleichen Rasse und zweifellos keine Taianer, sondern Neger.

»Reisende aus Keshan?« fragte Daris mit angespannter Stimme. Sie legte ihre Hand als Schutz gegen die blendende Sonne im Westen über die Augen und spähte hinunter, wo die Dämmerung bereits einsetzte. »Nein, ganz so sehen sie eigentlich nicht aus.«

»Eher wie Küstenbewohner im südlichen Kush«, meinte Conan. »Was mag sie so fern ihrer Heimat geführt haben?«

Auch die Fremden hatten sie entdeckt. Einige stießen Schreie aus, griffen nach ihren Waffen und ovalen Schilden. Sie hüpften über den Dornbuschring und stürmten den Hügel hoch, doch weit rechts und links von den dreien. Ganz offenbar wollten sie sich vergewissern, daß diese auch allein waren. Der Großteil formierte sich zum Angriff und kam ihnen gesetzten Schrittes entgegen.

»Das gefällt mir nicht«, knurrte der Cimmerier.

»Du kannst ihnen ihr Mißtrauen nicht verübeln«, sagte Falco.

»Nein, natürlich nicht. Wir werden erst versuchen friedlich mit ihnen auszukommen, aber haltet euch trotzdem bereit zu kämpfen.« Conan hob beide Hände und breitete die Arme weit aus. »Wir sind Freunde!« rief er auf stygisch.

Ein Neger, der Führer offenbar, trat ein paar Schritte aus dem Schildwall hervor. Im Gegensatz zu den anderen, die jung und schlank waren, war sein Kraushaar grau, und ein gewaltiger Bauch quoll aus dem Leopardenfellkilt. Der Mann war jedoch von so gewaltigem Körperbau, daß seine Beleibtheit kaum auffiel. Messingreifen schimmerten an seinen muskelschweren Armen. Ein geflochtenes goldenes Halsband verschwand fast ganz unter dem Doppelkinn. Über den wulstigen Lippen thronte eine breite Nase. »Wer ihr?« brüllte er. Der fast unverständliche Akzent wies auf nur oberflächliche Kenntnisse des Stygischen hin. »Ihr von wo? Wohin?«

»Wir ziehen weiter«, rief Conan zurück. »Jetzt gleich.«

Die Späher über ihnen winkten und riefen. Der Führer lauschte, dann lachte er polternd: »Ho, ho, ho!« Er stieß Befehle in seiner eigenen Zunge hervor.

Die Schwarzen schwärmten mit raubtierhafter Schnelligkeit aus. Die Hälfte sprintete nach rechts und links, um die Späher zu unterstützen, die sich nun Conans kleinem Trupp von beiden Seiten näherten. Der Rest stürmte geradewegs auf sie zu. »Ihr nett, wir euch nicht töten.«

»Nein!« rief Conan höhnisch zurück. »Ihr wollt uns nur auf den Sklavenmarkt schleppen. Und Daris als erste ...« Er nahm die Axt von der Schulter, und seine Stimme wurde nun zum Löwengebrüll. »Bessere als ihr haben es versucht!«

Insgeheim dachte er, daß dies das Ende war für seine Kameraden und für sich. Es war bitter, durch einen blinden Zufall den Tod zu finden, aber hatte ein Abenteurer ein Recht, Besseres zu erwarten? Er flüsterte in Daris' Ohr: »Was immer auch geschieht, lebend werden sie dich nicht bekommen, das schwöre ich!«

Ihr Bogen sirrte. Sofort griff sie nach einem neuen Pfeil. »Hab Dank, mein Liebster«, wisperte sie, ohne den Blick von ihrem Ziel zu nehmen. »Wenn mein letzter Kuß von deiner Axt sein wird, werde ich doch wissen, daß er aus – aus Liebe kommt. Mitra segne dich. Gebe er, daß wir uns in seinen Hallen wiedersehen.«

Er konnte ihren Glauben nicht teilen, doch ihre Ruhe milderte die Angst um sie, und er grinste sie zuversichtlich an, als er sich breitbeinig zum Kampf aufstellte.

»Hahhh!« brüllte Falco und machte sich daran, vorwärts zu stürmen. Conan packte ihn an der Schulter und riß ihn zurück. »Narr!« schnaubte er. »Wir kämpfen Rükken an Rücken, so können wir mehr von ihnen töten.«

Daris' Pfeile schlugen zwei oder drei Fleischwunden, ansonsten blieben sie entweder in Schilden stecken oder verfehlten ihr Ziel überhaupt. Als die Feinde näherkamen, ließ sie den Bogen fallen, nahm den Gürtel in die Linke und zog ihren Dolch. Falco schwang den Säbel herausfordernd durch die Luft. Conan wartete schweigend mit gespreizten Beinen.

Der erste Neger stürzte sich mit erhobenem Kugelstock auf ihn. Conans Axt zischte. Sie schmetterte durch Holz und Leder des Schildes und drang durch den Hals dahinter. Der Körper sackte zusammen. »Bêlit! Bêlit!« brüllte Conan als Schlachtruf. Diesmal schlug die Axt dem Angreifer das Kurzschwert aus der Rechten. Aus dem Augenwinkel sah Conan Daris ihren Dolch in einen Arm stoßen, und Falco ein Bein aufschlitzen. Unwillkürlich stieß der Cimmerier plötzlich den Kampfschrei aus, den er auf der Piratengaleere gehört hatte: »*Wakonga mutusi! Bêlit, Bêlit!*«

Der Führer sprang ein paar Schritte zurück, und ein auf- und abschwellendes Heulen durchschnitt die Luft. Sofort zogen auch seine Leute sich zurück. Mit der kopflosen Leiche zu seinen Füßen und die Axt bluttropfend in seiner Rechten dachte Conan wild, daß seine schwache Hoffnung sich vielleicht doch erfüllte. Seine kleine Gruppe war zwar immer noch umringt, aber in einem Abstand von gut acht Fuß, und obwohl die Neger sie finster anfunkelten, kamen sie nicht mehr näher. Vielleicht hatte der Führer eingesehen, daß drei Sklaven keine so großen Verluste, wie er sie jetzt als unvermeidlich erkannte, wert waren und er sie lieber laufen lassen würde.

Der fettwanstige Schwarze trottete näher und stellte sich dem Cimmerier gegenüber. Er sagte etwas. »Ich verstehe diese Sprache nicht«, erklärte Conan ihm auf stygisch, obwohl sie ihm irgendwie vertraut vorkam.

»Kennst du diese?« fragte der Fremde in der Lingua franca der Meeresküste.«

Conans Puls schlug schneller. »Ja«, erwiderte er in der gleichen Sprache. »Hör zu, wir sind bereit, euren Angriff zu vergessen und friedlich weiter unseres Weges zu ziehen.«

»Du hast einen Namen gerufen«, sagte der Schwarze bedächtig. »Und Worte der Suba. Weißt du, was sie bedeuten?«

»Nicht wirklich.«

Der andere grinste, daß sein Doppelkinn schwabbelte. »Ich würde sie in etwa so übersetzen: ›Tod sei verdammt! Auf in den Kampf!‹« Er wurde ernst. »Mich interessiert jedoch der Name, den du gerufen hast. Sag ihn noch einmal, und auch, wer ihn trägt.«

Einen Moment ärgerte Conan sich über diesen Befehlston, aber vielleicht würde es nutzen, wenn er gehorchte, falls er möglicherweise auf Angehörige dieses einen Stammes gestoßen war.

Stolz sprach aus seiner Antwort: »Ich rief Bêlits Namen, denn ich bin ihr Mann. Sie ist die Tochter Hoiakims von Shem, den die Suba Bangulu nannten.«

Freude und Ehrfurcht machten das feiste Gesicht fast anziehend. »Und ich bin Sakumbe, der Bangulu gut kannte und die kleine Bêlit auf den Knien schaukelte«, sagte der Schwarze. »Willkommen! Willkommen!« Er ließ seinen Wurfspeer fallen, stapfte vorwärts und schloß Conan begeistert in die Arme.

Die unzähligen Sterne glitzerten majestätisch über der Einsamkeit Taias. Das Prasseln eines Feuers übertönte das Plätschern des Baches daneben. Beißender Rauch stieg hoch, und das Gelb und Rot der Flammen fiel auf die mit überkreuzten Beinen um das Feuer Sitzenden.

Genau wie auf dem Schiff waren die Suba nicht nachtragend und suchten keine Rache für ihre Gefallenen und Verwundeten – letztere waren glücklicherweise nicht schwerverletzt. Mit lärmender Herzlichkeit boten sie ihren neuen Freunden Schutz, Essen und was sie von ihrem sauren Wein nach ihrer langen Wanderschaft noch übrig hatten. Sie drängten sich um sie, damit ihnen keines ihrer Worte entgehen möge, obwohl keiner außer ihrem Häuptling die Lingua franca wirklich beherrschte. In regelmäßigen Abständen faßte dieser sie deshalb für sie zusammen und offenbar bildhafter, als er sie gehört hatte.

»Ja«, erzählte Sakumbe seinerseits, »das waren

schlimme Jahre für uns, seit die Stygier uns aufspürten. Geschwächt waren wir immer wieder Überfällen von benachbarten Stämmen ausgesetzt. Bêlit und ihre Seefahrer erleichterten uns dann jedoch das Leben, denn aus dem Erlös der Beute, die sie heimbringen, können wir uns Krieger aus dem Süden zu unserem Schutz anheuern. Trotzdem sind wir bei weitem nicht mehr das, was wir zu Bangulus Zeiten waren. Ich, der ich viele Rinder und Jamswurzeln und Frauen hatte, wurde zum armen Herumtreiber, immer auf Suche nach einem Auskommen.

Ich dachte natürlich auch daran, mich Bêlit anzuschließen, aber mir fiel noch rechtzeitig ein, wie leicht ich seekrank werde. Also scharte ich diese Burschen um mich, und wir machten uns als Händler auf den Weg. Von unserer Küste nahmen wir hauptsächlich Salz mit, denn viel anderes war uns nicht geblieben. Wir tauschten es gegen Elfenbein, Federn, seltene Hölzer und dergleichen. In Keshan handelten wir das gegen Eisenwaren, Schmuck, Salben und Gewürze ein – ja, und Maultiere nicht zu vergessen.« Er hob einen Weinbeutel, spritzte seinen Mund voll, rülpste und reichte den Beutel weiter. »Statt auf demselben Weg zurückzukehren, beschloß ich, die Berge zu überqueren, denn wir hatten erfahren, daß es in Südoststygien zu Schwierigkeiten gekommen war. Ich hielt es für möglich, daß arme ehrliche Leute dort zu ein bißchen extra Profit kommen könnten.«

»Einschließlich Sklaven«, warf Conan ein.

»Auch das, falls die Gelegenheit sich bot«, erwiderte Sakumbe ungerührt. »Wir haben schon mehrmals unterwegs ein paar Sklaven erstanden, um sie dann ein Stück weiter zu einem höheren Preis zu verkaufen. Jedenfalls, was die Gegend hier betrifft, sagte ich mir, daß die Stygier im Augenblick den Handel nicht unter so strikter Kontrolle halten können wie sonst, und vielleicht liegt irgendwo auch Beutegut herum, das einen neuen Herrn braucht.« Er seufzte tief. »Aber bis jetzt kamen wir nur durch trostlose Öde. Da könnt ihr es mir nicht verdenken, daß ich drei junge, gesunde Leute auf den Markt bringen wollte. Aber ich freue mich sehr, daß es so gekommen ist. Schade natürlich um Dengeda, doch, was soll's?« Er klopfte dem Cimmerier kräftig auf den Rükken. »Jeder Freund Bêlits ist auch mein Freund. Und du sagst, du bist ihr Mann? Ho ho, wäre ich dem Mädchen nicht eine Art Onkel, würde ich sie dir neiden.«

Conan wurde ernst. »Ihr solltet lieber am Morgen umkehren und den Weg über den Paß nach Keshan nehmen«, riet er Sakumbe. »Dieses Land ist in bitterster Not. Es leidet nicht nur unter schlimmster Tyrannei und befindet sich jetzt im Kriegszustand, sondern muß nun auch mit übelster Zauberei rechnen.«

»Wa-as?« Sakumbe wirkte beunruhigt.

»Du hast gehört, was ich erzählte. Ich glaube nicht, daß die Zauberer inzwischen aufgegeben haben.«

Sakumbe runzelte die Stirn, rülpste erneut und brummte: »Wir müssen uns beraten.« Er deutete auf einen seiner Männer, der ihm gegenüber saß. Zwar war dieser jünger als er, doch älter als die restlichen, hager, mit harten Zügen und düsteren Augen. Narben bildeten ein seltsames Muster auf Gesicht und Rumpf. »Gonga ist ein Medizinmann«, erklärte Sakumbe. »Nicht so mächtig wie Kemoku, sein Meister zu Hause, nein, bei weitem nicht. Bis jetzt versteht er erst ein bißchen der Zauberkunst. Aber er ist zumindest weder alt noch gebrechlich. Ich hielt es für angebracht, jemanden mitzunehmen, der ein wenig mit Hexerei vertraut ist. Ich werde mich mit ihm besprechen.«

Während die beiden sich auf subaisch unterhielten, übersetzte Conan für Daris, die neben ihm saß, und für

Falco an ihrer Seite, was er erfahren hatte, leise auf stygisch. »Die Ehre gebot, daß ich unseren Gastgebern riet umzukehren«, schloß er. »Aber ich habe das Gefühl, daß diese Burschen recht nützliche Verbündete sein könnten, wenn sie sich anwerben ließen. Soll ich es versuchen?«

Das Mädchen nickte. »Warum nicht? Mein Vater kann jeden Speer brauchen, von meinem Land nicht zu reden.«

Mit breitem Grinsen fügte Falco hinzu: »Und wäre das vielleicht nichts, wenn drei Flüchtlinge mit einem riesigen Trupp in seinem Hauptquartier ankommen?«

Nach einer Weile wandte Sakumbe sich wieder an Conan. »Gegen die mächtigen Zauberer des Schwarzen Ringes kann Gonga nichts unternehmen, das könnte nicht einmal Kemoku, sagt er. Aber gegen geringere Hexerei kann er uns schützen, wie die Kushiten sie ausüben und wie sie durch sie auch nordwärts nach Stygien übergriff. Vor allem müssen wir auf Körperzauber achten.«

»Was ist denn das?« fragte der Cimmerier.

»Man muß auf alles gut aufpassen, das von seinem Körper kommt – abgeschnittene Fingernägel, Haar, Speichel, Blut, Schweiß und so –, damit es nicht in die Hände eines Feindes fällt. Denn wenn dieser Feind den richtigen Zauber kennt, kann er es nutzen, um einem zu Schaden oder gar den Tod zu bringen. Wenn ihr wißt, daß ein Gegner etwas dergleichen von euch hat, dann seht zu, daß ihr es zurückerlangt, damit Gonga den Zauber unwirksam machen kann. Wenn es unmöglich ist, es zurückzubekommen, dann gebt ihm wenigstens ein Muster vom gleichen, dann wird er versuchen, es zumindest zur Verteidigung zu nutzen.«

Conan zuckte die Schultern. Als Falco ihn interessiert fragte, worum es denn ging, erklärte der Cimmerier es ihm, fügte jedoch hinzu: »Sich um so etwas Sorgen zu machen, ist genauso, als befürchte man ständig, vergiftet zu werden. Ein gewisses Maß an Vorsicht ist immer angebracht, doch übertriebene macht einen Mann zum jämmerlichen Feigling.« Er lachte. »Das Leben ist eine einzige Gefahr, und irgendwann stirbt jeder. Ich liefere dem Tod lieber einen ordentlichen Kampf, als mich viele Jahre hindurch ängstlich vor ihm zu verkriechen.«

Er drehte sich zu Sakumbe um. »Ich sprach von mächtiger Zauberei, verglichen mit der Körperzauber wie ein Wurm gegenüber einem Python ist. Doch bis jetzt haben wir drei sie immer noch überlistet, ja sie sogar an der Nase herumgeführt, so daß diese mächtigen Hexer vor Wut am liebsten aus der Haut fahren würden. Meine Geschichte scheint dich nicht übermäßig verängstigt zu haben, vielleicht hättest du sogar Lust, dich uns mit deinen Leuten anzuschließen? Irgendwie werde ich mir einen Weg zum Meer und zu Bêlit durchkämpfen. Zweifellos wird dabei eine Menge stygische Beute abfallen.«

Obwohl halbbetrunken, war der Geschäftssinn des Händlers in Sakumbe wachgeblieben. »Ich schwöre jetzt keinen Bruderschaftseid«, murmelte er nach kurzem Überlegen. »Aber – warum eigentlich nicht? Umsehen können wir uns zumindest. Deshalb haben wir uns schließlich über diese steilen öden Berge geschleppt, nicht wahr? Richtig. Sehr gut. Ho ho ho!« Er lachte dröhnend. »Eine richtige Reisegesellschaft mit Führung! Besucht die Sehenswürdigkeiten Stygiens! Nutzt die einmalige Gelegenheit! Ho ho ho!«

Zwei Tage später erreichten Conan und sein großer Trupp Thuran-auf-der-Höhe.

Krieger sprangen von den frisch entzündeten Lagerfeuern auf und griffen nach den Waffen, doch da erkannten einige Daris, und gewaltiger Jubel brach aus. Geschmeidige braune Gestalten rannten dem Mädchen und ihren Begleitern entgegen, Stahl glitzerte, Federbüsche auf den Köpfen wippten, Banner flatterten im Wind. Über den grasigen Hängen, dem Lager und den Trümmerstücken der alten Stadt glühte der Mitratempel im Schein der untergehenden Sonne.

»Mein Vater ist hier«, wandte Daris sich an Conan. Ihr Gesicht leuchtete von innen heraus. »Und die Armee, die er um sich geschart hat. Was wir hier sehen, ist allerdings nur ein Teil davon, denn die meisten sind im Augenblick unterwegs, um Brennholz und Wasser zu holen. Ein Trompetensignal kann sie zurückrufen. Erst vor kurzem gingen sie siegreich aus einer gewaltigen Schlacht hervor, als die Stygier diesem heiligen Ort zu nahe kamen. Die Hunde ergriffen nach großen Verlusten heulend die Flucht. O Conan!« In unschuldiger Begeisterung warf sie die Arme um seinen Hals. Dann erinnerte sie sich und ließ ihn mit traurigen Augen los.

Seite an Seite stiegen sie den Hang hoch. Ein hochgewachsener, grauhaariger Mann mit scharfgeschnittenen Zügen trat gerade aus dem Tempelportikus. Als Daris auf ihn zurannte, wußte Conan, daß es nur Ausar sein konnte.

15

DIE AXT UND DER ADLER

In einem großen Zelt, neben dem noch gut erhaltenen Teil des Tempels, brannte eine Lampe, bei deren Schein sich zwei angeregt unterhielten. Ihr Licht fiel auch auf Waffen in einem Regal, ein Lager aus Schaffellen, ein paar einfache Kleinmöbel, einen Weinkrug auf einem Tischchen und zwei Trinkhörner, die die beiden gerade an die Lippen hoben. Die Zeltlasche war zurückgeschlagen, so daß ein Stück des Himmels und der Bergkuppe zu sehen war. Die verstreuten Lagerfeuer versuchten mit den Sternen zu konkurrieren. Die kühlende Brise trug leichten Rauchgeruch mit sich und hin und wieder Liederfetzen. Irgendwo in der Ferne brüllte ein Löwe.

Ausar erhob sich. Nach kurzem Zögern folgte Conan seinem Beispiel, als ein dritter das Zelt betrat. Es war ein alter Mann von kleiner Statur und für einen Taianer sehr dunkelhäutig. Seine blaue Robe war verschlissen. Auf der Brust trug er ein kunstvoll gearbeitetes, sehr altes Schmuckstück: eine goldene Sonne mit Strahlenkranz auf Lapislazuli. Ausar verbeugte sich tief vor diesem Pektorale und beschrieb ehrfurchtsvoll ein Zeichen. Doch irgendwie spürte Conan, daß die sanfte Macht und Würde dieses Greises nicht von diesem Symbol abhing.

»Parasan, o Hoherpriester Mitras, seid willkommen«, begrüßte Ausar den Alten. »Wir hatten gehofft, Ihr könntet früher kommen.«

Der Hohepriester lächelte, als er zu einem Kissen hinkte. Conan nahm ihm seinen Stab ab und lehnte ihn an die Zeltwand. Ausar schenkte Wein für ihn ein, doch nicht in ein Trinkhorn, das für einen Krieger gut genug war, sondern in einen Kristallkelch – einen der wenigen aus alter Zeit. »Ich nahm an, ihr hättet viel miteinander zu besprechen«, sagte Parasan.

»Das schon, aber hättet Ihr es denn nicht auch hören sollen?« fragte der Cimmerier. Er war nach ihrer Ankunft kurz mit dem Prälaten bekanntgemacht worden und hatte sich über den staunenden Blick des Alten gewundert, ehe der ihn hastig hinter einer feierlichen Miene verbarg.

»Ich glaube, die Einzelheiten haben noch Zeit«, erwiderte der Greis. »Ihr beide – nun, Ausar, auch ich habe Mädchen großgezogen. Ich finde, ihr solltet euch keine Sorgen über Daris mehr machen und euch nicht weiter mit weltlichen Dingen beschäftigen, denn wir müssen uns nun mit nicht ganz irdischen befassen.«

Ausar setzte sich stirnrunzelnd. »Ich stehe in Conans Blutschuld«, sagte er. »Er befreite Daris und brachte sie ehrbarer zurück als ... Nun, was sie mir gestand, kann ihm nur hoch angerechnet werden. Hauptsächlich haben wir zwei uns jedoch über seine Abenteuer und meine Kriegsführung unterhalten.«

Der Cimmerier errötete vor Verlegenheit. Parasan hob eine Hand. »Nicht nötig, etwas in Worte zu fassen, das ich ahne. Daris möge Trost in ihrem Stolz finden. Ohne sie wäre Conan nie zu uns gekommen. Sie hat uns gebracht, was die Vorsehung bestimmte, Ausar.«

Dem Nordmann rann es kalt über den Rücken. Er verstand nicht, worum es ging, und er glaubte nicht, daß es ihm gefallen würde, wenn er erst Bescheid wußte. Er beugte sich auf seinem Sitzkissen vor und bemühte sich höflich zu sein, aber seine Stimme klang rauh und eine

Spur scharf. »Was wollt Ihr damit sagen? Ich habe Ausar erzählt, wie der Zufall mich hierherführte, nichts anderes. Ich wünsche euch allen das Beste, und vielleicht kann ich euch als Vergelt für einige Dinge, die ich noch brauchen werde, weiter behilflich sein, doch nichts wird mich davon abhalten, sobald wie möglich zur Dame meines Herzens zurückzukehren.«

Parasans weise, fast leuchtende Augen schienen in seine zu dringen und ließen sie nicht los. »Glaubst du wirklich, daß alles nur Zufall war, Conan?« fragte der Hohepriester so sanft wie zuvor. »Ich weiß es besser, dabei habe ich noch nicht einmal erfahren, was ihr erlebt habt. Zwei Götter liegen im Streit miteinander. Wir Sterbliche sind nicht einfach ihre Instrumente – nein, wir müssen durch unsere eigenen Kräfte siegen oder verlieren, damit das Universum nicht durch die Auseinandersetzung der beiden zerrissen wird –, aber ihr Wille ist manifest. Soll ein Vorposten Mitras wieder in Freiheit blühen und gedeihen, um der Welt das Licht zu bringen, oder soll die Schlange ihn zermalmen und ihre Zauberer sich ungehindert über die ganze Erde verbreiten, um ihre Schreckensherrschaft zu errichten? Das zu entscheiden liegt an uns.«

Conan wollte widersprechen, doch Parasan ließ ihn nicht zu Wort kommen. »Ich habe in letzter Zeit noch mehr als sonst gebetet und Mitra reine, unblutige Opfer gebracht, wie sie ihn erfreuen, und ich habe ihn um ein Zeichen angefleht. In Träumen und Visionen gewährte er es mir. Bis heute war mir seine Bedeutung rätselhaft, doch als du ankamst, fiel ich vor dem Altar in einen seltsamen Wachschlaf und Näheres wurde mir offenbart. Jetzt habe ich keinen Zweifel mehr. Du bist er, der die Axt von Varanghi schwingen wird.«

Mit feierlichem Ernst erzählte er die Legende.

»Nein!« wehrte Conan, wider Willen beeindruckt, flüsternd ab. »Nein, ich bin nur eine ruheloser Wanderer, ein Barbar, ein Abenteurer. Ich war Dieb, Bandit, Pirat ...«

»Und eines schönen Tages, wenn du am Leben bleibst, wirst du zum König«, sagte Parasan. »Welcher Sterbliche hat nie fehlgetan? Nach der Prophezeiung ist der Schwinger der Axt von der nordischen Rasse, die Taia gründete, und würdig. Sie besagt nicht, daß er ein Heiliger ist.«

Die Aufregung vertrieb Ausars letzte Vorbehalte. »Die Zauberer in Khemi müssen Grund gehabt haben, Conan für eine Bedrohung zu halten!« rief er. »Hat Set persönlich sie gewarnt, so wie Mitra Euch ein Zeichen gewährte? Weshalb sonst hätten diese Teufel sich soviel Mühe mit einem einfachen Korsaren gemacht?«

Parasan nickte und strich das winterweiße Haar zurück. »Ja. Und obgleich ich kein Magier bin, spüre ich monströse Kräfte des Bösen in unserer Nähe.« Er richtete sich auf. »Aber wir können sie besiegen – wir müssen es! Conan, erkenne deine Bestimmung an. Es ist dein Weg in die Freiheit.«

Der Cimmerier kaute an seiner Lippe. Nachdem er Daris heimgebracht hatte, hatte er vorgehabt, mit Falco zum Flügelboot zurückzukehren, damit bis zum Meer zu fahren und ihm dort ein Segel zu setzen, damit es sie auch auf der See weiterbrächte.

Und doch – schuldete er Daris nicht noch Dank für ihre Treue, trotz ihrer hoffnungslosen Liebe? Und mehr noch, für Bêlit mußte er Rache an Stygien üben. Außerdem hatte er dem toten Jehanan geschworen, der sein Leben rettete, daß er die Schlange zertreten würde. Mit seiner Piratenmannschaft allein würde er das nicht schaffen.

»Es ist keine Drohung gegen dich, der sich bereits unseren Dank verdient hat«, sagte Parasan ruhig. »Doch ich schwöre bei unserem Herrn Mitra – möge er sich von mir wenden, wenn ich die Unwahrheit spreche –, daß ein Mensch, der eine ihm auferlegte heilige Pflicht verweigert – nun, nicht verflucht ist, wohl aber von den Göttern verlassen. Nie wieder wird er Ehre, Freude oder Liebe kennen. Ja, Conan, es kann durchaus sein, daß unserem Unterfangen kein Glück beschieden ist, daß du in einem fremden Lande sterben wirst, doch wenn, dann in Ausübung deiner heiligen Pflicht und voll des inneren Friedens. Und siegen wir, wird dir zumindest für eine Weile, die die Götter bestimmen, dein sehnlichster Wunsch erfüllt werden.«

Wie weißglühende Klingen stachen diese Worte in Conans Herz. Mit trockenen Lippen flüsterte er: »Wo ist diese Axt?«

Ausar lief ein Schauder über den Rücken.

»Bist du bereit, sie zu schwingen?« fragte Parasan.

Es lag Conan nicht zu zaudern. All die in ihm tobenden Gefühle beruhigten sich, als er heftig sagte: »Das bin ich, bei Crom!«

Zischend stieß Ausar den Atem aus. Wieder nickte Parasan und sagte ernst: »So hört, ihr zwei, was wir wenigen Priester von Mitras taianischem Tempel seit einer Hand von Jahrhunderten einander weitergaben. Als der letzte König fiel, war jener, der danach der Prophet wurde, an seiner Seite. Dieser Heilige nahm das geheiligte Werkzeug, verbarg es unter seinem Umhang und trug es vom Schlachtfeld, denn sehr wohl wußte er, daß die Stygier ganz Taia von einem Ende zum anderen nach etwas absuchen würden, das so bedrohlich für sie werden mochte. Es mußte an einem Ort versteckt werden, wo niemand auch nur auf den Gedanken käme, danach zu schauen.«

Conans praktischer Sinn ließ ihn den Hohenpriester unterbrechen. »Weshalb hat all diese Zeit kein Magier die Axt aufgespürt? Wenn sie wahrlich vom Himmel ist, müßte ein Suchzauber sie doch aufdecken, da sie sich von der Erde abhebt.«

»Die Axt wehrt jede Art von Magie ab«, erklärte Parasan. »Fände ein Zauberer sie wider jeglichen Erwartens und versuchte sie zu bergen, würden seine eigenen Kräfte sich gegen ihn wenden und ihn vernichten. Selbst ein Sterblicher im Dienst eines Hexers wäre von diesen Kräften gezeichnet, und es erginge ihm nicht besser. Ein gewöhnlicher Sterblicher, ob nun ein Abenteurer, der durch Zufall auf sie stößt, oder einer, der damit von Nichtzauberern beauftragt wird, könnte die Waffe an sich nehmen, ohne daß ihm etwas geschieht. Doch niemand würde sich um eines Abenteuers willen ihrem Versteck nähern, und ganz Stygien hätte nicht soviel Gold, eine Expedition auszurüsten.«

Er machte eine Pause und schaute Conan und Ausar an.

»Denn die Axt liegt in Pteion.«

Ausar holte erschrocken Luft.

»Die Heiligkeit des Propheten schützte ihn und wehrte alle Dämonen und Ghuls ab, als er sie vergrub«, fuhr Parasan fort. »Wisse, Conan, daß Pteion eine Ruinenstadt unvorstellbaren Alters in Oststygien unmittelbar an der taianischen Grenze ist. Chroniken berichten, daß die Acheronen sie vor Tausenden von Jahren errichteten, doch nach den Legenden – die sehr wohl stimmen mögen – haben diese sie nur übernommen. Ihre tatsächlichen Erbauer waren die Schlangenmenschen des prähistorischen Valusiens. Unendliche Jahrhunderte war sie der Sitz Schwarzer Magier und so der Schreckensherrschaft. Doch während Stygiens siebter Dynastie rückte die Wüste immer näher und griff nach Pteion, bis die Stadt aufgegeben werden mußte. Die Zauberer verlegten ihr Zentrum nach Khemi und ließen die grauenvollen und gräßlichen Kreaturen, die sie erschaffen oder herbeibeschworen hatten, unbeaufsichtigt zurück. Seither treiben diese ihr Unwesen in den Ruinen, und niemand wagt sich in ihre Nähe.«

Conan schauderte, und kalter Schweiß sammelte sich auf seinem Rücken. Innerlich stöhnte er.

»Ich wiederhole: kein Teufel hat Macht über die Axt, die Varanghi von Mitra persönlich bekam«, sagte Parasan. Jedes Wort weckte weitere heimliche Furcht in den beiden Zuhörern. »Kühne tapfere Männer, die sich des Tags zu gutem Zweck in die Stadt wagen, dürfen hoffen, ihre Mission ausführen zu können. Wenn sie auch keine Heiligen sind, wie der Prophet einer war, kann mein Segen ihnen doch ein wenig Schutz bieten und ihre Herzen soweit rein halten, daß kein Arg von innen dem Bösen von außen Eintritt verschafft. Ja, Conan, ich glaube, du wirst die Axt bergen können.«

»Und danach?« hörte der Cimmerier sich murmeln.

»Nun, dann wirst du die Taianer in ihrem Freiheitskampf anführen«, erwiderte Parasan. Zur Verwunderung der beiden anderen lachte er plötzlich laut. »Die Einzelheiten überlasse ich lieber euch, die ihr mehr davon versteht als ein Priester.«

Eine Weile unterhielten Conan und Ausar sich hauptsächlich allein, während Parasan schweigend zuhörte und nur selten ein Wort einwarf. Schließlich ließ er sich ausführlich erzählen, was geschehen war, stellte zwischendurch Fragen, machte ein paar Vorschläge und bemerkte zufrieden, wie in den beiden neuer Mut aufflammte.

Allmählich gingen sie zur Strategie über. Einzelheiten

sollten am Morgen ausgearbeitet werden, aber ein grober Plan hatte bereits Form angenommen. Mit schnellstmöglichem Tempo, das die Pferde durchzuhalten imstande sein würden, war es etwa ein 7-Tage-Ritt von Thuran nach Pteion, und auch das nur, weil ein großer Teil des Weges durch das Tal eines Flusses führte, der längst zu einem Bach geschrumpft war. Hier konnten die Rosse weit schneller vorankommen als sonstwo in diesem Land. Conan sollte einen Führer und etwa hundert Mann mitnehmen, falls er unterwegs irgendwo auf Schwierigkeiten stieß. Inzwischen würde Ausar mit seiner Armee sich westwärts in Marsch setzen und unterwegs weitere Männer rekrutieren.

Nach seiner letzten Niederlage hatte General Shuat die Hälfte seiner Truppen zum Schutz von Seyan und dem unteren Helu zurückgelassen. Mit dem Rest marschierte er nordwestwärts auf einer Militärstraße, die vom Sitz des Statthalters nach Luxur führte. Ausar nahm an, daß er beabsichtigte sie – vermutlich mit Verstärkung aus der königlichen Hauptstadt – in die Zange zu nehmen. Aber wenn Conan die Axt geholt hatte und mit seinen Männern zurückkehrte, bekamen auch die Rebellen Verstärkung und würden den Stygiern ganz ordentlich einheizen können.

Natürlich blieben König Mentuphera immer noch seine ungeheuren Reserven, und der Verlust einer Armee würde seine Ambitionen nicht zügeln. Doch darüber konnte man sich später Sorgen machen. So viel Erfahrung hatte Conan bereits gesammelt, um zu wissen, daß selbst der bestdurchdachte Schlachtplan gewöhnlich das erste war, das einem Kampf zum Opfer fiel.

Innerlich erregt erhob er sich schließlich, um sich zur Ruhe zu begeben. »Gestattet Ihr, daß ich Euch zum Tempel zurückbegleite?« wandte er sich an Parasan.

»Nein, danke«, lehnte der Hohepriester ab. »Nichts für ungut. Du bist zwar von Mitra auserwählt, doch sind dir seine Mysterien fremd. Ich halte es für besser, wenn Ausar und ich noch eine Weile in Ruhe beten.«

Der Cimmerier fühlte sich nicht beleidigt, und er empfand auch keinerlei Verlangen danach, bekehrt zu werden. Auf seine Weise war Crom ein bedeutend weniger anspruchsvoller Gott. Mit einem ›Gute Nacht‹ trat Conan hinaus in die Dunkelheit.

Obgleich die Sterne hell leuchteten, brauchten seine Augen doch einen Moment, um sich umzustellen. Er sah, wie sein Atem weiß davonschwebte, und ...

Was war das, das sich dort vom Boden erhob, als hätte es sich gerade noch ganz dicht an Ausars Zelt befunden? Ein Adler? Nein, wohl kaum. Adler waren keine Nachtvögel, außerdem mieden sie menschliche Behausungen. Also mußte es irgendein anderer großer Vogel sein.

Er durfte nicht vergessen, daß er sich hier in einem fremden Land befand, und sollte sich nicht von einer zufälligen Begegnung mit einer unbekannten Kreatur beunruhigen lassen. Trotzdem wünschte er sich, er wäre nicht so verdammt ehrenhaft gewesen – die menschliche Wärme Daris' hätte ihm jetzt gut getan. Conan hastete zu seinem einsamen Zelt.

Durch ihre Magie unermüdlich flog Nehekba Hunderte von Meilen, schneller als die körperliche Beschaffenheit eines Vogels es je zuließe. Ein zweites Morgengrauen war nahe, als sie Luxur vor und unter sich sah und tiefer flog.

Am Dach des Settempels, dessen oberste Stufe eine Schlangenbrüstung krönte, glitt sie durch eine Öffnung und nahm ihre menschliche Gestalt an. Im Federgewand stieg sie hinab zu den Gemächern, die für Angehörige des Schwarzen Ringes bereitstanden. Dort durchdachte sie ihre Pläne und ruhte sich bis zum späten Vormittag aus. Dann schickte sie einen Boten mit einem bestimmten Zeichen zum König, das ihm sofortigen Zulaß sicherte, und einem schriftlichen Ersuchen um eine vertrauliche Audienz. Das Ersuchen war reine Höflichkeit, sie hätte auch unangemeldet vor dem König erscheinen können. Das wußte der Monarch sehr wohl und schickte ihr umgehend eine formelle Einladung.

Zur vereinbarten Zeit begab sie sich, ihrem Amt gemäß in Robe und Krone der Hohenpriesterin, über den Platz zum Palast. Um die Wichtigkeit ihres Besuches zu betonen, ging sie nicht zu Fuß, sondern schwebte in einem sänftenähnlichen Sitz, doch ohne Träger und auch ohne Räder, etwa drei Fuß über dem Boden. Ehrfurchtsvolle und insgeheim verängstigte Wächter verbeugten sich tief und achteten darauf, der Sänfte nicht zu nahe zu kommen, nachdem sie auf dem Marmorboden aufgesetzt hatte. Nehekba stieg heraus und befahl einem der Leibgardisten, sie in den Palast zu führen.

Er brachte sie in einen kleinen, aber prunkvollen Raum. Jagdszenen schmückten in kunstvoller Malerei seine Wände. Sein Mobiliar war prächtig geschnitzt und vergoldet. Mentuphera bat sie, sich zu setzen, und füllte selbst einen Silberkelch mit Wein für sie.

»Ich hoffe, meine Lady, die Hohepriesterin Derketas, gestattet die Anwesenheit meines erstgeborenen Sohnes«, sagte er. »Ich möchte, daß er sich auch mit diesen Besuchen vertraut macht, die zum Staatsgeschäft gehören.«

Nehekba zuckte die Schultern. »Wenn Eure Majestät es wünschen«, antwortete sie, bedacht, die Höflichkeit zu wahren. Zwar empfand Mentuphera zweifellos insgeheim Angst vor ihr und den anderen hohen Zauberern, aber er war alles andere denn ein Schwächling – seit Generationen hatte Stygien keinen so willensstarken Monarchen mehr gehabt. Er war ein hochgewachsener Mann, und die einfach geschnittene Tunika verbarg seine kräftigen Muskeln fast genausowenig wie die unzähligen Narben, die er sich in vielen Kämpfen zugezogen hatte. Sein Gesicht war kantig, von Wind und Wetter gezeichnet, die Nase gebrochen, und die Augen schimmerten wie Metall. Er trug immer, selbst im Staatsgewand, ein Schwert an seiner Seite. Trotz seiner Ehrerbietung gegenüber der Hexe in ihr versuchte er gar nicht, den lüsternen Blick, der ihrer Schönheit galt, zu verheimlichen. Sie hatten ja auch schon des öfteren ein Bett miteinander geteilt.

»Ja, es ist sogar weise von Euch, den Kronprinzen hierzubehalten. O König, möget Ihr für immer leben. Doch nur die Götter wissen, was der nächste Morgen bringt – und ich bringe schlechte Neuigkeiten.«

Ctesphon, der Kronprinz, ein schlanker, nicht mehr ganz junger Mann, verlagerte unruhig sein Gewicht auf dem Sessel. »Mein Lord Vater«, sagte er, »sollten wir nicht vielleicht auch Eure Ratgeber zuziehen? Die Worte von Zauberern sind zuweilen orakelhaft – verzeiht, meine Lady, es ist nicht als Unehrerbietigkeit gedacht –, und mehrere Köpfe finden schneller eine Lösung.«

»Ich ersuchte um eine private Unterredung«, erinnerte ihn Nehekba scharf. »Viel von dem, was ich Eurer Majestät berichten werde, ist nicht für anderer Ohren bestimmt – aus Vorsicht, Eure Majestät, damit nicht die Furcht ihre Ketten bricht und sich in den Herzen der Stygier einnistet.«

Mentuphera bedachte seinen Sohn mit einem zweifelnden Blick, beschloß dann aber, ihn doch nicht fortzuschicken. Ctesphon hatte zwar nie ein Hehl aus seiner Meinung gemacht, daß er eine Expansion des Reiches mit

Waffengewalt für unklug hielt, aber da er seinen Vater nicht davon abbringen konnte, beschäftigte er sich als getreuer Sohn mit anderen Dingen. Er jagte Löwen in seinem Streitwagen, forschte nach geheimem Wissen, vor dem Mentupheras kriegerische Seele zurückschreckte, und wagte es sogar, mit Tothapis' exiliertem Rivalen, Toth-Amon, dem Schrecklichen, zu korrespondieren.

»Sprecht weiter«, brummte der König.

»Eure Majestät kennt die Legende der Taianer von Varanghis Axt?«

»Wunschträume!« schnaubte Mentuphera. Ctesphon horchte auf.

»Wir wollten, sie wären es«, erwiderte Nehekba. Sie berichtete, was geschehen war – doch so, daß ihre und Tothapis' Würde bewahrt blieb – und was sie ausspioniert hatte. »Ich fürchte, es ist unmöglich, auf irdische Weise Pteion noch vor Conan zu erreichen«, endete sie. »Und schickten wir jemanden durch Magie, wären wir nicht in der Lage, einen genügend großen Trupp zu befördern, der gegen Conans Eskorte ankäme – jedenfalls nicht in der kurzen Zeit, die uns bleibt. Und ein kleiner würde schnell von ihnen aufgerieben werden.«

»Bei den Fängen Sets!« Der König schlug mit der Faust auf die Armlehne. »Ein Tölpel wie er der Auserwählte Mitras? Wenn der Herr der Sonne keinen besseren als diesen Conan findet, brauchen wir uns wohl keine Sorgen zu machen.«

»O doch, Vater«, widersprach Ctesphon. »Überlegt nur, was dieser Barbar bereits alles ausgerichtet hat – und ohne übernatürliche Waffe!«

»Ja«, pflichtete Nehekba ihm bei. »Eure Majestät, unser Zaudern mag zum Verlust dieser ganzen Provinz führen, die danach als bewaffneter Feind eine stete Bedrohung darstellt. Was wird dann aus Euren Expansionsplänen?

Mobilisiert an Kräften, was Ihr in so kurzer Zeit könnt, und befehligt sie persönlich – laßt Euch hier inzwischen vom Kronprinzen vertreten –, denn allein Eure Anwesenheit wird den Soldaten Mut geben, gleichgültig, welchem Feind sie sich gegenübersehen. Marschiert umgehend gen Südosten und unterwerft die Aufständischen. Inzwischen werden wir, die wir Set dienen, mit allen uns zur Verfügung stehenden Mitteln dafür sorgen, daß die Axt in ihrem Grab bleibt. Aber verzweifelt nicht, falls Conan sie doch in die Hände bekommt, denn uns bleiben dann immer noch andere Möglichkeiten. Auf die eine oder andere Weise werden wir mit Eurer Hilfe auf dieser Erde, o König, Eure Feinde im Himmel besiegen.«

»So soll es sein!« brüllte Mentuphera.

In einer Krypta unter dem Settempel flackerten bläuliche Kerzenflammen. Auf einem Tisch im Schatten der Wand stand ein Glasgefäß in der Form eines Mutterleibs. Darin schwamm, mit den Knien an den Kopf gedrückt, ein bleiches, noch nicht voll entwickeltes ungeborenes Baby.

Nehekba betrat die Krypta. Ein Akoluth, der hier Wache gehalten hatte, warf sich vor ihr auf den Boden. »Geh!« befahl sie ihm, und er kroch rückwärts zur Tür hinaus.

Die Hexe beugte sich über das Glasgefäß. Sie starrte in das blinde Gesicht unter ihrem, beschrieb ein paar Zeichen und murmelte Worte. Der Homunkulus bewegte sich ein wenig. Schmerz verzerrte die noch unfertigen Züge. Von sprudelnden Luftperlen getragen, stiegen Worte aus der kleinen Kehle. »Wer ruft mich? Was wollt Ihr?«

»Ich, Nehekba, rufe Euch«, zischte die Hohepriesterin. »Hört auf meine Worte, Tothapis, und laßt alles andere sein. Ich will nicht behaupten, daß die Götterdämmerung bevorsteht, doch ganz gewiß ist die Zeit gekommen, da Stier und Schlange einander wieder bekriegen.«

Über all die Meilen hinweg, die sie geflogen war, sprach der Zauberer mit Hilfe der kleinen Monstrosität zu ihr: »Berichtet, was Ihr erfahren habt.«

Sie tat es. Schließlich sagte sie eindringlich: »Das Schicksal hängt noch in der Schwebe – und das mag so bleiben, solange Conan lebt.« Ihre Nägel krallten sich in die Luft. »Doch das braucht nicht mehr lange der Fall zu sein. Allerdings bedarf es einer gewaltigen Magie, ihn aufzuhalten. Mein Lord, verkriecht Euch nicht länger in Eurem Haus. Eilt mit Drachenschwingen herbei und bereitet Eure Zauber vor. Inzwischen werde ich zurückkehren, um Conan im Auge zu behalten und meine Zauber an jeder Schwäche in ihm und seinen Kameraden anzusetzen. Mit Mitteln wie diesen gelang es meiner Vorgängerin vor fünfhundert Jahren, jenen verwundbar zu machen, der als letzter die Axt schwang.

Wir treffen uns bei den Ghuls in Pteion, mein Lord. Und dann vernichten wir – Ihr und ich – Conan!«

16

REISE ZU DEN VERDAMMTEN

Steine knirschten unter den Hufen. Die blutige Sonne im Westen brannte in den ohnehin vom Staub und Schweiß seit Tagen schmerzenden Augen. Die Wände der Schlucht, durch die sie ritten, warfen das Licht und die unbarmherzige Hitze zurück. Mit jeder Meile, die die Taianer vorankamen, wurden die roten Hänge niedriger, weniger steil und weniger zerklüftet. Doch die Wüste, der sie sich näherten, war keine angenehmere Landschaft. Hin und wieder glaubten sie, voraus Wasser zu sehen, aber es war nur der schimmernde Sand, und danach quälte der Durst sie noch mehr.

Fast ausnahmslos schweigend trieben die Reiter ihre Pferde an. Die Kaftane und Burnusse, die sie gegen die sengende Sonne schützen sollten, hingen schweißgetränkt von ihren hageren Leibern. Die Speere schaukelten im Rhythmus des Hufschlags, und ihre Spitzen blitzten. Obgleich die Männer keine Freunde dieser trostlosen Öde ringsum waren, litten sie weniger als ihr Führer aus dem Nordland, der dieses Klima gar nicht gewohnt war.

Einige Fuß hinter ihm zügelte Daris ihr Pferd neben Falcos. »Wie geht es dir, Freund?« fragte sie. »Du hast während dieses ganzen Rittes noch kaum den Mund aufgetan.«

Der Ophit zuckte die Schultern, wandte ihr jedoch nicht das Gesicht zu, als er aus trockener Kehle krächzte: »Was gibt es denn schon zu sagen?«

»Nun, eine ganze Menge«, antwortete sie weich. »Wir könnten uns über vieles unterhalten. Über unsere Hoffnungen, Träume, Erinnerungen – ja selbst über unsere Ängste, wenn das hilft, sie zu überwinden. Du warst bisher immer so fröhlich, Falco. Was bedrückt dich? Daß wir morgen das schreckliche Pteion erreichen?«

»Ich fürchte mich nicht!« brauste er auf. »Ich kam aus eigenem freien Willen mit.«

»Genau wie ich. Aber schließlich ist Conan mein Lord solange – solange er und Mitra es wollen. Bei dir ist es etwas anderes. Es hätte dich niemand für einen Feigling gehalten, wenn du statt dessen mit meinem Vater geritten wärst, wie Sakumbe und seine Männer es taten, und deine Hilfe wäre ihm genauso willkommen gewesen, wie sie es Conan ist.«

»Der Beute wegen ist Sakumbe mit ihm geritten! Willst du mich mit diesen Wilden gleichstellen?«

»Ich glaube, daß mehr als Habgier in ihren Herzen ist, Falco. Ich meine, daß Liebe für Bêlit in ihnen zu finden ist, und die Schatten ihrer Eltern, genau wie der Wunsch, sich für den gemeinen Überfall an den Stygiern zu rächen.« Daris hielt inne. »Und du bist Conan gefolgt, weil er tief in deinem Herzen ebenfalls zu deinem Lord wurde, für den du mit Freuden dein Leben geben würdest. Habe ich nicht recht?«

Falcos Hände um die Zügel verkrampften sich, daß die Knöchel weiß hervorstachen, aber er antwortete nicht.

»Und doch bedrückt dich etwas jeden Tag mehr«, murmelte Daris. »Warum? Wenn du dich deinen Freunden anvertrautest, könnten sie dir vielleicht helfen.«

»Oh, Conan hat selbst Sorgen genug«, platzte der Jüngling heraus. »Und Taianer kenne ich ja kaum.«

»Du kennst mich«, sagte Daris und griff nach seiner Hand, um sie kurz zu drücken. »Unsere Kameradschaft ist an Zeit noch nicht alt, doch nach allem, was wir miteinander erlebten, muß sie tiefer gehen, als die meisten anderen. Möchtest du dich mir nicht anvertrauen? Es ist genausowenig dabei, einen Freund zu Hilfe zu rufen, wenn die Seele von Schatten bedrängt wird, als wenn man von feindlichen Klingen umringt wird.«

Durch ihr Verständnis angeregt, entfuhr es ihm. »Aber du bist doch selbst der Grund!«

Ihre dunklen Augen weiteten sich, obgleich ihr bronzefarbiges Gesicht eher Mitleid als Überraschung verriet. »Wieso?« fragte sie. »Gewiß nicht absichtlich, das schwöre ich dir.«

»Oh, ich – du ...« Stolz und das Bedürfnis sich auszusprechen kämpften in ihm. Seine sonnenverbrannten Wangen röteten sich noch mehr. »Also gut«, sagte er schließlich, während er es vermied sie anzusehen. »Du kamst mit, als einzige Frau unter uns, und nur Conan zuliebe. Ich kann es gar nicht übersehen, wie dein Blick sich immer zu ihm verirrt und auf ihm verweilt, wie oft du einen Grund findest, mit ihm zu sprechen, so kurz angebunden er auch ist, seit wir durch dieses höllische Land reiten. Oh, ich bin nicht eifersüchtig, aber du bist eine schöne Frau, Daris, und – und du erinnerst mich immer an Senufer, die sich in Khemi nach mir sehnt, so wie ich mich nach ihr verzehre ...« Er hieb hilflos mit der Faust auf den Sattelknauf. »Viel zu oft sehe ich sie vor mir, und viel zu lebendig. Nachts kann ich nicht schlafen, und der Tag ist ein einziger Traum von ihr. Immer höre ich ihre liebe Stimme ihren Namen wispern, bis er mich zum Vibrieren bringt, wie der Wind eine Harfe – Senufer, Senufer, Senufer ...«

Er holte tief Luft und bemühte sich, sich zu beruhigen. »Es tut mir leid«, er schluckte, »ich habe mich falsch ausgedrückt. Du bist nicht schuld daran, Daris, aber ich sehne mich so sehr nach ihr, mehr, als du verstehen kannst.«

Er bemerkte nicht, wie es in ihr kämpfte, und sie beherrschte sich auch schnell. Sie lenkte ihr Pferd näher an ihn heran, bis ihre Knie sich berührten, dann legte sie eine Hand auf seinen Arm und sagte weich: »Danke, Falco. Jetzt verstehe ich, ein wenig – zumindest, was dich bedrückt. Schließ es nicht in deiner Brust ein, bis es überquillt und dein Ich mit sich davonschwemmt. Sprich zu mir, wenn du dich niemand anderem anvertrauen magst. Erzähl mir alles, was du dir vom Herzen reden mußt. Laß mich dir helfen, über diese Zeit des Wartens und der Sehnsucht hinaus zu sehen zu jenem Tag, da du dein Leben von neuem beginnen kannst. Laß mich diese Hoffnung in dir wecken und aufrechterhalten.«

Conan, der kurz über die Schulter blickte, sah die beiden so eng beisammen, und plötzlich stieg unverständlicherweise wilder Grimm in ihm auf.

Die Schlucht öffnete sich zu einer scheinbar endlosen Öde aus ockerfarbigen Dünen. Die Sandkörnchen knirschten unter den Hufen. Ein wispernder Wind wehte Staub herbei, der ihnen in Nase und Augen drang.

Als die Sonne sich dem Horizont näherte und die Schatten titanisch anwuchsen, kam Tyris, der Führer, zu Conan. Tyris hatte früher als Wächter Karawanen begleitet, die auch diesen Weg genommen hatten. »Wir sollten unser Lager hier aufschlagen«, riet er. Er deutete auf einen porösen Felsen in einiger Entfernung. »Wenn es stimmt, was man sich erzählte, als ich damals mit der Karawane hier vorbeikam, dann befinden wir uns höchstens noch einen Vierteltagesritt von Pteion. Nicht, daß je jemand sich seit endloser Zeit dorthin wagte, aber die Händler halten das alte Wissen wach.«

Conan runzelte finster die Stirn. »Wir können die kühlere Abendluft ausnutzen und noch weiterreiten.«

Tyris' Finger umklammerten ein Amulett an seiner Brust. »Lord, ist unser Plan denn nicht, im Tageslicht in die Stadt zu reiten, wenn die Dämonen und Ghuls sich unter der Erde ausruhen? Ich halte es nicht für klug, noch näher an der Stadt, als wir es bereits sind, zu schlafen.«

»Nun, wenn du meinst«, brummte Conan abfällig.

Gekränkt verließ der Führer ihn und gab den Befehl, das Lager hier aufzuschlagen, weiter. Rosse, Ersatzpferde und Packtiere hielten auf einen Wink ihrer Herren an und schnaubten und wieherten dankbar. Die Männer versorgten sie, gaben ihnen ein wenig des knappen Wassers, hängten ihnen die Futtersäcke um, striegelten sie und banden sie fest, ehe sie sich um die Feuer kümmerten und ihre Decken ausbreiteten. Die Taianer waren gewöhnlich trotz ihrer äußeren Würde fröhliche Menschen, doch nun wirkten sie ernst, und wenn sie jetzt überhaupt sprachen, dann mit gedämpfter Stimme. Viele zogen sich ein wenig zurück, um zu beten, ein Trankopfer zu bringen oder sich mit kleinen Schutzzaubern zu beschäftigen.

Conan stapfte herum, um nach den Posten zu sehen. Mehrmals rügte er sie ihrer Sorglosigkeit wegen, obgleich ihm selbst klar war, daß sie es nicht wirklich verdient hatten, und manche nahmen es ihm auch übel. Er verstand selbst nicht, was ihn dazu zwang, es zu tun.

Jenseits des Lagers hoben sich zwei Silhouetten schwarz vom Sonnenuntergang ab. Daris und Falco standen einander gegenüber, hielten sich bei der Hand und waren tief in ein Gespräch versunken. Nach einer Weile spazierten sie die andere Dünenseite hinunter und verschwanden aus Conans Sicht.

Eine Weile fragte Conan sich, ob die Verdrossenheit und Reizbarkeit, die ihn seit ein paar Tagen quälten, einem bestimmten Grund zuzuschreiben waren. Aber welchem Sohn des Nordens würde diese gräßliche, heiße Öde nicht zu schaffen machen? Er hatte schon viel Ungemach ertragen, doch keines hatte ihn so mitgenommen wie dieser Ritt. Ihm war, als sauge etwas wie ein Vampir sein Durchhaltevermögen auf. Aber durfte er sich darüber beklagen, wenn auch nur bei sich selbst? Im Grund genommen war das Ganze nur eine körperliche Unbequemlichkeit, und davon hatte er sich bisher noch nie unterkriegen lassen.

Etwas mehr als das war es doch. Obwohl er früher öfter längere Zeitspannen – als die, seit er Bêlit verlassen hatte – ohne Frau gewesen war, waren sie ihm nie so endlos vorgekommen wie jetzt. Und dann mußte die strohköpfige Daris auch noch darauf bestehen, an diesem Ritt teilzunehmen und ständig um ihn herumzuscharwenzeln. Sah sie denn nicht, welches Feuer sie damit schürte? Wären nicht ihre Landsleute, die das gar nicht gern sehen würden, hätte er inzwischen vielleicht schon seine Skrupel abgelegt und sie einfach genommen. Bei Derketa! Er konnte sie ja aus deren Sichtweite führen und es trotzdem tun! Nur hatte sie jetzt angefangen, dem ophireanischen Bengel schönzutun. Womit hatte er das verdient?

Ha, wenn sie nur das im Kopf hatte, dann sollte sie doch allein essen, wenn sie zurückkehrte. Er hatte jedenfalls jetzt Hunger.

Er ließ sich an dem Platz nieder, der für sie, ihn und Falco gerichtet war. Sie hatten während des ganzen Rittes gemeinsam gegessen und ihre Schlafdecken nicht weit voneinander ausgebreitet. Der Mann, der alles für sie vorbereitet und ein Feuer gemacht hatte, erhob sich und zog sich mit einem Selam zurück. Conan spießte Dörrfleisch, Zwiebel und Paprikaschoten auf und röstete alles kurz über dem Feuer, ehe er es sich schmecken ließ. Dazu trank er einen Schluck warmes, unangenehm schmeckendes Wasser aus seinem Lederbeutel. Gegen die aufkommende nächtliche Kühle zog er sich einen Umhang über die Schultern. Er war weder schläfrig, noch in der Stimmung für Gesellschaft, also blieb er allein sitzen und hing seinen düsteren Gedanken nach, mit Bêlit so unerreichbar fern. Die Dämmerung wurde zur Nacht, und die Sterne funkelten in großer Zahl am Firmament.

Knirschender Sand unter nackten Sohlen meldete Daris' Rückkehr. Conan blickte auf. Sie stand hoch und schattenhaft über ihm. »Ah, endlich«, brummte er. »Wo ist Falco?«

»Er wollte noch eine Weile allein sein und über das nachdenken, worüber wir uns unterhielten«, erwiderte sie.

»Unterhielten? Ja, Unterhaltung kann man es sicher auch nennen.«

»Was meinst du damit?« Sie setzte sich ihm gegenüber nieder. Der Feuerschein spiegelte sich in ihren Augen.

»Was glaubst du wohl?« erwiderte er scharf. »Oh, ich weiß, ich habe kein Recht auf dich. Du kannst tun, was dir gefällt.«

»Conan!«

Noch nie hatte er solchen Schock aus ihrer Stimme gehört, noch in ihrem Gesicht gelesen. Sie setzte sich hoch auf und hob beide Hände, als müsse sie einen Schlag abwehren. »Du denkst doch nicht ... Wie kannst du nur?«

»Bildest du dir vielleicht ein, ich sei blind? Er ist ein hübscher Junge, während ich in letzter Zeit keine angenehme Gesellschaft war. Ich sage dir doch, daß du tun und lassen kannst, was du willst. Iß jetzt. Ich lege mich nieder.«

»Aber ich liebe doch dich!« Daris unterdrückte ein

Schluchzen und fing sich wieder. Nach ein paar Herzschlägen sagte sie leise aber mit fester Stimme, während sie ihm in die Augen sah: »Hör mir zu. Bei Mitra, ich schwöre: nichts, was nicht jeder wissen dürfte, ist passiert, wenn man von einem brüderlichen Kuß am Ende absieht. Falco und ich unterhielten uns wirklich nur. Die Sehnsucht verzehrt ihn nach dieser Senufer aus Khemi.«

»Nehekba, meinst du«, sagte Conan spöttisch. »Er ist ein Tor!«

»Ich schwieg, was deine Meinung betraf, daß Senufer nur ein anderer Name für diese Hexe ist, denn das hätte ihn von mir getrieben. Nein, ich brachte ihn dazu, über sich zu reden, was mir nicht schwerfiel. Nachdem er mir sein Herz ausgeschüttet hatte, fiel viel seiner Last von ihm ab und ich konnte ihn auf eine Zukunft verweisen, die ihn wieder aufrichtete. Er ist natürlich immer noch nicht frei von dieser Frau, doch zumindest hat er neuen Lebensmut. Ich glaube, er wird heute nacht gut schlafen und morgen seine ganze Kampfkraft einsetzen können, wenn es nötig ist. Das war alles, was zwischen uns vorging, Conan – obgleich meine eigenen Gedanken nicht dort endeten.«

»Ich muß dir wohl glauben«, sagte er mit gespielter Gleichgültigkeit.

Sie betrachtete ihn mit ehrlicher Besorgnis. »Conan, was ist geschehen? Welche Hexerei ist am Werk? Du bist seit einigen Tagen so ganz anders: verdrossen, ja ausfallend. Das ist so ganz entgegen deiner Natur. Auch ist es gar nicht Falcos Art, sich in Selbstmitleid zu gefallen, bis er zu kaum noch etwas nutz ist. Seid ihr von Wüstendämonen besessen?«

Ihre Gedanken rasten voraus, so fiel ihr nicht auf, daß seine Verstimmung wuchs. »Nein«, murmelte sie und blickte grübelnd zu den Sternen auf. »Das wohl nicht, sonst würdet ihr nicht getreulich weiterreiten. Aber ein schwarzer Zauber nutzt vielleicht eure Schwächen aus, vertieft sie: seine blinde Verliebtheit; deine Verdrossenheit über ein Land, ein Klima, das nicht für deine Rasse bestimmt ist und dir deshalb so zusetzt. Ja und – und, zweifellos, deine Sehnsucht nach Bêlit. Indem ein Zauber diese Stimmungen erhöht, kann er sie unerträglich machen.« Ihr Blick kehrte zu Conan zurück. Ihre Stimme klang eifrig: »Wenn ich recht habe, ist dieser Zauber jedoch nicht unbrechbar. Falco hat sich seiner mit meiner Hilfe befreit. Laß mich auch dir helfen, Liebster.«

»Weshalb willst du dich bemühen?« brauste Conan auf. »Ich bin verdrossen, ausfallend und schwach, das hast du doch nicht vergessen, oder?«

Durch die Düsternis sah er, wie sie zusammenzuckte. Sofort tat ihm sein Benehmen leid, er wollte sie in die Arme schließen und sich entschuldigen. Doch ehe es ihm gelang, die Lippen zu öffnen, hatte ihr Stolz die Oberhand gewonnen. Ausars Tochter erhob sich und sagte: »Wir unterhalten uns weiter darüber, wenn du dazu Lust hast. Schlaf jetzt lieber, wie du es vorhattest. Gute Nacht.« Sie nahm ihre Decken und schritt in die Nacht hinein.

Conan lag lange wach und dachte darüber nach, was er hätte tun sollen. Aber vermutlich hätten sie nur die ganze Nacht hindurch diskutiert, während er morgen gut ausgeruht sein mußte. Diese Frauen!

Die Mittagssonne machte den Himmel zum Backofen und das Land unter ihren Füßen zur Esse. Die Luft flimmerte, daß die Dünen aus einiger Entfernung wie flakkernde Fackeln schienen. Nicht die geringste Brise milderte die Gluthitze. Hufschlag, Knarren von Sätteln und das Klirren und Rasseln von Metall verschwanden in unendlicher Stille wie Regentropfen in einem Wolkenbruch.

Conan kniff die Augen zusammen, um zu erkennen, was vor ihnen lag. Die gleißende Sonne, Luftspiegelungen und die Entfernung machten alles unwirklich wie in einem Traum. Sandwehen häuften sich bis fast zur ganzen Höhe der Stadtmauerreste. Wo die Mauer zerbrökkelt und eingefallen war, sah er die Ruinen von Häusern aus schwarzem Stein, deren Form trotz ihres Zerfalls ahnen ließ, daß sie nicht von Menschenhand erbaut waren: sie wirkten zu niedrig und schmal für ihre Länge, ihre Wände neigten sich in ungewöhnlichen Winkeln dem grotesk verzierten Dach entgegen. Die Legenden berichteten, daß die Stadt zum größten Teil unterirdisch angelegt war, und der Teil unter der Erde sollte angeblich immer noch bewohnt sein. Einige Monolithen und irgendwie verzerrt wirkende Säulen, einzeln und in Gruppen, standen noch. In der Stadtmitte erhob sich ein vorgeschichtliches Grabmal aus so gewaltigen schwarz glänzenden Steinplatten, daß es unvorstellbar war, wie sie bewegt und zusammengefügt worden sein konnten.

Dort, hatte Parasan Conan erklärt, wartete Varanghis' Axt auf ihn. Trotz seiner schlechten Laune und der Urangst des Barbaren vor dem Übernatürlichen, die er unter einer harten finsteren Miene verbarg, schlug sein Herz höher. Er zog sein Schwert und schwang es allen sichtbar. »Vorwärts!« brüllte er und trieb sein Pferd zum Kanter an.

Seine Männer stießen ihren Kampfruf aus und folgten. Auch sie quälte eine heimliche Angst vor dem Übernatürlichen, doch jeder einzelne von ihnen hatte sich freiwillig gemeldet, und wenn nichts anderes, verlangte zumindest die Ehre ihres Clans, daß sie mutig vorgingen.

Als der Trupp sich der Stadt näherte, kam ein Wind

auf. Er pfiff über die schier grenzenlose Öde, rüttelte an den Kleidungsstücken und raubte den Männern den Atem. Staub stieg wirbelnd auf, und die winzigen Körnchen drangen selbst durch die zusammengebissenen Zähne.

Mit unglaublicher Schnelligkeit schob ein dunkler Dunst sich über den Horizont und ballte sich als dichte Wolken zusammen. Die bisher strahlend helle Sonne färbte sich tiefrot, verdüsterte sich und war verschwunden. Fast nächtliche Dunkelheit verbarg die Stadt. Der sturmgepeitschte Sand schabte Conan die Wangen auf und raubte ihm schier den Atem, bis er daran dachte, sich die Kapuze seines Burnusses wie einen Schleier vor das Gesicht zu ziehen, so daß nur noch die Augen herausschauten. Die Pferde stolperten und wieherten vor Schmerzen. Er trieb seinen Hengst unerbittlich an, denn wenn nichts anderes, dachte er im Heulen des Sturmes und Zischen des fliegenden Staubes und Sandes, mußte sein Trupp zumindest eine Zuflucht vor diesem Wetter finden, und wo sonst als in Pteion?

Verschwommen tauchten links und rechts die Überreste der Stadtmauer auf. Er lenkte sein Pferd durch die Öffnung dazwischen. Zwar halfen die uralten Mauern als Windschutz, aber die Luft war auch hier beißend und die rotschwarze Düsternis noch dichter. Als schwarze Schatten sah er zwei der Gebäude vor sich, die ihm aus der Ferne aufgefallen waren. Ein Blick über die Schulter verriet ihm, daß seine Männer ihm folgten, doch nur die vordersten vermochte er zu erkennen, aber er bezweifelte nicht, daß alle in Sichtweite voneinander blieben. Der Wind kreischte.

Nein – das war eine andere Art von Kreischen! Conan drehte sich im Sattel und sah, was aus der Dunkelheit auf sie zukam.

17

DIE AXT

Zuerst sah es aus, als nähere sich ihnen ein Trupp Soldaten in seltsam steifer Formation aus der inneren Stadt. Unwillkürlich fragte Conan sich, wie sie so schnell hier angekommen waren, da doch die nächste stygische Stadt weiter entfernt war als Thuran. Er zügelte sein Pferd und winkte seinen Männern zu, heranzukommen, abzusitzen und sich zum Kampf bereitzumachen. Die Hochländer hatten keine eigene Kavallerie und deshalb keine Erfahrung im Kampf vom Pferderücken aus. Er selbst blieb in den Steigbügeln stehen und bedeutete Falco, das gleiche zu tun. Ihre beiden Tiere waren vom Feind erbeutete Streitrosse. Zwei geschickte Kämpfer im Sattel konnten eine Menge gegen einen unberittenen Gegner ausrichten.

Wieder kreischte ein Horn, für ein Instrument ein ungewöhnlicher Ton, der Conan durch und durch ging. Aber er kam nicht von den Gegnern, sondern aus der Höhe. Der Barbar blickte hoch. Durch den wirbelnden Staub, der schon nach wenigen Fuß die Sicht raubte, glaubte er zu sehen, wie eine tiefere Dunkelheit sich bewegte, ähnlich gewaltigen Schwingen.

Die Fremden kamen heran. Jetzt konnte Conan die vordersten Reihen besser erkennen. Er erstarrte, als die Furcht wie ein Pfeil in sein Herz drang. Daris, die ebenfalls noch im Sattel saß, unterdrückte einen Schrei. Falco rief seine Götter an. Die Taianer wimmerten.

Der feindliche Trupp bestand nicht aus lebenden Männern, sondern aus ausgedorrten Leichnamen. Einige trugen archaische Helme und Harnische über schwärzlicher Pergamenthaut, doch die meisten nur Fetzen ihrer einstigen Totentücher. Bei vielen waren die nackten Gebeine zu sehen. Die eingefallenen Gesichter waren unbewegt, ausdruckslos. Wo die Augen noch nicht verwest waren, wirkten sie stumpf und blicklos. Kein Herz schlug unter den Rippen, keine Lunge holte Atem.

Der Trupp war mit Kurzschwertern antiker Form oder Speeren bewaffnet, deren Spitzen ebenfalls von ungewohnter Machart waren. Das Metall war korrodierte grüne Bronze. Insgesamt zählten diese Leichen gut zweihundert. Der einzige Laut, den sie verursachten, waren ihre scharrenden Schritte.

»Geister!« stöhnte Daris. »Die Grüfte Pteions haben ihre Toten ausgespuckt und gegen uns geschickt.«

Ja, dachte Conan flüchtig. In dieser gräßlichen Düsternis mochten alle sonnenscheuenden Grauen hervorkommen. Aber wer hatte den Himmel verdunkelt, ehe er sie rief? Wie konnte jemand in Stygien etwas vom Plan der Taianer gewußt haben? Zum zweitenmal durchzuckte ihn der Schrecken, als er sich erinnerte, was er vorgezogen hatte zu vergessen: den Adler vor Ausars Zelt!

Tyris, der Führer, schrillte: »Mitra, vergib mir, daß ich diesen unheiligen Ort betrat!« Conan hörte ein antwortendes Gemurmel unter den Kriegern. Er blickte über die Schulter. Sie hatten sich zwar formiert, aber ihre Reihen wankten. Jeden Moment mochte einer das Hasenpanier ergreifen, dann würde Panik ausbrechen und alle blindlings in die Wüste laufen.

Das Horn über dem Sturm lachte.

Conan hätte selbst nicht zu sagen vermocht, ob die

pure Verzweiflung seine eigene Furcht vertrieb, oder der schwelende Grimm, der sich während des aufreibenden Rittes gestaut hatte, sich nun Luft machte. Kampfeswut erfüllte ihn. Er trieb seinen Hengst wild an. »Crom!« donnerte er. »Varuna vom Blitz! *Wakonga mutusi!* Bêlit! Bêlit!«

Ein Kadaver in der vordersten Reihe schleuderte ihm den Speer entgegen. Die scharfe Spitze glitt von seiner Kettenrüstung ab und zerschlitzte den Kaftan. Er schlug den Speer zur Seite und drängte seinen Hengst in den unnatürlichen Trupp. Er beugte sich vor. Das Schwert blitzte in seiner Hand. Er fühlte weniger Widerstand als bei lebendigem Fleisch, als die Klinge traf, und dann war sie auch schon durch einen Hals gedrungen. Ein Schädel flog durch die Luft und rollte über den Boden. Der Leichnam blutete genausowenig wie er fiel. Einem geköpften Insekt gleich, stapfte er weiter und schwang den Speer.

Conan ließ sein Streitroß aufbäumen, und als die Hufe herabkamen, zerschmetterten sie die Gebeine zu einer zuckenden Formlosigkeit. Er hieb auf einen Helm ein. Das von der Zeit zerfressene Metall zersprang. Die Klinge glitt ab und drang in einen morschen Hals. Der Kopf hing schief, während sein Besitzer mit der Waffe um sich schlug. Conan hackte seinen Schwertarm ab.

Falco hatte Mut gefaßt und ritt nun ebenfalls in das Gewühl. Sein Säbel wirbelte. Daris, die keine Erfahrung in dieser Art von Handgemenge hatte, blieb trotzdem im Sattel und stieß vom Rand aus immer wieder den Speer in das Gedränge.

Aber die Toten waren nicht schwach. Sie bewegten sich zwar unbeholfen und langsam, doch sie empfanden keine Schmerzen, verloren kein Blut, und konnten nur mit genau berechneten Hieben kampfunfähig gemacht werden. Dadurch, daß sie von allen Seiten umringt waren, hatten die Pferde schon viele Wunden davongetragen und auch ihre Reiter bereits einige leichtere, und jeden Augenblick mochten sie schlimmere abbekommen.

Inzwischen war ein großer Teil des Leichentrupps an ihnen vorbeigeeilt und hatte sich auf die Taianer geworfen.

»Brechen wir durch!« rief Conan Falco zu. Sie schlugen mit den Klingen um sich, und ihre Pferde trampelten nach allem, was sich ihnen in den Weg stellte. Die Untoten verfolgten sie nicht, sondern schlossen sich den vorderen im Kampf gegen die Taianer an. Zerstückelte Körperteile blieben zurück.

Durch eine Falte seines Burnusses holte Conan so tief Luft wie es ging. Abschirmend legte er sich die Hand über die Augen und blickte auf die tobende Schlacht. Schwerter klirrten, Schreie schrillten, Blut floß, und die Taianer, die fielen, kämpften nicht wie ihre Gegner weiter. Aber sie hielten sich gut. Und nun begannen sie sogar, ihre Clanrufe herausfordernd in den heulenden Wind und den zischenden roten Staub zu schmettern. An Conans Beispiel hatten sie gesehen, daß ein starker Arm und ein mutiges Herz selbst diese Schrecken besiegen konnten.

»Sollen wir ihnen in den Rücken fallen?« fragte Falco mit vor Kampfeslust funkelnden Augen.

»Nein«, entschied Conan. »Wir wären lediglich zwei mehr, und wir wissen nicht, welche weiteren Teufeleien der Gegner plant. Wir sollten die Chance nutzen, jetzt die Axt zu suchen. Wenn Parasan sich nicht täuschte, ist das eine Waffe, mit der man selbst in der Hölle aufräumen kann.«

Daris ritt an ihre Seite. »Es gehört sich, daß wir drei sie jetzt suchen«, sagte sie. Ihr bittender Blick fragte: *Darf ich wieder dein Kamerad sein?*

Der Cimmerier schüttelte den Kopf. »Nein, es ist besser, du bleibst hier und machst den Männern Mut. Einige werden bemerken, daß Falco und ich verschwinden, und das könnte ihren Willen rauben und doch noch zur Panik führen. Doch wenn sie dich kämpfen sehen, die du ihre von Varanghi abstammende Prinzessin bist, werden sie weiter tapfer sein. Du verstehst doch?«

Schmerz brannte in ihr. Sie preßte die Lippen zusammen, aber sie nickte. »Mitra beschütze dich und Falco.« Sie war zu keinem weiteren Wort fähig, also trottete sie davon.

Conan blickte ihr kurz nach, ehe er sich gepreßt an Falco wandte: »Machen wir uns auf den Weg.« Er ritt voran tiefer in die Stadt. Bald blieben die Kampfgeräusche zurück.

Schwarze Mauern säumten eine halbvergrabene Straße ein. Obgleich sie niedrig und schräg waren, boten sie doch zusätzlichen Schutz vor dem Sturm, und so konnten sie ein bißchen weiter sehen und ein wenig leichter atmen. Aber das rostfarbene Licht war immer noch nicht heller als in einer Mondnacht, wenn die Dämonen durch die Welt streifen. Mit gezogenen Klingen ritten Conan und Falco mehr nach der Erinnerung und ihrem Orientierungssinn als nach Sicht auf das gigantische Grabmal zu.

»Ich hörte«, sagte der Ophit, »daß Pteion, nachdem die Lebenden es verlassen hatten, mehrere Generationen als Nekropole benutzt wurde.«

Conan fragte flüchtig, wie diese Männer im Leben gewesen waren, deren tote Leiber er niedergehauen hatte. Hatten sie gelacht, geliebt, gern getrunken, Kinder gezeugt, sich Sorgen gemacht und sich die Unsterblichkeit ersehnt? Waren ihre Leichen nicht mehr als Werkzeuge, die ein Zauberer benutzte – Tothapis, ganz sicher –, oder steckten ihre Seelen noch in ihnen gefangen?

Voraus zu seiner Linken sah er ein gähnendes Portal. Ein von der Zeit verwischter, aber noch erkennbarer übergroßer Menschenschädel war darüber in den Stein gehauen. Plötzlich zügelte er fluchend sein Pferd.

Gestalten quollen durch dieses Portal.

Wie Maden aus verwesendem Fleisch wanden sie sich, bis sie in drei oder vier Reihen den Weg blockierten. Unwillkürlich schluckte Conan, und ein eisiger Schauder überrann ihn. Diese nackten grauhäutigen Gestalten waren irgendwie menschenähnlich, doch ihre unwahrscheinlich langen Arme endeten in großen Klauen, und viele kauerten auf allen vieren, Schakalen ähnlich, die ein Grab aufscharren. Tierisch wirkten die haarlosen Schädel mit den spitzen Ohren, den Schnauzen und scharfen Fängen, und die Augen, die wie die von Nachtvögeln glühten. Sie starrten, geiferten, brabbelten, scharrten ungeduldig im Sand und warteten mit schwarzen heraushängenden Zungen.

»Ghuls!« stöhnte Falco. »Welche Mumien boten ihnen durch all diese Unendlichkeit genug Fleisch, daß sie am Leben blieben?« Die Hand, die das Sonnenzeichen beschrieb, zitterte, und der Mund, der ein Gebet murmelte, war trocken. Danach war er imstande zu fragen: »So-sollen wir uns zurückziehen und einen anderen Weg versuchen?«

Conan unterdrückte seinen eigenen Schrecken und wandelte ihn zum Abscheu. »Nein!« knirschte er zwischen den Zähnen. »Diese Höllenruinen wimmeln zweifellos von Grauen, und wir stießen nur auf Kreaturen, die genauso schlimm oder noch schlimmer sind. Außerdem könnten wir uns leicht verirren. Wir dürfen jedoch keine Zeit verlieren. Wir kämpfen uns einen Weg durch sie hindurch.«

»Ich fürchte, daß ein einziger Biß oder Kratzer von diesen Aasfressern uns mit einer tödlichen Krankheit anstecken kann ...«

»Dann mußt du eben zusehen, daß sie nicht so weit an dich heran können.« Conan stieß seinem Pferd die Fersen in die Weichen und schwang das Schwert. »Crom! Varuna! Bêlit!« brüllte er.

Falco schluckte schwer und galoppierte neben ihm. Die Hufe donnerten, die Pferde wieherten, die Männer schrien ihren Schlachtruf hinaus. Die Ghuls heulten und kreischten.

Die Reiter drangen in die Meute ein. Conans Schwert sauste hinab auf einen mißgestaltenen Schädel. Er spürte die Wucht des Hiebes in den Schultern und sah, wie tintiges Blut spritzte. Er mußte allerdings das winzige Gehirn verfehlt haben, denn die Kreatur starb nicht, sondern fiel nur wimmernd und um sich schlagend auf den Boden.

Ein Ghul sprang von links herbei, um nach Conan zu greifen und ihn vom Sattel zu zerren. Des Cimmeriers Linke schmetterte gegen die flache Nase und warf den Angreifer vor die Pferdehufe, die ihn zertrampelten. Immer mehr der gräßlichen Kreaturen drängten sich um das Pferd. Ihr Heulen, Kreischen und Keckern übertönten den Sturm. Conan schwang seine Klinge pausenlos von Seite zu Seite. Sein Streitroß wieherte schrill, als Klauen ihm die Flanken aufrissen, und trampelte noch wilder um sich. Ganz in der Nähe pfiff und hieb und stach Falcos Säbel. Der große Schild schützte seine linke Seite gegen die ihn anspringenden Alptraumgestalten. Auch sein Pferd bäumte sich auf, trampelte, biß und wieherte heftig.

Und dann waren die Reiter durch die wirren Reihen. Nach etwa einem Dutzend Fuß hielten sie an und blickten zurück. Die Ghuls drängten sich kopflos aneinander.

Einige waren bereits über die Toten hergefallen und zerrissen sie. Conan stürmte auf sie ein. Sein Löwengebrüll echote von den Ruinenmauern. Panikerfüllt ergriffen die Nachtgeschöpfe die Flucht und kehrten in das Haus des Schädels zurück. Ihre Toten und wimmernden Verwundeten ließen sie zurück.

Der Cimmerier ritt wieder an Falcos Seite. »Ich hielt es für das beste, diese Aasfresser zu vertreiben, ehe sie die Lektion vergaßen, die wir ihnen erteilten«, sagte er. »Alles in Ordnung mit dir?«

»Sie kamen glücklicherweise nicht einmal dazu, mich auch nur zu berühren«, erwiderte Falco. »Den gütigen Göttern sei gedankt. Wie geht es dir?«

»Wie dir.«

»Ich fürchte nur um unsere armen Tiere.«

»Sie werden uns noch eine Weile tragen. Wenn ihre Wunden sich so stark entzünden, daß sie nicht mehr zu retten sind, müssen wir den Pferden den Gnadenstoß geben. Aber jetzt weiter.«

Tiefer hinein in die Nekropole ritten die beiden. In dunklen Türöffnungen und düsteren Portiken glitzerten Augen. Flüsterstimmen und huschende Schritte waren zu vernehmen, doch nichts stellte sich ihnen mehr in den Weg. »Halt die Augen offen«, mahnte Conan. »Ich bezweifle, daß Meister Tothapis bereits seinen letzten Trumpf ausgespielt hat.«

Die Straßen waren verschlungen und schier labyrinthähnlich angelegt. Immer wieder mußten sie sich ein auffallendes Merkmal einprägen – ein hahnenkammähnliches Dach, einen Säulenstumpf, eine zur Formlosigkeit verwitterte Statue –, um in dem wirbelnden Staub nicht die Orientierung zu verlieren. Es half, daß sie den Weg über zu Trümmerhaufen zerfallene Häuser abschneiden konnten. Conan fluchte heftig, als eine tiefere Finsternis vor ihnen sich als breite Mauer erwies. In welcher Richtung war der Weg um sie herum kürzer? Unmöglich, es festzustellen. Nun, die meisten Menschen hielten rechts für glückbringender, also bog Conan nach rechts ab.

Die Mauer endete nach etwa dreihundert Fuß. Sie sahen sich einem breiten offenen Platz gegenüber, dessen Pflaster unter Sanddünen verborgen war. Er war offenbar ähnlich wie der in Luxur angelegt gewesen. Zwei gewaltige Ruinen standen an den beiden Seiten links und rechts von ihnen, doch boten diese schwarzen Kolosse weniger Schutz vor dem tobenden Sturm als die Häusermauern in den engen Straßen. Das ihnen gegenüberliegende Ende des Platzes schien offen zu sein. Conan glaubte eine breite Straße mit Statuen zu sehen, aber in dieser staubgetränkten Düsternis war es unmöglich, Genaueres zu erkennen. Er war jedoch sicher, daß sie zu dem Grabmal führte. Er schnalzte seinem müden Streitroß zu, strich beruhigend über die schweißklebende Mähne und lenkte es über den Platz. Sie hatten ihn etwa zur Hälfte überquert, als Falco warnend aufbrüllte.

»Crom!« fluchte Conan. Er mußte sich anstrengen, die Kontrolle über sein Pferd nicht zu verlieren, das sich plötzlich aufbäumte und furchterfüllt wieherte. Falcos benahm sich genauso. Was sie hier sahen, löste die Urfurcht aus, sowohl in Mensch als auch Tier. Wie viele Äonen hatten diese Ungeheuer im Zauberbann geschlafen, ehe sie geweckt wurden, um ausgehungert erneut über die Erde zu streifen?

Aus dem Bauwerk zur Rechten sprang eine hyänenähnliche Kreatur, doch von der Größe eines Stieres. Das steife Fell glich einer harten Bürste. Die Schnauze war über geifernde gelbe Fänge zurückgezogen, so daß es aussah, als grinse das Tier, und dann stieß es ein Heulen wie das Gelächter eines Wahnsinnigen aus. Kurz hielt es an. Es studierte die Menschen mit intelligenten Augen, zog schnuppernd die Nase hoch und legte die Ohren zurück.

Aus dem linken Gebäude kam ein Monstrum auf zwei langen krallenbewehrten Beinen. Obgleich der Rumpf nach vorn gebeugt war und das Gleichgewicht durch einen gewaltigen keulenförmigen Schwanz gehalten wurde, schaute der stumpfe Reptilschädel aus doppelter Mannshöhe auf sie hinunter. Die kurzen Vorderbeine kamen gekrümmt zusammen, und die Klauen waren wie zum Gebet verschränkt. Die Schuppen am Rücken und an den Seiten schimmerten stahlgrau durch die Düsternis. Der leicht hängende Bauch glimmte weiß. Als er seine Beute entdeckte, zischte der Saurier und stapfte auf sie zu.

»Bleib an meiner Seite!« stieß Conan hervor. »Wir wollen sehen, ob wir nicht schneller sind als sie.« Er brach fast den Hals seines Pferdes, ehe er es in seiner Hysterie auf die breite Straße zulenken konnte. Blindlings schoß es dahin, und genauso blindlings folgte ihm Falcos.

Sie hatten den Platz fast überquert, als Conan ein schrilles, schmerzhaftes Wiehern und ein triumphierendes Heulen hörte. Er warf einen Blick über die Schulter. Die gigantische Hyäne hatte das Tier des Ophiten eingeholt und ihm mit einem Prankenhieb eine Hinterbacke aufgerissen. Als das Pferd stolperte, stieß die Hyäne ihm die Zähne in den Hals und riß ihm die Gurgel heraus. Blutspritzend ging das Streitroß, mit dem Reiter unter sich, zu Boden. Der Saurier kam heran.

Conan dachte nicht mehr an seine Mission. Ein Cimmerier ließ seinen Kameraden nicht im Stich, solange noch – wenn auch nur die geringste – Hoffnung bestand. Er schob das Schwert in die Scheide und sprang vom Sattel. Wie ein Ball aus Gummimuskeln schlug er auf, rollte herum und hüpfte auf die Füße. Knurrend und geifernd riß die Hyäne an dem toten Pferd. Ein Bein Falcos lag darunter. Der Junge rührte sich nicht.

Conan näherte sich in einem schrägen Winkel. Er hatte beabsichtigt, die Aufmerksamkeit des Sauriers auf sein Pferd zu lenken, damit es ihn übersah, und das gelang ihm auch. Der Koloß stapfte an ihm vorüber. Zwar bewegte er sich langsam, aber jeder der erderschütternden Schritte war so lang, daß er es mit dem Galopp eines Pferdes hätte aufnehmen können. Säugetier und Reptil wurden von dem wirbelnden Staub verschluckt.

Conan zog die Klinge und rannte auf die Hyäne zu. Das Tier entdeckte ihn, hob den häßlichen Schädel und bellte warnend. »Ja«, höhnte der Krieger, »ich habe die Absicht, dich um einen Teil deines Fressens zu bringen.«

Die Hyäne stellte sich vor ihre Beute und hob den Kopf. Blut tropfte aus den Kiefern, die einen Menschen mit einem Biß zermalmen konnten.

Hinter ihr sah Conan Falco sich aufsetzen und versuchen, sein Bein freizubekommen. Der Barbar atmete erleichtert auf. Sein Kamerad hatte sich offenbar nur totgestellt, um das Ungeheuer nicht auf sich aufmerksam zu machen. Vielleicht konnten sie sich beide doch noch einfach zurückziehen und dem Aasfresser sein Fleisch überlassen.

Nein! Conan war bereits zu nahe gekommen. Die Hyäne heulte und stürmte auf ihn zu.

Conan spreizte die Beine. Der Schädel des Tieres war in fast gleicher Höhe mit seinem. Durch wirbelnden Staub starrte er auf einen gewaltigen Rachen, aus dem ihm fauliger Atem entgegenschlug. Jeder Sprung der mächtigen Pranken ließ seine Fußsohlen vibrieren. Er schwang das Schwert über die Schulter. Als das Tier nahe genug war, schlug er zu.

Die Klinge drang in die Schnauze. Die Hyäne heulte ohrenbetäubend und wich zurück. Dadurch wurde Conan das Schwert entrissen, das tief im Knochen steckte. Blind in seinem Schmerz schoß das Tier hin und her, während das Blut aus der tiefen Wunde floß. Aber die Verletzung war nicht tödlich. Plötzlich erinnerte die Hyäne sich, wem sie sie zu verdanken hatte. Sie hielt an, heulte ihren Haß hinaus und kam mit steifen Beinen auf ihn zu. Conan zog seinen Dolch und machte sich darauf gefaßt, zu sterben.

Da hinkte Falco hinter dem Tier mit dem Säbel herbei. Wieder sah der Cimmerier eine Chance. Jetzt mußte er dafür sorgen, daß die Hyäne den Ophiten nicht bemerkte. »Liebes Hundchen«, lockte er. »Komm her, Hundchen. Ich habe was für dich!«

Das Monstrum spannte die Muskeln zum Sprung. Falco schlich an seine Seite und stieß ihm den Säbel zwischen die Rippen. Die Hyäne heulte lauter als der Sturm und schleppte nun auch noch des Ophiten Waffe davon.

Aus der roten Düsternis stapfte ein gewaltiger Koloß. Offenbar war es Conans Pferd gelungen, ihm in dem Straßenlabyrinth zu entkommen, und der Saurier war umgekehrt, um sich weniger flinke Beute zu suchen.

Als die Hyäne sich zu der neuen Gefahr umdrehte, griff Conan an. Mit der Linken faßte er das Drahthaar und riß das Tier herum, und schon fand der Dolch sein Ziel. Blut spritzte wie Wasser von einem Springbrunnen. Er hatte offenbar eine Schlagader getroffen. Aber auch diese Waffe konnte Conan nicht herausziehen, denn die mächtigen Kiefer schnappten nach ihm. Sie verfehlten ihn nur um Haaresbreite, als er hastig zurücksprang. Die Hyäne schwankte und stürzte in den Sand, wo sie heulend um sich schlug, während das Blut weiter heftig aus der letzten Wunde spritzte. Der Saurier entdeckte sie und stapfte heran.

Conan sah sich nach Falco um. »Stütz dich auf mich«, riet er ihm, denn er sah, daß der Junge sich mühsam näherschleppte. »Wir wollen uns ganz langsam entfernen, damit das Ungeheuer nicht auf uns achtet. Nur gut, daß die Hyäne ihm mehr Fleisch zu bieten hat als wir.«

Vorsichtig zogen sie sich zurück. Das Reptil kauerte sich über die tote Hyäne und begann sie schmatzend zu verzehren.

Dieser Anblick und das gräßliche Knirschen und Mampfen verloren sich schnell im Sturm. Conan hielt an und betrachtete besorgt Falco. »Wie geht es dir, Junge?« fragte er.

Des Ophiten Gesicht war schmerzverzerrt. »Ich glaube nicht, daß ich mir etwas gebrochen habe«, antwortete er. »Der Sand milderte den Druck.« Schweiß perlte auf seiner Stirn.

Conan kniete sich neben ihn und untersuchte ihn. »Nein«, pflichtete er bei. »Gebrochen ist das Bein nicht, aber ich glaube, der Knöchel ist verrenkt, und Wade und Oberschenkel sind ein einziger Bluterguß.« Er erhob sich und seufzte. »Als einzige Waffe haben wir noch deinen Dolch.« Unwillkürlich grinste er. »So unwillkommen wie hier habe ich mich noch nirgendwo gefühlt. Komm, stütz dich wieder auf mich, es dürfte jetzt nicht mehr weit sein.«

Der feine Sand hatte alle Spuren verwischt. Selbst die rote Düsternis konnte nicht verbergen, daß die Straße früher ungemein prächtig gewesen war. Der Schutt der Häuser verriet, daß sie einst in einem beachtlichen Abstand – vermutlich hinter einem Vorgarten – von der Doppelreihe hoher Monolithen gestanden hatten. Die Jahrtausende hatten die in den dunklen Stein gehauenen

Glyphen unleserlich gemacht. Falco und Conan waren froh darüber, denn allein die verwischten Spuren davon jagten ihnen einen Schauder über den Rücken.

Langsam schleppten sie sich weiter. Der Wind heulte, Sandkörner peitschten gegen Augen und Nase, Düsternis raubte die Sicht, und Erschöpfung zerrte an ihnen.

Etwas rumpelte. Der Boden bebte. Der Sand glitt in kleinen Wellen davon.

Nur Conans Raubtierinstinkt und -geschwindigkeit retteten ihnen das Leben. Der Cimmerier sah einen Menhir kippen. Er packte Falco so heftig, daß der aufschrie, und sprang mit ihm zur Seite. Der gewaltige Stein zerschmetterte im Sand, wo sie soeben noch gestanden hatten.

Da stürzte der Monolith gegenüber. Um Haaresbreite entgingen sie ihm. Da verstand Conan ... Hinter ihnen verschlang der Saurier die Hyäne. Versuchten sie einen Umweg, würden sie sich zweifellos in diesem Grabstättenlabyrinth verirrten, wo es von Alptraumkreaturen wimmelte – und sie hatten nur einen Dolch, und Falco war so gut wie kampfunfähig. Es war Conan klar, daß ihnen keine andere Wahl blieb, als weiter diese Straße zu nehmen und den stürzenden Monolithen auszuweichen zu versuchen.

Aus einer tiefen Quelle seines Inneren durchströmte ihn plötzlich neue Kraft. Er hob den Ophiten auf die Schulter, befahl ihm, sich festzuhalten, und fing zu laufen an.

Ein weiterer Menhir krachte nieder, noch einer und wieder einer. Conan sprang zur Seite, schoß vorwärts, rannte im Zickzack, wich erneut aus, sprintete weiter. Wer immer sie von wer weiß wo beobachtete, mußte sich vermutlich schwer anstrengen, um die Steine mit Zauber zu kippen. Der Hexer bemühte sich ganz offenbar, seine

Opfer zu lenken, wie ein Schütze sein Beutetier. Aber Conan war weder Vogel noch Wild, sondern selbst Jäger.

Trotzdem war es eine knappe Sache. Ein Stein schmetterte vor ihm nieder, als er auswich. Er wollte über ihn hinwegspringen, da stürzte der von der anderen Straßenseite herab. Er schoß unter ihm hindurch, aber Trümmerstücke prallten gegen seinen Rücken. Er überlegte, ob er es vielleicht hinter einer der beiden Reihen versuchen sollte, wo zumindest die Steine der anderen ihn nicht treffen konnten, entschied sich jedoch dagegen, denn die Trümmer dort würden ihm den Weg erschweren, und die Gefahr des Stolperns war zu groß. Hier war der Boden eben und das Ausweichen nicht zu schwierig. Also rannte er weiter in der Straßenmitte.

Die Menhire verhielten sich eine Weile völlig ruhig. Er war schon ein beachtliches Stück weitergekommen, als sie plötzlich alle gleichzeitig kippten, vor ihm, hinter ihm und zu beiden Seiten. Er hatte damit gerechnet und war darauf vorbereitet. Als das Paar, das ihm am nächsten war, sich neigte, berechnete er genau, wo die beiden landen würden, und sprang zu einer Stelle wenige Zoll davon, und sie verfehlten ihn tatsächlich. Conan lachte spöttisch für den unsichtbaren Zauberer und sprang von Stein zu Stein.

Dann hatte er sie hinter sich und befand sich auf einem weiteren breiten Platz – und genau in seiner Mitte erhob sich das titanische Grabmal.

»Bei Mitra!« sagte Falco mit schwacher zitternder Stimme. »Wie hast du das geschafft?«

»Ich mußte es«, erwiderte Conan.

Der Wind ließ abrupt nach. »Ich bezweifle, daß er erträglicher wird, weil der Feind aufgibt«, brummte Conan. »Sehen wir zu, daß wir weiterkommen, ehe ihm was Neues einfällt.« Er rannte auf das Grabmal zu.

Hohe Platten schwarzen Steines ragten so hoch, daß er durch die rötliche Finsternis das Dach, das sie trugen, nicht sehen konnte. Eine gewaltige Öffnung gähnte vor ihm. Es bekümmerte ihn – nach allem, was er inzwischen hier mitgemacht hatte – nicht, was an Grauen dahinterliegen mochte. Und daß es dem Zauberer gelänge, dieses Bauwerk zum Einsturz zu bringen, war nicht zu befürchten, dazu war es viel zu massiv gebaut, und außerdem beherbergte es die Axt von Varanghi.

»Der gute Gott hat uns gegen alles beschützt und uns glücklich hierhergebracht!« hauchte Falco dankbar.

Conan war zwar der Ansicht, daß ihr eigenes Handeln dabei nicht unterschätzt werden dürfte, aber er unterließ es, darauf hinzuweisen. Er setzte Falco ab. »Bleib hier und halte Wache«, bat er ihn. »Ich gehe hinein.« Der Junge bedachte ihn mit stummer Verehrung.

Offenbar war dies die einzige Tür in das Grabmal. Absolute Stille hüllte den Cimmerier ein, als er kurz stehenblieb, und dann echoten seine Schritte auf den Steinfliesen von den hohen Wänden und der im Dunkeln verborgenen Decke wider. Flügel raschelten, Schuppen scharrten ganz leicht. Als er flüchtig über die Schulter zurückblickte, war der Eingang ein verschwommenes Rotgrau. Aber er brauchte sich nicht blind dahinzutasten, denn vor ihm glimmte ein bläuliches Schimmern.

Es wurde stärker, je näher er ihm mit der Vorsicht und Geschmeidigkeit eines Panthers kam. Und dann erkannte er, daß es von einer Kristallkugel auf einem riesigen Steinblock ausging. Dieser Block war mit seltsamen Symbolen beschriftet, die das Auge auf unheimliche Weise anzogen, es auf unmögliche Pfade lenkte und ihm alptraumhafte Bilder aufdrängte. Mit aller Willenskraft löste Conan den Blick davon. Hinter dem Altar erhob sich ein gewaltiges Götzenbild – nicht Set, sondern etwas mit

Flügel und unzähligen Tentakeln, ein noch älterer Gott, vielleicht? Conan gönnte dem Götzenbild nur einen finsteren Blick und sah sich weiter um.

Am Rand des durch die Kristallkugel erhellten Bodens sah er einen Bügel herausragen. Er ging hin, um ihn näher zu betrachten, und stellte fest, daß er Teil eines Tau-Kreuzes war, aus dem gleichen Stein gemeißelt, der ein etwa mannsgroßes Stück des Bodens bildete. Aufregung erfüllte ihn. Genau das hatte Parasan beschrieben! Es war der Deckel des uralten Grabes, in dem der Prophet die Axt versteckt hatte.

Conan fragte sich, woher der Priester die Kraft genommen hatte, etwas so ungeheuerlich Schweres zu heben. Er stellte sich mit gespreizten Beinen darüber, faßte den Bügel mit beiden Händen und setzte alle seine Kraft ein, den Grabdeckel zu heben.

Die Muskeln drohten sein Kettenhemd zu sprengen und quollen wie Taue an Armen und Beinen an. Die Sehnen an den Händen und am Hals spannten sich. Schweiß wusch Furchen durch Blut und Schmutz. Aber er ging bedachtsam vor, denn wie würden die Teufel lachen, wenn er sich einen Bruch hob! Er richtete sich langsam, ganz langsam auf, so daß Beine und Hüften einen großen Teil des Gewichts übernahmen.

Die gewaltige Steinplatte löste sich kreischend. Conan drehte sie leicht, um sie besser hochzubekommen, zog an ihr und riß schließlich ganz fest daran, dann sprang er eilig zur Seite, nachdem er sie losgelassen hatte. Sie kippte auf den Steinboden und zerschmetterte. Der Krach schallte durch das ganze Bauwerk und echote von den Wänden. Conan kniete sich neben die Öffnung und blickte in das Grab hinunter.

Gebeine und Spuren von Totengaben waren mit Staub bedeckt, aber auf sie achtete er überhaupt nicht. Er sah nur das eine, dem die Zeit nichts hatte anhaben können. Es war eine Streitaxt, dergleichen die Taianer auch heute noch benutzten. Ihr Schaft war lang und gerade, und ihre Klinge, die zu einer scharfen Spitze zulief, ganz leicht gebogen. Aber sie war größer als die üblichen Streitäxte, und nur ein wirklich kräftiger Mann würde sie zu schwingen vermögen. Den Griff aus einem Conan unbekannten rotbraunen Holz hatte die Zeit nicht im geringsten in Mitleidenschaft gezogen. In die Klinge war auf beiden Seiten das Sonnensymbol eingraviert. Das Metall schimmerte blauweiß wie feine Seide, als ströme ein eigenes Licht hindurch. Nie hatte der Cimmerier je Stahl wie diesen gesehen. Mit ungewohnter Ehrfurcht beugte sich Conan hinunter, griff nach der Axt und stand auf. Er probierte sie in einem weiten Schwung aus und hatte das Gefühl, daß sie in seiner Hand lebendig, zu einem Teil seines Selbst und er zum Kriegsgott wurde. Jubel, den er jedoch zu unterdrücken suchte, wallte in ihm auf. Behutsam strich er mit dem Daumen über die Schneide. Trotz seiner Vorsicht schnitt er sich ganz leicht, so daß ein Blutstropfen herabsickerte. Die Waffe war rasiermesserscharf. Parasan hatte erwähnt, sie brauche nie geschliffen zu werden. Conan lachte begeistert und schwang sie pfeifend vor dem Götzen durch die Luft.

Ein dämonisches Kreischen erklang. Conan wirbelte herum. Er erinnerte sich des Hornes, das die Toten gegen seine Männer gerufen hatte. Falco war allein vor dem Gebäude. Der Barbar rannte.

Eine Natter schnellte auf ihn zu, verfehlte ihn jedoch und fand ihren Tod unter den schweren Füßen.

Conan stürmte aus dem Grabmal. Falco lehnte kauernd gegen eine der mächtigen Steinplatten. Er hielt den Dolch in der Hand und schrie seine trutzige Herausforderung heraus. Aus dem rotverhangenen Himmel stieß durch Staub und Düsternis ein neues Ungeheuer herab. Conan verstand jetzt, weshalb der Sturm nachgelassen hatte: um dieses Monstrum nicht zu gefährden, denn trotz seiner Größe hätte der Wind es gegen irgendwelche Mauern schmettern können.

Er erkannte den spitzen Schnabel, diese nackten, gut dreißig Fuß breiten Schwingen – sie waren als Skulpturen in Sets Flügelboot dargestellt. Das Reptil steuerte seinen Flug mit den ruderähnlichen Schwanzflossen. Die Klauen des Ungeheuers waren zwar klein, doch zweifellos imstande, ein Auge auszuhacken, und der Schnabel hatte Fänge wie Fischhaken.

Ein Mann ritt darauf, auf dem Nacken vor den flatternden Schwingen sitzend. Seine weite schwarze Robe wehte im Flugwind um den hageren Körper. Der Schädel über dem scharfgeschnittenen, alternden Gesicht war kahlgeschoren. Wieder blies er in das Horn, das er sich an einem Lederband um die Mitte geschlungen hatte, dann senkte er es und stieß einen aus Wahnsinn geborenen, nicht weniger schrillen, kreischenden Schrei aus.

Conan stellte sich breitbeinig zum Kampf. Die durch den Flug verdrängte Luft schlug ihm mit ungeheurer Kraft entgegen. Der Zauberer legte die Finger um einen Talisman von der Form eines Schlangenkopfes an seiner Brust, machte ein Zeichen und zielte mit dem geöffneten Mund.

Ein blendender Blitz zuckte heraus. Conan taumelte einen Schritt zurück – aber der Blitz hatte nicht ihn, sondern die Axtklinge getroffen und war von ihr zurückgeschleudert worden. Donner dröhnte. Feurige Glut hüllte den Stygier ein. Er war in den Flammen verloren.

Sein monströses Reittier hatte den Menschen fast erreicht. Conan gewann sein Gleichgewicht zurück und schwang die Axt. Sie drang mühelos durch den langen

Reptilhals. Der abgetrennte Schädel schloß die scharfen Kiefer um Conans linken Unterarm, doch ehe die Zähne tief ins Fleisch dringen konnten, verloren sie die Kraft, und der Reptilkopf stürzte auf den Boden. Der schwere Körper prallte gegen die Platten des Grabmals. Eine Weile noch klickten die Kiefer und peitschten die Schwingen, dann lag das Ungeheuer reglos. Nicht weit davon entfernt kauerte unerkennbar eine verkohlte Leiche.

Der Wind erstarb nun völlig. Der Staub senkte sich herab. Die Sonne leuchtete wieder strahlend.

18

HEIMTÜCKE IN PTEION

Durch atemlose Stille und drückende Hitze kehrten die beiden Kameraden zurück.

Sie hatten vorgehabt, einen Bogen um den Platz zu machen, doch ein vorsichtiger Blick hinter einem Trümmerhaufen hervor zeigte ihnen, daß er, von den unbedeutenden Überresten des Pferdes und der Hyäne abgesehen, leer war. Kein Reptil ertrug die Hitze eines Wüstenmittags. Zähne hatten Conans Klingen unbrauchbar gemacht, aber Falcos Säbel und Schild waren fast unbeschädigt. Von seinem Kameraden gestützt, hinkte der Ophit tapfer weiter.

Sie hatten etwa den halben Weg zurückgelegt, als ein schneidendes, metallisches Dröhnen die Stille brach. Aufgeregt blickten die beiden einander an. Das war nicht das kreischende Schmettern des Zaubererhorns, sondern der Ruf einer Trompete. »Hallo-o-o!« brüllte Conan. »Hier sind wir!« Inzwischen waren Falcos Schmerzen so stark, daß er außer einem Stöhnen kaum noch einen Laut hervorbrachte.

Ein Reiter, der im Trott um eine Ecke bog, entdeckte sie. Er hielt so scharf an, daß der Sand hoch von den Hufen aufflog. Es war Daris, blutbesudelt und in Kleidung, die in Fetzen von ihr herabhing. Sie ließ ihren Speer fallen, sprang aus dem Sattel und rannte mit weit geöffneten Armen die Straße hoch. »Conan, o Conan!« jubelte sie durch Tränen und Lachen.

Er drückte sie an sich. Sie schluchzte, während sie ihn küßte. Als sie sah, was er gegen eine Plinthe gelehnt hatte, um seine Arme für sie frei zu machen, ließ sie ihn los. Staunen und Bewunderung sprachen unverhohlen aus ihren Augen. Sie kniete sich nieder. Mit zitternder Stimme fragte sie: »Ist das Varanghis Axt?« Conan nickte. Sie blickte zum Himmel auf. »Mitra, wir danken dir!«

Als sie sich erhob, sprudelten Worte der Aufregung und des Stolzes aus ihr: »Und du wirst sie schwingen, unser Erlöser, du, meine große wahre Liebe!«

Er wußte, daß er sich dieses Triumphes und ihrer Ehrfurcht und Begeisterung hätte erfreuen sollen. Aber – war es vielleicht die Müdigkeit, die sich in seine Knochen fraß? – irgendwie stieg erneut etwas in ihm auf, wovon die Kampfeslust ihn befreit gehabt hatte. Was bildete sie sich eigentlich ein, ihn für sich beanspruchen zu wollen? Und welche Idioten von Soldaten sollte er verdammt sein zu befehligen? Sie glaubten doch tatsächlich, daß eine einzelne Waffe, für deren Bergung er sein Leben eingesetzt hatte – sein Leben, das Bêlit gehörte –, bereits den Sieg garantierte. Diese irrsinnige Einstellung mochte allein schon zur Niederlage führen. Er mußte sie von vornherein unterdrücken.

»Was hast du überhaupt hier zu suchen?« fragte er barsch.

Sie machte erschrocken einen Schritt zurück. »Ich – ich kam hierher, um euch zu suchen.«

»Wie steht es mit den Männern?«

»Wir vernichteten viele der Feinde, bezahlten jedoch einen hohen Preis dafür. Es sah schon so aus, als wäre unser Ende sicher, da brachen sie plötzlich alle gleichzeitig zusammen und blieben unbewegt liegen, wie es sich für Leichen gehört. Auch der Sturm hatte abrupt aufgehört, und die Sonne schien wieder. Da wußte ich, daß du es geschafft hast, Conan. Aber es konnte ja möglich sein, daß du verwundet wurdest – oder – oder sonstwas.« Fast verlegen betrachtete sie die Bißwunde, die das fliegende Reptil ihm geschlagen hatte. »Ich werde sie dir versorgen.«

»Das ist nicht nötig«, wehrte er unwirsch ab. »Das Blut verkrustet bereits. Was ist mit den Männern?«

»Etwa die Hälfte ist gefallen oder schwer verwundet. Die, die ungeschoren davongekommen sind, sind erschöpft. Ich hielt es für das beste, daß sie sich eine Weile ausruhen.«

Der Cimmerier runzelte finster die Stirn. »Und du hast dich einfach davongemacht, ohne zu wissen, in welche Gefahr du dich begibst, und sie führerlos alleingelassen! Ha, die einzige echte Kriegerin auf der Welt, die eine wirkliche Führerin ist, ist meine Bêlit!«

Daris erbleichte, als hätte er sie geschlagen. Sie ballte die Fäuste und blieb steif, aber zitternd stehen.

»Willkommen, Prinzessin«, krächzte Falco. Ungestützt taumelte er auf sie zu, indem er sein ganzes Gewicht auf den guten Fuß verlagerte. »Es – es ist nicht richtig von dir, Conan, diese tapfere Frau zu rügen.«

Er schwankte, stolperte und fiel. Ein Schmerzenslaut entrang sich ihm.

»Du bist verletzt!« rief Daris erschrocken. Sie kniete sich neben ihn nieder. »Ist es schlimm?« Sie strich ihm über die schweißnasse Stirn. »Armer Liebling.«

Wut kochte in Conan. Er gratulierte sich selbst, wie gut er sie zu verbergen verstand, und sagte lediglich kalt: »Er hat sich den Knöchel verrenkt. Er wird von selbst heilen, aber warum es verschlimmern, wenn es nicht nötig ist? Gib ihm dein Pferd und setz dich hinter ihn.«

»Natürlich soll er reiten, aber ich werde mit dir zu Fuß gehen«, sagte sie und erhob sich wieder.

»Tu, was ich gesagt habe!« donnerte Conan. »Ich will, daß du schnellstmöglich dorthin zurückkehrst, wohin du gehörst! Sorg dafür, daß die Männer wieder auf die Beine kommen, sich der Verwundeten annehmen und zum Aufbruch bereitmachen. Siehst du das denn nicht ein, Törin? Ich komme euch schon nach!«

Sie warf ihm einen langen Blick zu, biß sich auf die Lippe und drehte sich um, um das Pferd zu holen. Conan half Falco in den Sattel. Sie hatte sich bereits auf das Tier geschwungen und rückte nun ein wenig zurück, damit er bequem Platz hatte, und legte die Arme um die Mitte des Ophiten. Wortlos trotteten sie davon.

Der Barbar blieb mürrisch in der glühenden Hitze zwischen den Ruinen stehen. Hoffentlich genießt sie den Ritt, diese gefallsüchtige Idiotin, dachte Conan noch wütender. Schließlich brummte er einen saftigen Fluch, warf sich die Axt auf die Schulter und stapfte seinen außer Sicht verschwundenen Kameraden nach.

Eine Weile spürte er nur die Hitze, die Stille und den sanft knirschenden Sand unter seinen Sohlen. Er erinnerte sich nicht an die Gebäude, an denen er jetzt vorüberschritt. Vielleicht war er auf einem anderen Weg durch dieses Labyrinth gekommen? Aber es spielte keine Rolle. Hauptsache war, er hielt die Richtung ein. Vor sich fiel ihm eine Hausfassade auf, die zwar von der Zeit zerfressen, doch ansonsten noch unzerstört war. Als er näherkam, entdeckte er über dem türlosen Eingang, in den Stein eingebettet, einen faustgroßen Rubin. Weshalb hatte sich bisher noch keiner seiner bemächtigt, obgleich doch die Stadt leerstand? Sollte er ihn sich holen?

Jemand trat durch das Portal. Conan hielt die Luft an. Er faßte die Axt mit beiden Händen und duckte sich ein wenig. Jedes Härchen stellte sich ihm auf.

Süßes Lachen trillerte. »Oh, der Axtschwinger hat

Angst? Vor einer Frau noch dazu! So was! Beruhige dich! Ich bin es doch nur, Nehekba!«

In all ihrer bezaubernden Schönheit stand sie, eine Hand verführerisch an die Hüfte gelehnt. Ihre Kleidung, aus goldbraunen Federn gewoben, betonte jede schmeichelnde Rundung.

Mit verlockender Stimme säuselte sie: »Sieh dir meinen Hals an, meine Finger, schau mich ganz an! Siehst du, ich trage keinen Talisman. Er wäre mehr als nutzlos, wenn ich versuchte, ihn gegen dich anzuwenden. Erinnere dich doch nur, was Tothapis passiert ist. Die Axt wirft jeden Zauber, der gegen ihren Träger gerichtet ist, auf den zurück, von dem er ausgeht. Gewiß hat Parasan dir erzählt, daß du gegen jegliche Magie geschützt bist, solange du die Axt trägst und der Stolz über ihren Besitz dich nicht verdirbt, so daß sie sich gegen dich wendet. Ich erinnere dich an diese Warnung, damit du weißt, daß ich es ehrlich und gut mit dir meine, und ich nicht will, daß einem echten Mann wie dir etwas zustößt.«

»Dann gestehe, was du vorhast!« forderte er sie heiser auf.

Sie zuckte die Schultern auf verführerische Weise, wobei ihr ganzer geschmeidiger Körper in Bewegung geriet. »Ich will deine Intelligenz nicht durch Lügen beleidigen. Ich kam mit Tothapis in der Hoffnung hierher, dich aufhalten zu können. Aber deine Bestimmung war zu stark – nein, du selbst bist es! Conan, der Unbesiegbare! Du hast die Axt geborgen; du hast Tothapis getötet, der viele Jahrhunderte groß an Macht war; du wirst einen Sieg erringen, der Sets Haus bis zu den Grundfesten erschüttert. Der Sturz meines Meisters ließ mich hier stranden. Mein Zauber versagt, mein Turm ist im fernen Khemi, meine Trünke sind in ihm, meine Göttin hat mich im Stich gelassen. Wenn ich hierbleibe, werde ich heute nacht eines grauenvollen Todes sterben, fliehe ich in die Wüste, ist der Tod mir auf nicht weniger schreckliche Weise morgen sicher.«

»Und du – du wendest dich an mich?«

Sie richtete sich kerzengerade auf. »Ich werde dich nicht anflehen!« Er mußte ihre Ruhe und ihren Mut bewundern. »Du glaubst, vieles an mir rächen zu müssen, doch ich kann dir für mein Leben sehr viel bieten. Ich bin eine geschickte Heilerin. Ich habe einen großen Wissensschatz an Zaubersprüchen und weiß, wie man sich gegen Magie schützt. Ich kann dir so gut wie alles über König Mentuphera verraten – über seine Streitkräfte, seine Offiziere und Pläne –, Informationen, die tausend Spione dir nicht zusammenzutragen vermöchten und die unzähligen Taianern das Leben retten kann, wenn es zur großen Schlacht kommt.«

Conan zog die Brauen zusammen. »Ich weiß nicht, was ich mehr verabscheue, eine Hexe oder eine Verräterin«, sagte er, aber seiner Stimme fehlte die Überzeugungskraft. Wie schön sie doch war!

»Ich schwor niemandem die Treue, außer der Göttin, und sie hat Anhänger in vielen Landen«, sagte Nehekba. »Doch bin ich bereit, sie auch dir zu schwören, wenn du Gnade walten läßt, und werde meinen Eid nie brechen. Du sollst von allem profitieren, das ich kann und auch bin.«

Stumm blickte er vor sich hin. Er spürte das Blut in seinen Schläfen pochen.

»Und mit welcher Wonne ich mich dir schenken werde«, fuhr sie fort. »Es gibt keinen zweiten Mann wie dich auf der ganzen Welt, Conan. Mach mich zu deiner Sklavin, und ich werde glücklich sein wie nie zuvor.«

Sie schwebte auf ihn zu. Die Sonnenstrahlen verliehen ihren rabenschwarzen Wellen einen bläulichen Schimmer. Ein durch die Hitze verstärkter Duft überwältigte ihn beinahe. Sie nahm sein Gesicht sanft zwischen die weichen Hände und flüsterte zärtlich: »Komm, laß mich es dir zeigen. Hier im Haus ist ein angenehmes Gemach, das für jene hergerichtet wurde, die auf dich warteten. Ich kann dir dort die Wunden auswaschen und Salben auftragen, damit sie schneller heilen, und sie dir mit sauberen Stoffstreifen verbinden. Danach – oh, ich weiß, daß du nicht hierbleiben kannst, aber es wird noch eine ganze Weile dauern, bis deine Männer aufbruchbereit sind. Ich habe Wein und gekühlte Früchte zu deiner Erfrischung, ein weiches Lager, auf dem du dich ausruhen kannst, und mich selbst, um dir zu dienen.«

Sie küßte ihn, wie sie es in Khemi getan hatte. Er warf sich die Axt wieder auf die Schulter und erwiderte ihren Kuß. Eine lange Zeit standen sie aneinander gepreßt im glühenden Sonnenschein. Schließlich befreite sie sich sanft aus seiner Umarmung und rannte leichtfüßig zu dem Haus. Fröhlich winkte sie ihm zu, ihr zu folgen. Und er tat es, mit aufgewühlten Sinnen.

Das Innere war angenehm kühl und dämmerig und bequem ausgestattet. Er mußte ja nicht unbedingt zu dem Ekel in dem ihn erregenden Fries unter der Decke hochblicken.

Er durfte dieses liebliche Geschöpf nicht zugrunde gehen lassen. Und warum sollte er nicht nehmen, was sie ihm bot? Wenn er Daris damit verletzte – nun, sie hatte es sich selbst zuzuschreiben. Und Nehekbar würde wahrhaftig eine unschätzbare Verbündete sein.

Er war natürlich kein liebeskrankes Mondkalb wie Falco. Sorgfältig untersuchte er den Raum. Er fand nichts, das einer Waffe ähnlich sah, auch nichts, das auf Zauberei hinwies. Die zweite Tür des Gemachs war durch Trümmerstücke verbarrikadiert, sie konnte also auch dahinter nichts verborgen haben. Im Raum selbst befanden sich zwei Sessel, ein Tischchen mit Kannen, einer Waschschüssel, Stoffstreifen, und ein breites Matratzenlager.

Er legte die Axt nahe seiner Rechten nieder und nahm einen Schluck Wasser. Es schmeckte rein. Er nahm auch nicht an, daß sie daran gedacht hatte, Gift mitzubringen, da sie ja beabsichtigt hatte, mächtigen Zauber auszuüben. »Entkleide dich«, flüsterte sie, während er seinen Durst stillte. »Ich sehne mich danach, mich deiner anzunehmen.«

Ihre Finger halfen ihm, sich des zerfetzten Burnusses und Kaftans zu entledigen. Während er aus dem Kettenhemd und dem Wams darunter schlüpfte, kniete sie sich nieder, um ihm die Stiefel auszuziehen. Danach half sie ihm auch noch, sich aus dem Rest zu befreien, bis er nackt vor ihr stand.

Glühend brannte das Verlangen in ihm. Ihre Augen weiteten sich in überraschter Bewunderung. Er faßte sie an den Armen. »Ischtar!« stieß er hervor. »Schlüpf aus dem Federzeug – sofort!«

»Conan, du tust mir weh«, wimmerte sie. Er ließ sie los. Sie betastete ihre Arme, wo er sie gehalten hatte. »Ich werde ordentliche Flecke bekommen!« Sie lächelte, flatterte mit den Wimpern und warf ihm eine Kußhand zu. »Ich werde sie stolz als Zeichen des mächtigsten Mannes der Welt tragen.«

»Zieh dich aus«, sagte er mit dicker Stimme.

»Oh, ich sehne mich genauso nach dir, wie du dich nach mir«, versicherte sie ihm mit glöckchenheller Stimme. »Aber du bist verwundet, Geliebter. Blut und Schweiß und Schmutz verhüllen deine Pracht. Laß mich dich erst waschen, salben und verbinden, damit du keine Schmerzen und Müdigkeit mehr verspürst. Dann werden wir uns einander hingeben.«

»Wie du meinst«, gab er nach und setzte sich so, daß die Axt in seiner Reichweite war.

Sie tauchte ein Tuch in die Waschschüssel, wrang es aus und wusch ihn damit mit langsamen, sinnlichen Bewegungen, die ihn gleichzeitig beruhigten und sein Verlangen noch erhöhten. Die Finger ihrer anderen Hand strichen sanft durch sein Haar.

Er bedauerte es fast, als sie fertig war. Sein Blick folgte ihr brennend, als sie sich ein paar Schritte entfernte. Wie sie sich von der sonnenhellen Tür abhob, glich sie einem goldumrandeten Schatten. Er beobachtete, wie sie beide Hände an dem blutbefleckten Stoff abwischte, den sie als Handtuch benutzt hatte, zweifellos, um sich von Schmutz und losen Haaren zu befreien, die an ihren Fingern kleben geblieben waren. Ja, sie hatte recht gehabt. Als nächstes würde sie ihm auf die gleiche sinnliche Weise schmerzlindernde und heilende Salben auftragen …

»He, wo willst du hin?« fragte er verblüfft.

Sie hielt am Eingang an. Ihre Stimme war voll süßem Spott. »Fort. Ich habe beschlossen, lieber doch nicht über Land zu reisen. Lebewohl, Barbar.«

Er sprang hoch, als sie hinausglitt. Mit der Axt in der Hand stürmte er ihr nach.

Die Sonne blendete ihn. Einen Moment lang war er fast blind. Als seine Augen sich der Helligkeit angepaßt hatten, stand er auf einer leeren Straße.

»Crom!« fluchte er. »Die Hexe hat mich zum Narren gehalten. Wozu?«

Er bückte sich, um ihre Spuren im Sand zu lesen. Verschwommene, kaum als solche erkennbare Fußspuren sah er. Aber er war ein guter Jäger und Fährtenleser. Die Spur führte ein paar Fuß an der Hauswand entlang – sie war mit trippelnden Schritten gelaufen – und endete in einem wirren Durcheinander, das ihm verriet, daß etwas Seltsames geschehen war.

Er sah sich überall um. Hoch am Himmel flog ein goldener Adler westwärts, ansonsten war nichts Lebendes zu sehen.

Hatte Nehekba ihn lediglich reizen wollen? War ihre Hoffnung, ihm etwas antun zu können, durch seine Vorsicht zunichte gemacht worden, und hatte sie deshalb ihren Versuch aufgegeben? Conan wollte nicht darüber nachdenken. Das Ganze gefiel ihm nicht. Er hatte auch nicht vor, seinen Freunden davon zu erzählen, da es ihm irgendwie doch zu lächerlich vorkam.

Plötzlich lachte er laut hinaus, und sein schallendes Gelächter hallte von den Steinen wider und schallte hoch zum Himmel. Er lachte über sich selbst; lachte über jeden Feind; lachte aus Freude, daß er tatsächlich die Axt hatte bergen können, die die Taianer befreien würde. Er lachte aus reiner tiefer Lebenslust. Es war, als hätte Nehekba die schlechte Laune mitgenommen, die ihn all die Tage gequält hatte, und er war wieder er selbst: Conan, der Wanderer, der Krieger, der Liebhaber.

Die Erinnerung ernüchterte ihn. Er beeilte sich, sich anzukleiden und weiterzukommen. Vergessen blieb der funkelnde Rubin zurück.

Die Taianer waren unter Daris' sanften, aber bestimmten Anweisungen alle beschäftigt. Als das Mädchen den Cimmerier kommen sah, ging sie ihm entgegen und meldete unpersönlich: »Auf deine Anordnung hin habe ich die Überlebenden in zwei Gruppen geteilt. Die eine ist die der Kampfunfähigen. Sie wird von einigen nur leicht Verwundeten nach Hause begleitet, wo sie alle betreut werden können. Sie wird auch die Toten mitnehmen und in der Schlucht bestatten, wo es genügend Steine für

Grabhügel gibt. Wir dürfen sie nicht den Ghuls überlassen. Die zweite Gruppe besteht natürlich aus den Kampffähigen. Tyris versicherte mir, daß er einen direkten Weg zu Ausar weiß. Beide Gruppen dürften in Kürze aufbruchbereit sein.«

Seine blauen Augen suchten ihre. Er legte die Hände um ihre Taille und sagte leise: »Du hast deine Sache großartig gemacht, Tochter von Königen, und ich war gemein, verdrossen und ungerecht. Ich weiß nicht, was in mich gefahren war, aber es ist mir jetzt klar, wie sehr ich dich gekränkt habe, und ich bitte dich um Verzeihung.«

»O Conan!« rief sie. Ohne auf die erstaunten Blicke ringsum zu achten, warf sie sich in seine Arme.

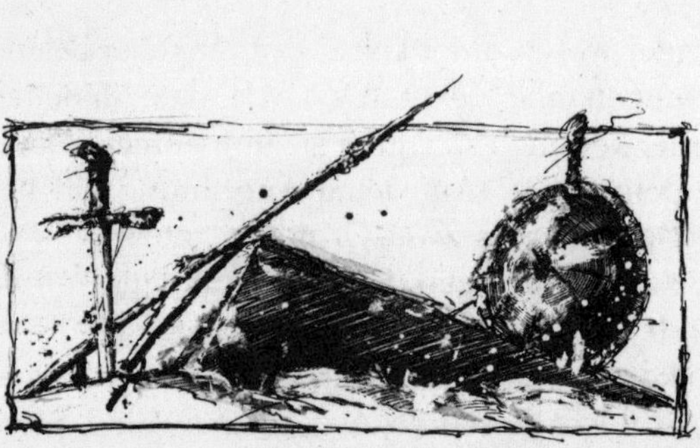

19

DIE SCHLACHT

Die Militärstraße führte in die Nordwestecke der Taia genannten Region. Einen Tagesmarsch weiter kam sie durch ein schmales Tal. Zerklüftete Wände, mit Felsbrokken überzogene Hänge und kärglich bewachsene Hügel erhoben sich zu beiden Seiten. Die rote Erde im Tal und am Fuß der Höhen brachte Sträucher, rauhes Gras und ein paar verkrüppelte Bäume hervor. Der Himmel war zu dieser Vormittagszeit ultramarinfarben, und schon jetzt entlockte die Backofenhitze dem Zwergwacholder einen würzigen Duft.

Durch die Sträucher verborgen, lagen Männer auf den Höhen und spähten in die Tiefe. Die Entfernung ließ die Gestalten unten winzig erscheinen, verbarg jedoch ihre Zahl nicht. Kavallerie bildete die Vorhut, Streitwagen rumpelten hinter ihr her, ihnen folgten in dichtgeschlossenen Reihen die Fußsoldaten, danach holperten die Versorgungskarren dahin, geschützt von der Nachhut. Der gesamte Zug füllte die gepflasterte Straße über zwei bis drei Meilen. Metall blitzte, Wimpel flatterten, Standarten hoben sich hoch über die Köpfe, Lanzen und Speere wiegten sich wie Kornfelder im Wind. Selbst hier oben noch hörten die Beobachter ein Rauschen wie von einer Brandung. Es kam von den Marschschritten, dem Dröhnen der Hufe, den ratternden Rädern und dem pausenlosen Trommelschlag.

Conan pfiff durch die Zähne. »Eure Späher irrten sich

nicht«, murmelte er. »Eher haben sie die Zahl noch unterschätzt. Das muß ja die ganze Streitmacht Mittelstygiens sein, mit allen Reserven, die sie in der Eile mobilisieren konnten.«

»Nun, wenn Mentuphera sie persönlich anführt ...« Ausar beendete seinen Satz nicht.

»Glaubst du das denn wirklich? Du hast doch nur das Wort dieser Späher, die einfache Bergbewohner sind.«

»Sie sind ausgezeichnete Beobachter, und ich bin weit genug herumgekommen, um zu erkennen, was sie beschrieben. Nur der König trägt die Standarte mit einer Silberschlange auf schwarzem Grund und einen Bronzegeier auf der Spitze der Stange. Er beabsichtigt, ein für allemal mit uns Schluß zu machen.«

»Ja«, sagte Conan grimmig. Sein Blick wanderte hinter die Armee. Die Straße bog um einen Hügel, der verbarg, was weiter zurücklag, aber der Rauch dort bildete eine gewaltige Säule, und keine Aasgeier kreisten am Himmel – sie kauerten statt dessen auf dem Boden und schlugen sich die Bäuche voll. Gestern noch hatte das Dorf Rasht dort friedlich und malerisch zwischen Feldern, Obstgärten und Weiden gelegen. Ausars Leute hatten die Einwohner nicht gewarnt zu fliehen, weil sie kein Massaker erwarteten. Sie hatten angenommen, die Stygier würden sich beeilen, Ausar zu finden. »Er wird alle Taianer ausrotten und danach das Land mit seinen eigenen Leuten besiedeln.«

»Das wird er nicht!« schwor Daris. »Mit dem heutigen Tag endet seine Herrschaft!«

»Es wird kommen, wie das Schicksal es bestimmt.« Ausars Stimme klang qualverzerrt. »Wenn wir – trotz allem – verlieren sollten, dann denkt daran, was ich beschlossen habe. Ich werde allen Führern befehlen, ihre Clans anzuweisen, die Waffen zu strecken, und dann werde ich mich selbst ergeben, damit Taia nicht völlig vernichtet wird.«

»Zuerst«, sagte Conan trocken, »sollten wir vielleicht doch unseren Plan durchführen. Ihr kennt vielleicht die genaue Zahl eurer Krieger nicht, aber sicher ist sie höher als die des Feindes. Fehlen ihnen auch soldatische Ausbildung und kriegerische Ausrüstung, mangelt es ihnen doch keineswegs an Mut, und wir sind auch durch unsere ausgezeichnete Angriffsposition im Vorteil. Außerdem haben wir die legendäre Axt.«

Ausar und Daris blickten ihn mit solcher Ehrfurcht und Verehrung an, daß er sich unbehaglich fühlte. Verdammt, er war doch keine Verkörperung einer legendären Gestalt, sondern ein einfacher Barbar und Abenteurer!

Doch der Zufall, oder die Vorsehung, oder der Streit zwischen den Göttern hatten ihn zu einem Symbol gemacht, zu einer Heldenfigur, um die sich die Rebellen scharten und denen er allein durch seine Anwesenheit Mut und Hoffnung verlieh. Schon oft war es in diesem Hochland zum Aufruhr gekommen, doch nie hatte er sich wie jetzt wildfeuergleich verbreitet. Ausar auf seinem Westmarsch hatte verkündet, daß er sich in der Nähe der Grenze mit dem Axtschwinger treffen würde. Durch Läufer, die den Kriegspfeil von Lager zu Lager trugen, war ihm diese Kunde vorausgeeilt, durch die Pfeifzeichen von Hirten und Jägern, durch Signalfeuer auf den Gipfeln und Kämmen, und vielleicht auch noch auf mysteriösere, ältere Weise. Überall im ganzen Land griffen Knaben, Männer, gesunde Greise und geschickte Maiden nach den Waffen und einer Wegzehrung und machten sich auf, sich dem Häuptling des Varanghi-Clans anzuschließen. Eine wilde Horde war es. Conan konnte nur hoffen, daß es ihm auch wirklich gelungen war, mit Hilfe erfahrener taianischer Streiter, dieser gemischten Armee zumindest die Grundbegriffe geregelter Kriegsführung beizubringen.

Inzwischen war General Shuat mit seiner Truppe ungehindert und mit solcher Hast marschiert, daß er die taianischen Ortschaften unterwegs in Frieden ließ. Er mußte durch Brieftauben oder auf eine andere Weise Befehl von seinem Monarchen erhalten haben, seine Pläne zu ändern, denn er hatte an der Provinzgrenze Halt gemacht, um auf die königliche Armee zu warten. Jetzt war er Teil dieser gewaltigen Truppe, die sich Zeit zum Morden und Verheeren nahm, auf dem Weg zu Ausars Streitmacht.

Doch hier in den Bergen um Rasht war nichts, was ihre Aufmerksamkeit lohnte, und Stygier aus der Tiefebene würden nicht die geringste Spur der Tausenden bemerken, die zusammengekommen waren, um ihnen einen Hinterhalt zu stellen.

»Gehen wir«, brummte Conan. Er und seine Begleiter krochen ein Stück dahin. Als keine Gefahr mehr bestand, daß sie zufällig von unten bemerkt werden konnten, erhoben sie sich.

In einer Mulde hinter dem Kamm warteten etwa hundert Reiter und genauso viele Fußsoldaten. Mehr konnten sich an einer Stelle nicht sammeln, ohne ihre Anwesenheit zu verraten. Außer diesen gab es nur wenige Berittene, doch Trupps ungefähr gleicher Größe lauerten überall über dem Tal. Ihr Plan war, die Stygier an vielen verschiedenen Punkten zu überfallen, des Königs Armee in einzelne Gruppen zu zersplittern und getrennt in einen Kampf zu verwickeln, bis sie aufgerieben waren.

Conans Trupp würde als erster zuschlagen und den Feind an der Spitze angreifen, das würde dann das Signal für die anderen sein. Deshalb waren Conans Mannen auch besser gerüstet als der Rest. Sie trugen Helme, Brustpanzer oder Kettenhemden, manche sogar eiserne Handschuhe, Wadenschutz oder ähnliches. Daris sprang in den Sattel. Sie selbst trug nur eine Tunika und eine Lederkappe, bewaffnet war sie mit einem Bogen, einem Dolch und dem Gürtel, den sie inzwischen als ihren Glücksbringer betrachtete. Sie schlang sich den vollen Köcher um und nahm einem hageren, grauhaarigen Clansmann die Standarte ab, die sie tragen würde. Sie war im Mitratempel gewoben und stellte eine goldene Sonnenscheibe mit Strahlenkranz auf himmelblauem Feld dar.

»Wird auch Zeit«, brummte Sakumbe. »Es war recht eintönig, so ganz ohne Frauen für uns, und das Bier reichte auch kaum. Kann nur hoffen, daß wir heute gute Beute machen.«

Conan grinste. Er hatte die Suba zu seiner Abteilung genommen, weil er sich als einziger – durch ihren Führer – mit ihnen verständigen konnte, aber auch, weil er wußte, welch großartige Kämpfer sie waren. Außerdem würden sie seinen Trupp auffälliger und furchterregender machen. Ihre dunkle Haut sog die Strahlen der Hochlandsonne auf, und durch ihre fremdartigen Kleidungsstücke wirkten sie noch schreckeinflößender.

»Ich kann mir nicht vorstellen, daß der König von Stygien wie ein Bettler reist«, sagte der Cimmerier. »Was hältst du von Tellern und Schüsseln aus edlem Metall, mit Juwelen verziert? Oder von seltenen Weinen und Gewürzen? Von prächtigen Seidengewändern? Von Truhen voll Gold? Wir brauchen nur zu siegen, dann könnt ihr euch bedienen.«

Sakumbe lachte schallend und hielt seinen Männern eine Ansprache. Sie stießen Jubelrufe aus, alle außer Gonga, dem Medizinmann. Auch er war zum Kampf bewaffnet, aber er hatte seinen narbenüberzogenen Körper mit mysteriösen Zeichen bemalt und trug eine Halskette aus Menschenzähnen und -fingerknöchelchen, einen Stab, eine Rassel, und um seine Mitte hing ein Lederbeutel mit Zaubermitteln.

Falco ritt näher an Daris heran. Er hatte sich wieder erholt und litt keine Schmerzen mehr, doch war sein Fuß noch nicht voll zu gebrauchen. Aber er behauptete, das spiele keine Rolle, solange er auf seinem kräftigen stygischen Wallach saß. Außer Harnisch und mit Federbusch geschmückter Sturmhaube trug er einen wallenden scharlachroten Umhang. Die Lanze in seiner Rechten zitterte wie Espenlaub im Frühling.

Conan, prächtig in Kettenhemd, Flügelhelm und Beinkleidern, die er in Stiefel mit Stahlschäften und goldenen Sporen gezwängt hatte, wandte sich an Ausar. Er wurde so ernst wie der Taianer. »Der Sturm erhebt sich, und niemand weiß zu sagen, in welche Richtung der Wind wehen wird. Mögen die Götter geben, daß wir uns als Sieger wiedertreffen. Und wenn nicht, Häuptling, danke ich dir für deine Güte und bitte Mitra, dich zu sich zu holen.«

»Und ich danke dir im Namen von ganz Taia«, antwortete Ausar. »Was immer auch kommen mag, solange unser Volk lebt, wird auch die Erinnerung an dich lebendig bleiben.«

Sie umarmten sich. Ausar würde die stygische Nachhut angreifen, damit sie nicht dazu käme, ein Flankenmanöver durchzuführen. Vater und Tochter drückten einander fest die Hand, ehe der Häuptling aufbrach.

Conan schwang sich aufs Pferd. Für ihn hatten die Rebellen ein edles Streitroß eingefangen: einen prächtigen Rapphengst, der vor Eifer wieherte und sich aufbäumte. Der Cimmerier tätschelte seinen warmen Hals. »Schon gut«, murmelte er ihm zu. »Du wirst heute genug zu tun bekommen, das verspreche ich dir.« Seine Schenkelmuskeln spannten sich unter der Haut, und er ritt dem entgegen, was ihm vorbestimmt war.

Daris lenkte ihre Stute an seine Seite. Die Standarte flatterte über ihrem Kopf. Falco schloß sich ihr rechts an. Unglaublich für jeden, der ihn nicht kannte, hielt Sakumbe mit seinem gewaltigen Bauch ohne Schwierigkeiten Schritt mit ihnen. Seine Männer folgten ihm dichtauf an der Spitze der Speerträger, Axt- und Schwertkämpfer, Bogenschützen und Schleuderer. Vor ihnen, mit dem Cimmerier in der Mitte, ritten Lanzenträger in der von den Taianern bevorzugten Keilformation. Sie würden zwar keine ebenbürtigen Gegner für die gut ausgebildeten und erfahrenen stygischen Kavalleristen sein, doch sie hofften, sie konnten diese zumindest in Trab halten, bis Verstärkung eintraf, woraufhin sie abzusitzen gedachten, um auf ihre übliche Weise zu kämpfen.

Steine ratterten, gelbliches Gras und staubige Sträucher raschelten, Pferdegeschirr knarrte, und die winzigen Glöckchen daran klingelten. Die Marschgeräusche des Feindes wurden lauter.

Conan hatte sich natürlich nicht eingebildet, wie aus dem Nichts über den Gegner herfallen zu können, aber er hatte das Terrain im vorhinein gut studiert und eine Route gefunden, die einen Sturmangriff zuließ. Ohne sie wäre es dem Feind eventuell möglich gewesen, sie – ehe sie ihn erreichten – mit Pfeilen einzudecken. Er setzte zum Trott an, als sie den Kamm überquerten.

Und hinab! Schon bald war die Armee unten keine als Masse erscheinende Parade von Ameisen mehr. Die einzelnen Soldaten hoben sich ab, und ihre Waffen waren zu erkennen. Der vergoldete Streitwagen, auf dem sich blendend die Sonne spiegelte, konnte nur der des Königs sein – und er hatte vor, so schnell wie möglich die königliche Standarte zu erobern. Rufe waren zu hören, alarmierendes Trompetenschmettern und das erste Schwirren von Pfeilen.

»Hoi-ja!« brüllte er. »Freiheit für Taia.« Er griff nach Varanghis Axt, die am Sattelknauf hing. Sie sang und funkelte, als er sie über den Kopf wirbelte. Nicht jede Streitaxt war im Sattel von großem Nutzen, doch diese lebte in seiner Hand, war scharf und schrecklich und schien den Kampf zu ersehnen.

Der Talboden war nah. Conan trieb seinen Hengst zum Galopp an. Seine Reiter folgten dichtauf. Die Laufenden fielen ein wenig zurück, würden sich ihnen jedoch bald wieder anschließen. Und nun galt es, auf die heranschwirrenden Pfeile zu achten. Im Gedränge unten konnten Schützen nichts mehr ausrichten, aber auch ein Sturm war dort nicht möglich.

Mit einem Pfeilschaft durch seine Kehle stürzte ein taianischer Reiter vom Pferd und rollte staubaufwirbelnd ein paar Fuß. Conan bemerkte es aus dem Augenwinkel. Er kannte den Mann, hatte mit ihm gezecht und am verlöschenden Lagerfeuer unter dem Mitternachtshimmel Witze ausgetauscht, hatte von seiner Frau und seinen Kindern und seiner alten Mutter gehört. Aber was sollte es? Crom gab keinem Manne mehr als die Kraft, tapfer zu sterben.

Und nun klapperten die Pferdehufe über Pflastersteine. Conan zügelte seinen Rappen. Seine Reiter schlossen sich ihm an und blickten den Pferden, Harnischen, Helmen und gesenkten Lanzen der stygischen Kavallerie entgegen, deren Zahl zehnmal die ihre war.

Aber sie konnten nicht alle gleichzeitig gegen sie kämpfen, denn verließen sie die Straße, beengten die Böschungen und Hänge sie mit ihren Felsbrocken, Dornbüschen und Mäuselöchern, von denen das eine so gefährlich wie das andere war für die an solches Terrain nicht gewöhnten Pferde.

Wieder wirbelte Conan die Axt über den Kopf. »Zum Sturm!« brüllte er und gab seinem Streitroß die Sporen.

Der Gegner trottete ihnen entgegen, kanterte und fiel schließlich in Galopp. Hufschlag dröhnte wie das stete Pochen von Trommeln. Banner, Federbüsche und Umhänge flatterten bei dieser Geschwindigkeit. Schilde schwangen hoch, Lanzen wurden angelegt. Männer und Tiere gewannen mit zunehmender Nähe an Größe.

Gemäß seiner Anweisung zog Daris sich hinter Conan zurück. Falco schloß die so entstandene Lücke, den Lanzenschaft hatte er geschickt quer über den Nacken seines Braunen gelegt.

Mit donnerndem Brüllen begann die Schlacht.

Eine Lanzenspitze suchte Conans durch das Kettenhemd geschützte Brust, um ihn vom Pferd zu stoßen. Doch ehe sie ihn erreicht hatte, durchschnitt die Axt das Holz. Der Stygier hatte keine Chance, die Klinge zu ziehen. Conans Hieb erwischte seinen Hals. Unwillkürlich durchzuckte den Cimmerier der Gedanke, wer dieser Mann wohl gewesen sein mochte, der die Ehre gehabt hatte, als erster nach fünfhundert Jahren durch Varanghis Axt zu fallen.

Falco stieß einen Angreifer durch die Kehle, ließ seine Lanze sinken, riß den Säbel aus der Scheide, brachte den Schild in Position und nahm sich den nächsten Feind vor. Conan zerschmetterte den Schädel eines Pferdes, sein Reiter fiel unter die Hufe. Falco wehrte einen Schwerthieb ab und trennte dabei die Finger, die ihn bedroht hatten, von ihrer Hand. Von Sturm konnte jetzt keine Rede mehr sein. Im dicksten Handgemenge kämpften die Gegner, schlugen, stachen, schmetterten, schwangen mit klirrendem Stahl, brüllten, japsten, keuchten, ächzten, fluchten, schwitzten und bluteten.

Von seinem hohen Streitroß aus überblickte Conan hin und wieder aus den Augenwinkeln, wie die Schlacht anderswo stand. Wie erwartet, hatten die stygischen Kavalleristen den taianischen Reitern schwer zu schaffen gemacht, aber kaum war einer der Hochländer aus dem Sattel, wurde er doppelt so gefährlich, und sein Tier blokkierte den Vormarsch. Und nun stürmten die taianischen Fußkrieger, braun und schwarz, in die Schlacht.

Die nächste Abteilung der königlichen Armee – die Streitwagen mit ihren klingengespickten Rädern – rollte heran.

Pfeile hagelten auf sie hinab. Pferde, Lenker, ja selbst schwergerüstete Soldaten fielen. Wild brüllende Dolchkämpfer machten sich zwischen ihnen zu schaffen: Sie durchschnitten Pferdefesseln und Geschirr, sprangen auf die Wagen und stachen auf die Männer in ihnen ein. Die gesamte taianische Streitmacht war nun im Einsatz. Conan sah Banner schwanken und stürzen, sah die stygischen Reihen sich die vielen Meilen entlang wie eine Schlange mit zerschmettertem Rücken winden.

»Bêlit! Bêlit!« brüllte er und gab seiner Axt zu tun.

»Senufer!« rief Falco und schwang seinen Säbel wie eine Sense.

Sie schufen sich Platz ringsum und sorgten für einen Wall aus verstümmelten Leibern und blutenden Verwundeten. Hunderte weitere Taianer hatten sich inzwischen noch dem Sonnenbanner angeschlossen und folgten der glimmenden Axt. Sie schlugen sich einen eigenen Weg durch die stygische Kavallerie. Sakumbes Kugelstock wirbelte so schnell um ihn herum, daß nur sein Flimmern zu sehen war. Er hatte seinen eigenen Trick: Er schlug einem Reiter damit auf das Knie oder einem Pferd auf die Nase, und dann, während der Schmerz sein Opfer flüchtig lähmte, stach er mit dem Dolch in seiner Linken zu.

Plötzlich hatte Conan keinen Gegner mehr. Er schaute sich um. Überall schwärmten und kletterten Taianer über die Leichen von Stygiern. Begeistert stießen sie ihr Wolfsgeheul hinaus und schüttelten das Blut von ihren Klingen. Ein paar versorgten ihre verwundeten Kameraden, einige wehklagten um ihre Gefallenen, andere verfolgten fliehende Feinde die Hänge hinauf, schneller als die erschöpften Pferde bergaufstolperten.

Etwas weiter hinten blockierten leere Streitwagen die Straße, während andere gekippt von panikerfüllten Pferden dahingeschleift wurden. In größerer Entfernung von Conans Trupp herrschte dichtestes Handgemenge, wo die Rebellen sich auf die stygische Infanterie geworfen hatten. Waffen klirrten und blitzten, Schreie zerrissen die Luft. Doch davor und hinter den Streitwagen stand ein stygisches Regiment unerschüttert inmitten eines niedrigen Walles aus Leichen gefallener Taianer. Es umgab den goldenen Wagen, und über den Köpfen flatterte die Schlangenstandarte.

Conan winkte seine Kameraden zu sich: Daris, Falco und Ruma, der die Verstärkung hier an der Vorhut befehligt hatte und seinen Clan, den der Farazi, rächen wollte. »Das muß des Königs Elitetrupp sein«, sagte der Cimmerier und deutete. »Seine Leibgarde, nehme ich an, und zweifellos auch ein Teil von Shuats Legion, die sich in dieser Gegend auskennt. Ein Überraschungsangriff kann Soldaten wie sie nicht erschüttern.« Er runzelte die Stirn. »Ich glaube, wir haben hier hauptsächlich deshalb gesiegt, weil der Feind nicht wirklich auf den Einsatz seiner Kavallerie und Streitwagen vorbereitet war. Gewiß, auch seine Fußsoldaten sind in schlimmer Bedrängnis, aber sie könnten, wenn sie sich besännen, unsere unausgebildeten Streiter zurückwerfen.«

»Was sollen wir tun?« fragte Ruma.

Conan warf einen Blick über die Hochländer. Ein polterndes Lachen löste sich aus seiner Brust. »Angreifen«, erwiderte er. »Den Schildwall um den König brechen, die Soldaten, die wir nicht töten, in die Flucht jagen, Mentupheras Kopf auf einen Speerschaft spießen und ihn allen sichtbar tragen. Wenn das den Stygiern nicht den Mut raubt, verstehe ich nichts von Kriegsführung.«

Falco stieß einen begeisterten Jubelschrei aus, warf seinen Säbel durch die Luft, fing ihn auf und schwang ihn erwartungsvoll.

Daris blickte besorgt drein. »Wenn wir es versuchen, und es gelingt uns nicht ...«, murmelte sie. »Ich fürchte – ich kenne meine Leute –, dann wird sich wie Wildfeuer unter den Taianern verbreiten, daß du gar nicht die wahre Axt trägst, und dann werden sie es sein, die fliehen.«

»Aber es ist die echte Axt!« rief Ruma, »und Conan ist der von Mitra Auserwählte!«

Der Cimmerier umfaßte die Waffe mit beiden Händen. »Daran zweifle ich selbst auch nicht mehr«, sagte er ruhig. »Nun, wollen wir unsere Krieger sammeln?«

Das dauerte eine Weile und bedurfte vieler Rufe, schrillen Horngeschmetters und Ermahnungen. Die Männer des Königs beobachteten es gleichmütig in geschlossenen Reihen, mit gespannten Bogen. Das Handgemenge dahinter hielt weiter an. Hin und wieder ging ein stygischer Trupp unter dem Ansturm der Taianer zu Boden, manchmal schlugen des Königs Mannen einzelne Rebellen zurück, die sich daraufhin dem nächsten Trupp anschlossen. Conan ritt ein Stück den Hang hoch, um einen besseren Überblick zu bekommen. Ja, sagte er sich, wenn wir nicht bald an ihren König herankommen, werden die Stygier sich neu formieren und den Sieg davontragen.

Aber er würde dafür sorgen, daß es nicht soweit kam. Er ritt wieder hinunter. Er verspürte weder Müdigkeit noch Schmerzen, obgleich er leichtere Verletzungen in reichem Maße abbekommen hatte, sondern glühte vor Kampfeslust. Sein einziger Wunsch war, alles niederzuschlagen, was zwischen ihm und Bêlit stand.

Er, Daris und Falco waren die letzten ihres Reitertrupps, die noch im Sattel saßen. Sein Hengst konnte mit seinen Hufen allerhand ausrichten, während er von seinem Rücken aus die Waffe schwang, aber falls es dazu kommen sollte, daß sein Tier fiel, würde er eben zu Fuß weiterkämpfen, Hauptsache die Axt fühlte sich wie ein Teil seines Selbst an.

Die Taianer waren bereit – kein geordnetes Regiment, sondern eine wilde Horde, aber vielleicht gerade deshalb um so gefährlicher. Daris' Standarte flatterte stolz. Conan übernahm wieder die Führung. Die Axt wie ein Fanal schwenkend, gab er seinem Rapphengst die Sporen. Hufe dröhnten auf Stein. Trott wurde zum Kanter. Die Stygier senkten die Piken und legten Pfeile an die Sehnen.

Plötzlich durchzuckte ihn heftiger Schmerz.

Es war, als stächen Millionen weißglühender Nadeln in Haut, Fleisch, Venen. Er schien lebenden Leibes zu brennen. Sein Magen verkrampfte sich in einem schrecklichen, stoßweisen Anfall. Seine Muskeln spielten ohne sein Zutun verrückt und brachen fast die Knochen unter ihnen. Schwarze Schleier schoben sich vor seine Augen. Dröhnender Donner erschütterte seine Ohren. Modergestank wie aus uralten Grüften peinigte seine Nase. Sein Herz hämmerte wie wahnsinnig gegen die Rippen, und er sah sich bereits dem Tod nahe.

Die Axt entglitt ihm und fiel klappernd auf das Pflaster, kurz danach kippte er selbst vom Pferd und wand und krümmte sich vor Schmerzen vor den Augen seiner Leute auf dem Boden. Erschrocken hielten sie an.

Darin sprang aus den Steigbügeln. Sie vergaß das Sonnenbanner, das ebenfalls in den Staub fiel. Verzweifelt kniete sie sich neben Conan und wollte seinen Kopf auf ihren Schoß legen, aber er schlug in seinen Schmerzen so heftig um sich, daß sie nicht verschont blieb. »Conan, Conan, was fehlt dir denn?« fragte sie mit zitternder Stimme. »Bei Mitra, sprich zu mir! Ich bin es, Daris! Daris, die dich liebt ...«

Er hörte sie nur ganz schwach, wie durch einen Wirbelsturm hindurch, aber er fand in den Qualen und Schrekken, die ihn gefangenhielten, keine Antwort für sie.

Die Taianer wurden unsicher. Sie senkten ihre Waffen, zitterten am ganzen Leib und starrten mit aufgerissenen Mündern auf Conan. Ruma schüttelte den Speer hoch über seinen Kopf.

»Haltet euch bereit!« brüllte er. »Wehe, wenn einer versucht, die Flucht zu ergreifen! Ich bringe ihn persönlich um!«

Falco hob im Sattel seinen Säbel und versprach mit heiserer Stimme: »Oder ich tu es für dich, Ruma.«

Daris' Tränen tropften auf Conans schmerzverzerrte Züge. »Komm zu dir«, flehte sie. »Ich rufe dich – im Namen – im Namen Bêlits. Komm zurück zu Bêlit.«

Trotz der Hölle, die in ihm tobte, hörte er sie. Etwas erwachte in ihm: irgendwie konnte er sich wieder erinnern, konnte verstehen und sprechen. Doch jedes einzelne Wort, um das er sich bemühte, war eine einzige Qual und ungeheure Anstrengung. »Selbst – schuld – traf – Nehekba – in Pteion – wusch mich – und – nahm – ein Tuch – voll – meines – Blutes – mit – und ...« Mehr zu sagen war er nicht mehr imstande. Er krümmte sich in unerträglichen Schmerzen und keuchte.

Ein Taianer wimmerte und rannte davon. Ruma schleuderte seinen Speer. Der Mann ging zu Boden. Mit weißem Gesicht ritt Falco zu ihm und gab ihm den Gnadenstreich. Die Hochländer stöhnten, blieben jedoch, wo sie waren. Die versammelten Stygier blickten höhnisch auf sie.

Da schwebte plötzlich etwas Glänzendes über dem Schlangenbanner herab. Es war ein Bronzestreitwagen ohne Räder und Pferde, in dem eine Frau stand. Hauchdünne Gewänder und mitternachtschwarzes Haar flatterten im Fahrtwind. Ein kleiner Spiegel glitzerte an ihrem Hals. In ihren Händen hielt sie eine kleine Wachsfigur, die sie zwischen den Fingern quetschte und mit einem Dolch und der Flamme einer Kerze marterte. Und dabei lachte sie silberhell. Hoch flog sie, dann hinab und vorwärts.

Über all die Meilen verstummten die Kampfgeräusche. Die Taianer wimmerten. Es würde nicht mehr lange dauern, bis sie alle furchterfüllt die Flucht ergriffen.

»Senufer!« schrie Falco.

Conan sah sie durch die Finsternis, die ihn einhüllte. Sie erschien ihm als Derketa höchstpersönlich, die eine Abteilung Geistfrauen durch die Unterwelt anführte. »Nehekba!« ächzte er.

Daris wurde bewußt, daß sich ihr jemand neben dem Cimmerier angeschlossen hatte. Sie blickte zu Sakumbe hoch. »Ich hören was«, sagte der Neger in seinem geradebrechten Stygisch. Angstschweiß perlte über seine Stirn und seinen gewaltigen Bauch, aber seine Stimme zitterte nicht. »Ich sehen was. Sie haben Körperzauber auf ihm. Sein Blut in Puppe. Sie ihn schmerzen. Bald ihn töten.«

Daris brach vor Verzweiflung fast zusammen. »Dann hatte sie geplant, uns hierher zu locken«, murmelte sie stumpf. »Damit uns für immer unser Glaube genommen wird – o Conan!« Sie wollte den so unsagbar Leidenden küssen, doch er schlug zu wild um sich.

»Senufer, Liebling!« rief Falco wie ein Schlafwandler. Er wendete seinen Wallach und gab ihm heftig die Sporen. Über die Toten galoppierte er, sprang über die Trümmer der Streitwagen zu der Stelle, wo Nehekba mit ihrem Zauberfahrzeug in der Luft schwebte. Conans Blick wurde klarer, seine Schmerzen waren mit einemmal nicht mehr ganz so schlimm – und so sah er sie. Ganz gewiß war genau das die Absicht der Hexe, damit er diesen Verrat miterleben konnte.

Sie winkte den stygischen Bogenschützen zu, die Pfeile nicht abzuschießen, als Falco in ihre Reichweite kam. Mit triumphierender Miene senkte sie das Fahrzeug so, daß es fast die Straße berührte. Ihre Linke umklammerte Conans Abbild, aber die Rechte streckte sie dem Jüngling entgegen, der auf sie zueilte. Ihr Kuß würde gleichzeitig das Ende der Taianer sein. Und dann konnte ein stygischer Soldat Varanghis Axt zu Sets Altar bringen.

»Falco! Willkommen, Falco!« jubelte sie.

Der Reiter zügelte sein Pferd vor ihr. Einen Herzschlag lang blickte er in ihre glänzenden Augen.

Sein Säbel flog. Ein Moment blieb ihr, den Stahl in ihrem Busen zu sehen und zu schreien. Blut floß – es wirkte unvorstellbar leuchtend im Sonnenschein –, aber nicht viel, als wolle ein Gott nicht, daß ihre Schönheit befleckt würde, und als genüge es ihm, daß ihr Herz durchbohrt war. Sie brach zusammen und wirkte nun unglaublich klein. Ihr Fahrzeug schlug auf der Straße auf.

Falco ließ seine Klinge, wo sie steckte. Er griff nach der Conan-Puppe und stieß erneut seinem Braunen die Sporen tief in die Flanken. Zurück galoppierte er. »Hier«, murmelte er und drückte Daris das Abbild in die Hand, dann ritt er langsam mit hängendem Kopf ein Stück zur Seite und saß ab.

Sakumbe brüllte nach Gonga. Der Medizinmann löste sich von einem Rebellentrupp, der mit großen Augen und offenen Mündern dastand, während die Soldaten des Königs keuchend und schaudernd rannten.

Unsagbar behutsam legte Daris die Puppe in Gongas entgegengestreckte Finger und nahm sich wieder Conans an. Er lag nun ruhig und atmete schwer. Der Schwarze kauerte sich neben ihn. Er leierte unverständliche Worte, stäubte Puder aus seinem Lederbeutel auf den Cimmerier, schüttelte seine Rassel und fuchtelte mit dem Stab umher. Nach einer kurzen Weile erhellte ein Lächeln Gongas ernstes Gesicht. Seine Stammesbrüder, die sich ringsum auf den Boden geworfen hatten, erhoben sich, als er es tat. Sie schwangen ihre Waffen durch die Luft und brüllten *»Wakonga mutusi!«*

Conan öffnete weit die Augen. Er setzte sich auf. »Mir geht es wieder gut«, murmelte er staunend, wie einer, der von schwerer Krankheit genest.

»Die Hexe ist tot«, versicherte ihm Daris unter Tränen. »Du bist wieder frei.«

Gonga zog seinen Dolch, ritzte sein Handgelenk ein und ließ ein paar Tropfen Blut auf das Abbild sickern, dazu murmelte er beschwörende Worte. Conan erhob sich. Er fühlte sich, als hätte er eine lange Nacht hindurch geschlafen und stünde nun auf, um von einem klaren Bergquell zu trinken.

Gonga sagte etwas zu Sakumbe, der für Conan in die Lingua franca übersetzte. »Er hat dir von seiner eigenen Kraft abgegeben, um das zu heilen, was dir angetan wurde. Er kann nicht kämpfen, bis er sich wieder erholt hat, aber er wird die Puppe des Bösen fortbringen, den Zauber unwirksam machen und sie dann vernichten.«

Ein gewaltiges Lachen quoll aus des Cimmeriers Kehle. »Und ich habe auch noch etwas zu erledigen!« Er legte einen Arm um Daris, den anderen um Sakumbe. »O ihr getreuen Freunde, nie werde ich es euch genug danken können und es euch auch nie vergessen.«

Er hob die Axt und schwang sich in den Sattel. »Vorwärts!« donnerte er. »In Jehanans Namen!« Seine Männer brüllten begeistert. Ohne auf die schwirrenden Pfeile zu achten, folgten sie ihm.

Ihnen voraus, die ganze Straße entlang, wo die Gegner sich gegenüberstanden, eilte die Kunde, daß Axt und Banner sich wieder dem Himmel entgegenhoben, und die Taianer warfen sich mit neuem Mut auf den Feind.

Die Vorsehung hatte nicht bestimmt, daß Conan König Mentuphera mit der Axt erschlug, noch daß Ruma den verhaßten General Shuat im Kampf tötete. Diese beiden stygischen Führer fielen in dem gewaltigen Getümmel, und nur die Götter wissen, wessen Hand sie in den Tod schickte. Conan war es zufrieden, die Axt links und rechts auf die Feinde herabsausen zu lassen, ein gekröntes Haupt vor sich auf einer Lanze getragen zu sehen und den Zusammenbruch der Stygier zu erleben.

Kein tadelndes Wort verlor er über Falco, der inzwischen am Straßenrand saß und mit abgewandtem Gesicht seinen Tränen freien Lauf ließ.

20

BÊLITS RACHE

Das Flügelboot war von seinem Versteck geholt worden und lag nun im Hafen von Seyan. Sechs Leute standen davor auf dem Kai. Obgleich viel Betrieb in der Stadt herrschte, kam niemand näher heran, denn die Freunde hier wollten allein sein, wenn sie Abschied nahmen.

Die Sonne war noch nicht über die Berge im Osten gestiegen, aber der Himmel dort schimmerte in einem bleichen Gold, während er anderswo von strahlendem Blau war. Dunst schwebte in der kühlen Luft über dem Styx und verbarg sein dunkles Wasser unter weichem Weiß. Aus dem Gebirge im Westen rauschte der Helu herbei.

Conan war nicht kalt, obgleich er nur eine Tunika trug. Von dem Gürtel, der sie zusammenhielt, hingen ein Dolch und ein Schwert in ihren Scheiden. Feierlich lag Varanghis Axt in seinen Händen, als er sie Ausar entgegenstreckte. »Jetzt ist sie dein«, sagte er. »Möge sie Taia immer beschützen.«

»Gebe Mitra, daß wir sie nicht so bald wieder benutzen müssen«, antwortete der Häuptling.

Das war auch nicht zu befürchten. Statt zu versuchen, einer Belagerung zu widerstehen, was ihnen ohnedies nicht lange geglückt wäre, hatte die stygische Garnison hier in Seyan sich ergeben. Sie marschierte jetzt entwaffnet und unter Bewachung nach Stygien zurück. Der feiste Satrap begleitete sie, nachdem er sich mit dem gesamten Reichtum freigekauft hatte, den er dem Land ausgequetscht hatte. Nach den Verlusten bei Rasht würden die königlichen Streitkräfte eine lange Zeit nicht mehr einsatzfähig sein. Außerdem war bekannt, daß der neue König Ctesphon die Expansionsgelüste seines Vaters nie geteilt hatte.

»Ihr oder eure Nachkommen werden eines Tages wieder kämpfen müssen«, warnte Conan. »Luxur wird eure Unabhängigkeit auf die Dauer nicht anerkennen.«

Ausar nahm die Axt. »Stimmt, doch das spielt keine große Rolle, wenn wir tatsächlich eine freie Nation sind. Wir können sicher jederzeit in Keshan, Punt oder anderen Nachbarländern, die Grund haben, Stygien zu mißtrauen, Unterstützung finden.«

Parasan, der Hohepriester, wirkte weniger glücklich. »Ich fürchte nur, daß das unsere letzte Verbindung mit der Zivilisation zerreißt«, sagte er. »Wir werden zur Rasse barbarischer Clans werden.«

Conan zuckte die Schultern. »Na und? Verzeiht, das ist nicht als Respektlosigkeit gedacht, aber meint Ihr nicht, daß die Freiheit jeden Preis wert ist? Und um ganz ehrlich zu sein, ich halte nicht viel von der Zivilisation.«

»Wie du meinst«, murmelte der Greis. »Ich kann nur hoffen, daß die Sonne Mitras weiter auf uns scheint und er uns seine Gnade nicht entzieht. Sein Segen sei mit dir, mein Sohn, für das, was du für unsere gute Sache und uns getan hast. Mögest du eine sichere Reise zurück haben und dein Willkommen freudig sein.«

Sakumbe war der Unterhaltung nur teilweise gefolgt. Vielleicht hatte er die letzten Worte leicht mißverstanden, denn er grinste über das ganze Gesicht, schlug dem Cimmerier kräftig auf den Rücken und polterte in der Lingua franca: »Ja, wenn ich die Schwarze Küste erreiche, werde ich ein neuntägiges Fest für dich vorbereiten, Amra!« Der Spitzname, mit dem er und seine Männer

Conan bedacht hatten, bedeutete in ihrer Sprache »Löwe«.

»Ich freue mich schon darauf«, versicherte ihm der Cimmerier. »Gewiß werden Bêlit und ich euch Suba oft besuchen.« Er wurde wieder ernst. »Doch so sehr ich mich nach ihr sehne, fällt es mir schwer, euch Lebewohl zu sagen, vielleicht für immer. Daris ...«

»Ja?« Sie wandte sich von Falco ab, mit dem sie sich unterhalten hatte.

»Du wirst mir mehr fehlen, als ich in Worten ausdrükken kann«, sagte Conan verlegen. »Ich wünsche dir, daß es dir immer wohl ergehe.«

»Und ich dir.« Sie trat zu ihm und nahm seine Hände in ihre. Der Blick, den sie ihm schenkte, war fest, und ihre Lippen lächelten. Am Abend zuvor hatten sie sich allein unterhalten, heute mußte sie Ausars Tochter sein.

»Ich wollte, wir könnten unser Leben zusammen verbringen«, sagte sie. »Aber ich weiß, daß es nicht sein kann, denn du hast dir bereits eine Frau erwählt. Ich – ich werde einen Mann finden, der stark und gut ist, und mich der Kinder erfreuen, die ich ihm gebären werde. Es wird auch ihm eine Ehre sein, unseren ersten Sohn Conan zu nennen. Und unsere erste Tochter ...« Es gelang ihr nicht ganz, ihre Tränen zu unterdrücken. »Dürfen wir sie Bêlit rufen?«

Sie umarmten einander.

Es wurden nicht mehr viele weitere Worte gewechselt, bis Conan und Falco an Bord gingen. Fast lautlos glitt das magische Fahrzeug hinaus auf den Fluß, und der dichte Dunst nahm es auf.

Das Meer glitzerte saphirblau in der frischen Brise, aber die *Tigerin* entfernte sich mit Hilfe ihrer Riemen von den weißen Klippen der Insel Akhbet. Das tat sie, weil sie so größere Manövrierfähigkeit hatte. Ihr Kapitän wollte sich das Boot näher ansehen, das sich vom Horizont her näherte.

Wahrhaftig fremdartig waren die metallische Schiffshülle und der Reptilkopf und -hals als Galionsfigur. Das Sprietsegel war ganz offensichtlich nur behelfsmäßig. Aber wenn das Schiff ursprünglich nicht mit einem Mast ausgestattet gewesen war, wo waren dann die Vorrichtungen für Riemen? Obgleich das Schiff gut fünfzig Fuß lang war, sah es ganz so aus, als bestünde die Mannschaft nur aus zwei Mann. Es schien sie absolut nicht zu erschrecken, daß die Galeere geradewegs auf sie zubrauste. Im Gegenteil, der riesenhafte Mann an einem Ruder, das genauso behelfsmäßig wie das Segel war, steuerte ihr, so gut er es vermochte, entgegen.

Ja, ein großer Mann war er, mit bronzegetönter Haut, schwarzem Haar und geschmeidigen, raubtierhaften Bewegungen ... Da glaubte Bêlit, das Herz müsse ihr zerspringen. »Conan!« schrie sie. »Conan, Conan! O Ischtar, mein Liebster kehrt zurück!«

Sie faßte sich und befahl ihren jubelnden Korsaren, die Backbordruder einzuholen, damit das Boot an dieser Seite anlegen konnte. Der Cimmerier warf ein Tau mit Enterhaken hoch, kletterte daran empor und schwang sich über die Reling an Deck. Wie ein Wirbelsturm flog Bêlit in seine Arme.

Erst nach einer langen Weile trennten ihre Lippen sich. Glücktrunken schauten sie einander an, ehe ihr Blick über Deck fiel. Bêlit sah den jungen Mann, den Conan mitgebracht hatte, jetzt erst bewußt. Unwillkürlich ließ sie die Schultern hängen und die nächsten Worte quälten sich über ihre Lippen: »Dann ist Jehanan also nicht bei dir.«

»Nein« erwiderte Conan, und seine Stimme klang weicher als gewöhnlich. »Er ist – er ist dort, wohin jene gehen, die als Helden fielen, wo immer das auch sein mag.«

Bêlit schloß die Augen. Als sie sie wieder öffnete, flüsterte sie: »Du kannst mir also von ihm erzählen? Das ist schon viel.« Sie hielt kurz inne. »Daß *du* zurückgekommen bist, ist fast mehr, als ich noch zu hoffen gewagt hatte.«

»Ich erzähle dir alles, wenn wir uns ein wenig beruhigt haben«, sagte Conan. »Jetzt möchte ich dich gern mit meinem tapferen Kameraden, Falco von Kirjahan in Ophir, bekanntmachen.«

Bêlit reichte dem jungen Mann die Hand. »Willkommen! Wenn ich es Euch verdanke, daß mein Mann lebend zurückkam, stehe ich mit allem, was mein ist, in Eurer Schuld.«

Falco errötete. »Du hast mir gesagt, daß sie schön ist«, platzte er heraus, »aber nicht *wie* schön! Und du hast auch nicht erwähnt, wie gütig sie ist! Ich wäre glücklich, wenn ich einmal nur halb so viel Glück in der Liebe haben würde.«

Der Cimmerier lächelte. Wie gut, daß der Junge der Hexe nicht mehr nachtrauerte. Das bewies, daß ein gesunder Kern in ihm steckte.

Sein Lächeln schwand. Bêlit hatte noch Kummer vor sich.

Der Vollmond tönte Wasser und Insel silbern, wo die *Tigerin* vor Anker lag. Seite an Seite standen Conan und Bêlit allein auf dem Vorderdeck des Schiffes, in dem alle anderen nach einer rauschenden Feier schliefen.

Bêlits Augen waren noch tränengerötet. Mit beiden Händen umklammerte sie die Reling, starrte hinaus aufs Meer und sagte mit einer Stimme, die wie eine aus ihrer Hülle gezogene Stahlklinge klang: »Ruhe wohl, mein

Bruder. Du wirst gerächt werden. Ein Gedränge wie nie zuvor soll dir zu Ehren in Derketas Hallen herrschen.«

»Glaubst du nicht, daß der Verlust einer Provinz, einer Armee, eines Königs und zwei Oberzauberer Jehanans Geist den Frieden gebracht hat?«

Bêlit nickte. »Gewiß. Seine war immer eine sanfte Seele, doch meine ist anders. Für mich ist die Rache noch nicht gestillt.«

Der Barbar seufzte. »Das habe ich mir schon gedacht. Nun, solange die Götter es zulassen, werden wir den Schiffen der Stygier auflauern und ihre Küste brandschatzen, damit die Erinnerung an uns immer in Blut geschrieben stehen wird.« Er hielt inne. »Das mag anfangs für deine Ungeduld zu langsam sein. Was hältst du von einem Schlag von so niederschmetternder Gewalt, daß er selbst deinen Kummer lindert und du wieder glücklich sein kannst?«

»Ja, o ja!« wisperte sie. Sie drehte sich ihm zu und blickte ihn forschend an.

»Ich stellte es mir so vor«, begann er. »Die Stygier beendeten natürlich ihre Blockade, sobald es ihnen klar geworden war, daß wir stromaufwärts entkommen waren. Falco und ich fuhren in der Dunkelheit an Khemi vorbei. Der Junge hatte mir versichert, daß die Hafenwache sich gewöhnlich nicht um seewärts fahrende Schiffe kümmert, aber ich zog auf jeden Fall den Schutz der Nacht vor, damit niemand sehen konnte, welche Art von Fahrzeug es war. Trotz der Finsternis konnten wir die Flotte im Hafen liegen sehen. Sie schien mir nicht sonderlich bewacht zu sein. Ihre Besatzung befand sich wohl hauptsächlich in den Kasernen in der Stadt, nehme ich an, oder auf Landurlaub. Nach allem, was in Taia passiert ist, dürfte noch ziemliche Verwirrung herrschen, und Stygien war nie eine echte Seefahrernation. Trotzdem wäre diese Flotte im Falle eines Krieges von ungeheuerer Wichtigkeit. Ihr Verlust würde alle Pläne einer möglicherweise immer noch ins Auge gefaßten Expansion vereiteln – wie eine Invasion Ophirs, beispielsweise.«

Bêlit griff nach Conans Arm. Ihre Nägel bohrten sich so tief, daß er blutete, doch keiner der beiden bemerkte es. »Bei den Todesgöttern! Wir, nur mit unserer Galeere – hältst du es für möglich?«

»Ich habe einen Plan. Er ist recht einfach – du weißt ja, daß ich nicht sehr trickreich bin. Unterhalten wir uns morgen darüber, wenn du ruhiger bist.« Trotz des Schmerzes in den Augen seiner Liebsten brach sich Conans rauher Humor Bahn. »Wir können dann auch gleich das Flügelboot versenken. Auf gewisse Weise ist es schade darum, aber es ist von keinem Nutzen mehr für uns, und keinesfalls wollen wir, daß es zurück in die falschen Hände fällt. Möchtest du es selbst tun?«

Die Stygier unterhielten ein Wachboot in der Khemibucht. Es war ein leichtes Schiff und sowohl mit Ruder als auch Lateinsegel ungemein schnell. Von den Waffen ihrer Besatzung abgesehen war es unbestückt, und die Mannschaft wiederum belastete sich nicht mit Rüstungen. Ihre Aufgabe war schließlich nicht, Piraten oder Invasoren abzuwehren. Und wer würde es schon wagen, die schwarze Stadt anzugreifen? Im Falle wirklicher Gefahr konnt ein Trompetensignal die Kriegsschiffe herbeirufen, doch das war bisher nie notwendig gewesen. Des Wachschiffs Aufgabe war im Grunde genommen nur, auf einlaufende Schiffe zu achten und darauf, daß keine Schmuggler landeten oder sonst jemand ohne die erforderliche Genehmigung.

Kurze Zeit nach Sonnenuntergang lief das Wachboot aus, um einen Fremden anzurufen, der sich aus dem Westen näherte. Es war eine Barkasse mit rundem Bug und Heck, wie größere Schiffe sie gewöhnlich als Beiboote bei sich führten oder wie sie von kleineren in Schlepp genommen wurden. Eine steife Brise füllte ihr viereckiges Segel und trieb sie gegen Strömung und Flut zwischen den Landspitzen hindurch. Es würde noch eine geraume Weile dauern, bis der Mond aufging.

»Ahoi!« brüllte der stygische Trompeter. »Legt an zur Überprüfung!«

»Wird gemacht!« antwortete eine tiefe Stimme in der gleichen Sprache, doch mit auffallendem Akzent. Das Segel wurde gerefft, und das Boot verlor an Geschwindigkeit.

Als das Wachschiff näher heran war, sahen die Stygier etwa ein halbes Dutzend Männer auf den Duchten. Sie waren Neger, mit Ausnahme des riesenhaften kräftigen Burschen am Ruder. Obgleich er in einem gischtbesprühten Kaftan und Burnus vermummt war, konnte man doch erkennen, daß er einer weißen Rasse angehörte. »Bitte, meine Herren«, rief er. »Wir sind arme Matrosen. Unser Schiff lief auf ein Riff und sank so schnell, daß es nur uns wenigen gelang, ins Rettungsboot zu kommen. Habt Erbarmen mit uns und gebt uns Wasser und zu essen und bringt uns an Land.«

»Es ist euch doch klar, daß wir euch festnehmen müssen, bis unsere Untersuchung abgeschlossen ist«, rief der Kapitän des Wachschiffs durch sein Sprachrohr. »Woher kommt ihr?«

»Von einem argossanischen Kauffahrer, dessen geizige Eigner an Mannschaft anheuerten, was sie finden konnten. Das hier sind Kushiten. Ich bin von Vanaheim.«

Der Kapitän hatte nur vage Gerüchte über dieses nördliche Land gehört, aber er wußte, daß die Barbaren in ihrer Suche nach Abenteuer und dem Glück oftmals sehr weit wanderten. Jedenfalls empfand er die Verachtung des Zivilisierten für diese Art von Herumstreichern. Dem hier, jedenfalls, hatten seine Erlebnisse den Hochmut geraubt, und seine Kameraden wimmerten jämmerlich nach Trinkwasser. »Kommt her«, befahl der Kapitän, »und legt längsseit an, dann steigt herüber, damit ich euch besser sehen kann.«

»Jawohl, Herr, jawohl.« Der riesenhafte Mann kletterte an Bord des Wachschiffs und torkelte über die Laufplanke zwischen Ruderreihen zum Vorderdeck, wo der Kapitän und der Trompeter warteten. Seine Kameraden folgten ihm. »Bitte, Wasser!«

»Geduld, Geduld!« mahnte der Stygier. »Ihr sollt es bekommen, sobald ihr meine Fragen beantwortet habt.« Das mochte seine Chance sein zu erfahren, was in der Welt vorging. In dieser chaotischen Zeit, da König Ctesphon sich erst zurechtfinden mußte, bezahlten die hohen Herren vielleicht gut für Informationen. Doch wie dem auch sein mochte, dem Kapitän machte es Spaß zu sehen, wie diese Affen sich erniedrigten.

»Danke – danke, Herr«, krächzte der Riese, als er näherkam. »Mögen die Götter euch belohnen, wie Ihr es verdient.«

Ein Schwert sauste unter seiner Kleidung hervor. Der Trompeter fiel mit gespaltenem Schädel. Aber das war auch schon das letzte, das der Kapitän in seinem Leben sah. Die Schwarzen zogen nun ebenfalls ihre verborgenen Waffen. Und unter dem Segeltuch im Rettungsboot tauchten weitere Neger auf.

Der Kampf war weder laut noch lange. Die Piraten hatten alle Vorteile der Überraschung, der Geschicklichkeit und des Grimmes. »Gut!« lobte Conan. »Werft die Toten über Bord, versorgt unsere Verwundeten, und dann, N'Gora, kehrst du mit deinen Leuten zurück.«

Bêlits Erster Offizier, der ein wenig stygisch verstand, erteilte seine Befehle. Die Barkasse hißte Segel und lavierte seewärts. Wer immer sie auch beobachtet haben mochte, würde nun annehmen, daß ihr die Einfahrt in den Hafen nicht genehmigt worden war. Mit nur wenigen Mann Besatzung und Conan als ihrem Kapitän kreuzte das Wachschiff weiter wie üblich durch die Bucht.

Es dauerte nicht lange, und eine schwarze Galeere mit einer Raubkatze als Galionsfigur kam in Sicht. Das Wachschiff fuhr ihr entgegen, und eine Weile lagen beide Seite an Seite. Zweifellos lenkte ihre Anwesenheit die Aufmerksamkeit der Küstenpatrouille und der Männer auf sich, die die Flottenschiffe bewachten. Es mußte ihnen jedoch nur natürlich erscheinen, daß das Wachschiff sich Zeit nahm, die Galeere zu überprüfen. Offenbar war es schließlich zufriedengestellt, denn es eskortierte den Neuankömmling geradewegs zum königlichen Pier, und die Mannschaft beider Schiffe legte sich kräftig in die Ruder. Trug die Galeere möglicherweise einen Diplomaten eines benachbarten oder auch fernen Landes an Bord, der alte Beziehungen verbessern oder neue mit dem mächtigen Stygien anknüpfen wollte? Oder brachte sie vielleicht einen Agenten der Zauberpriester zurück?

Conan war auf die *Tigerin* zurückgekehrt. Mit Bêlit wieder an seiner Seite stand er am Bug und sah sich um. Der Sternenschein schimmerte auf dem dunklen Wasser. Er genügte für scharfe Augen, die an cimmerische Wälder, kushitischen Dschungel oder die Hochsee gewöhnt waren. Backbords durchschnitt der Styx nächtliche Äcker am Ende seiner langen Reise vorbei an dem Land, in dem Daris lebte – und träumte? Vor ihnen kauerte die Stadt, in der er gefangengenommen und festgehalten worden war, wie ein drohendes Ungeheuer, dessen Augen die wenigen Fenster waren, hinter denen schwaches Licht schimmerte. In der Nähe, knochenfarbig unter der Großen Pyramide, schliefen die Steinbrüche, in denen Jehanan als Sklave gearbeitet hatte, bis seiner Schwester Mann ihm zur Freiheit verhalf, die er selbst zur ewigen machte. Conan hatte das unheimliche Gefühl, daß all dies nur der Anfang eines langen Krieges war, den er gegen uralte Schrecken führen mußte, deren erster die Tyrannei war.

Er zwang sich dazu, auf das zu achten, was vor ihm lag. Die stygischen Galeeren ankerten mit dem Bug an einem Kai, von dem zwischen den Hellingen Piers ausgingen. Ihre Masten hoben sich scharf gegen die Sterne ab, aber ihre Rümpfe lagen im Schatten. Ein oder zwei Laternen glimmten einsam auf jedem Deck. Die Kaserne unweit davon an Land beherbergte zweifellos viele Seeleute, aber es würde eine Weile dauern, ehe man sie weckte, und dann waren sie ganz sicher auch nicht so schnell wie ein Barbar.

»Es ist soweit«, sagte Conan und spannte seinen Langbogen.

Unterhalb des Vorderdecks deckten die Männer Feuertöpfe auf. Die Kohlen darin glühten. Das Wachschiff kam nun längsseit. Die paar Mann darauf, die Conan zurückgelassen hatte, kehrten auf die *Tigerin* zurück, und das Schiff trieb ab. Ruder platschten leise, Metall klirrte, Flüstern war zu vernehmen.

Falco zündete eine mit Stoff umwickelte und in Öl getauchte Pfeilspitze an. Die Flammen hoben sein junges Gesicht leuchtend aus der Dunkelheit, als er den Schaft hochhielt. »Da, Conan«, sagte er. »Der erste Schuß für dich.«

»Nein«, erwiderte er. »Für Bêlit.«

Die Königin der Schwarzen Küste nahm den Pfeil und

legte ihn an die Sehne ihres Bogens. Sie zielte, und wie eine Sternschnuppe sauste das Geschoß durch die Luft. Conan folgte ihrem Beispiel, genau wie Falco, und dann die ganze wild heulende Piratenbesatzung.

Das sonnengedörrte, harzige Holz brannte schnell. Wo ein Pfeil aufschlug, züngelte sofort höllenblau eine Flamme auf. Ihr Prasseln erinnerte an die ersten Lebenslaute eines frisch ausgeschlüpften Adlers, der die Krallen ausstreckt, frißt, wächst und die Schwingen ausbreitet. Hoch loderte das Feuer von Bug bis Heck und erhellte das Wasser, das der Styx in das Meer trug, und sein Zischen ähnelte dem einer Schlange, ehe sie sich auf ihre Beute schnellt. Von einem Ende zum anderen der königlichen Piers ruderte die *Tigerin*, und immer neue Flammenpfeile flogen von ihr, um es den Feinden Bêlits heimzuzahlen. Funken sprühten, die der Wind mit sich nahm, um neues Feuer zu säen.

Die Stygier hasteten herbei, um die Feuersbrunst einzudämmen, doch es war bereits zu spät, die Flotte zu retten. Sie konnten nur noch die Kauffahrer und Fischerboote in Sicherheit bringen, die ebenfalls im Hafen gelegen hatten. Niemand wagte sich an die Galeere heran, die am Rand des Feuerscheins dahinruderte.

Als sie ihre Mission beendet hatte, kehrte die *Tigerin* in das Meer zurück. Hinter ihr glich die Khemibucht einem sturmgepeitschten See aus Blut. Conan ließ die Ruder einziehen und Segel setzen, und die Galeere machte sich nordwärts auf den Weg.

Der Cimmerier stieg die Leiter hinunter zu Falco. »Als nächstes, Junge«, sagte er rauh, »setzen wir dich in Danmarcah mit genügend Gold in deinem Beutel ab, daß du bequem nach Hause reisen kannst.«

Mit unverhohlener Verehrung blickte der Jüngling ihn an. »Nachdem – nachdem ich meine Geschichte erzählt habe und sie den Palast erreicht hat«, stammelte Falco, »wirst du immer Freunde am Königshof von Ophir haben.«

»Danke«, murmelte Conan. »Das mag sich eines Tages als recht nützlich erweisen, genau wie die Freundschaft der Taianer, sollte ich einmal das Reich der Stygier allein überqueren wollen. Wer kann schon wissen, was die Jahre bringen werden? Den Tod in feindlichem Land oder einen eigenen Thron? Oder alles mögliche dazwischen. Doch was tut das jetzt zur Sache?« Er zuckte die Schultern. »Alles, was ich tat, seit du mich kennst, geschah im Dienst meiner Lady und aus Liebe zu ihr.«

Bêlit über ihnen auf dem Vorderdeck lachte glücklich.

CONAN-SAGA

Robert E. Howard/Lin Carter/Lyon Sprague de Camp ·
Conan · 06/3202

Andrew J. Offutt · Conan und der Zauberer · 06/4006

Andrew J. Offutt · Conan der Söldner · 06/4020

Andrew J. Offutt · Conan und das Schwert von Skelos · 06/3947

Lyon Sprague de Camp · Conan und der Spinnengott · 06/4029

Robert E. Howard/Lin Carter/Lyon Sprague de Camp ·
Conan von Cimmerien · 06/3206

Poul Anderson · Conan der Rebell ·06/4037

Robert E. Howard/Lyon Sprague de Camp ·
Conan der Pirat · 06/3210

Karl Edward Wagner · Conan und die Straße der Könige · 06/3968

Robert E. Howard/Lin Carter/Lyon Sprague de Camp ·
Conan der Wanderer · 06/3236

Robert E. Howard/Lyon Sprague de Camp ·
Conan der Abenteurer · 06/3245

Lyon Sprague de Camp/Lin Carter · Conan der Freibeuter · 06/3972
(urspr. 1972 erschienen als Conan der Bukanier unter der Nummer 06/3303)

Robert E. Howard/Lyon Sprague de Camp ·
Conan der Krieger · 06/3258

Lyon Sprague de Camp/Lin Carter/Björn Nyberg ·
Conan der Schwertkämpfer · 06/3895

Robert E. Howard/Lyon Sprague de Camp ·
Conan da Thronräuber · 06/3263
(urspr. 1971 erschienen als Conan der Usurpator unter derselben Nummer)

Lin Carter/Lyon Sprague de Camp · Conan der Befreier · 06/3909

Robert E. Howard/Lyon Sprague de Camp ·
Conan der Eroberer · 06/3275

Robert E. Howard/Björn Nyberg/Lyon Sprague de Camp ·
Conan der Rächer · 06/3283

Lyon Sprague de Camp/Lin Carter · Conan von Aquilonien · 06/4113

CONAN-SAGA

Lyon Sprague de Camp/Lin Carter · Conan von den Inseln · 06/3295
Lyon Sprague de Camp/Lin Carter · Conan der Barbar · 06/3889
Robert Jordan · Conan der Verteidiger · 06/4163
Robert Jordan · Conan der Unbesiegbare · 06/4172
Robert Jordan · Conan der Zerstörer · 06/6281
Robert Jordan · Conan der Unüberwindliche · 06/4203
Robert Jordan · Conan der Siegreiche · 06/4232
Robert Jordan · Conan der Prächtige · 06/4344
Robert Jordan · Conan der Glorreiche · 06/4315
John Maddox Roberts · Conan der Tapfere · 06/4346
Steve Perry · Conan der Furchtlose · 06/4663
Leonard Carpenter · Conan der Renegat · 06/4664
John Maddox Roberts · Conan der Champion · 06/4701
Steve Perry · Conan der Herausforderer · 06/4745
John Maddox Roberts · Conan der Marodeur · 06/4781
Robert E. Howard · Conan und der Schatz des Tranicos · 06/4915
Robert E. Howard/Lyon Sprague de Camp ·
Conan und die Flammenklinge · 06/4930
John Maddox Roberts · Conan der Draufgänger · 06/4959
Roland Green · Conan der Wagemutige · 06/4988
Leonard Carpenter · Conan der Kriegsherr · 06/5044
Leonard Carpenter · Conan der Held · 06/5081
Steve Perry · Conan der Unbezähmbare · 06/5098
Leonard Carpenter · Conan der Angreifer · 06/5143
Steve Perry · Conan der Landsknecht · (in Vorb.)
Steve Perry · Conan der Schreckliche · (in Vorb.)
Leonard Carpenter · Conan der Große · (in Vorb.)
Roland J. Green · Conan der Beschützer · (in Vorb.)
John Maddox Roberts · Conan das Schlitzohr · (in Vorb.)
DAS CONAN UNIVERSUM von *Erhard Ringer* · 06/4908